Sommer mit Lilo

Das Buch

Die Künstlerin Theresa Weiland ist fast dreißig, frisch getrennt und neu auf Hiddensee, als sie bei einem Spaziergang eine verträumte Fischerkate entdeckt. Kurzentschlossen kauft sie ihr Traumhäuschen für wenig Geld und macht sich an die Renovierung. Theresa ist überglücklich und voller Tatendrang – bis plötzlich ihre Mutter Lilo vor der Tür steht. Lilo führt seit Jahren ein Hippieleben auf Mallorca, musste nun aber wegen Streitereien ihre Kommune verlassen. Das Verhältnis von Mutter und Tochter ist von jeher nicht das beste, und nun sollen die grundverschiedenen Frauen unter einem Dach leben? Beide wollen den Neuanfang, aber wollen sie auch denselben? Es sieht ganz so aus, als wäre es Zeit für eine Aussprache …

Die Autorin

Rieke Schermer ist das Pseudonym der erfolgreichen Autorin Susanne Lieder. Sie hat drei erwachsene Söhne und lebt mit ihrem Mann und fünf Katzen auf einem Resthof bei Bremen.

Von Rieke Schermer ist in unserem Hause bereits erschienen:

Liebe wie gedruckt

Unter ihrem echten Namen Susanne Lieder:

Ostseewind und Sanddornküsse
Herzmuscheln und Bernsteinnächte
Pusteblumensommer

Rieke Schermer

Sommer mit Lilo

Roman

List Taschenbuch

Besuchen Sie uns im Internet:
www.list-taschenbuch.de

FSC
www.fsc.org
MIX
Papier aus verantwortungsvollen Quellen
FSC® C083411

Originalausgabe im List Taschenbuch
List ist ein Verlag der Ullstein Buchverlage GmbH, Berlin.
1. Auflage Mai 2017

Umschlaggestaltung: bürosüd° GmbH, München
Titelabbildung: © plainpicture/© Ralf Wilken
Satz: Pinkuin Satz und Datentechnik, Berlin
Gesetzt aus der Fairfield LT Std.
Druck und Bindearbeiten: CPI books GmbH, Leck
ISBN 978-3-548-61248-5

Für meine Mutter

Alle Personen in dieser Geschichte sind frei erfunden. Genau wie die Orte Selm auf Hiddensee und La Caleta auf Mallorca, die meiner Phantasie entsprungen sind.

Man muss warten können,
das Glück kommt schon.

Paula Modersohn-Becker

GINSTERGELB

Hiddensee im Juli

Streitsüchtig hatte Cornelius sie genannt.

Sie und streitsüchtig! Lächerlich!

Sie hatte es einfach nur sattgehabt und ihn bei ihrem letzten Streit angebrüllt, dass sie ausziehen würde. Und zwar auf der Stelle. Wutschnaubend war sie aus der gemeinsamen Wohnung gestürmt und hatte dabei die Türen so geknallt, dass die Fensterscheiben geklirrt hatten.

Wie gut das getan hatte!

Cornelius und sie, das ging einfach nicht. Zwischen ihnen lagen nicht nur Welten, ein ganzes Universum befand sich dazwischen.

Zur Not würde sie vorübergehend in ihrem Atelier wohnen, wenn sich nichts anderes fand.

Sie hatte ihre Freundin Ella angerufen, die mit ihrer einjährigen Tochter in einer kleinen Dachgeschosswohnung lebte. »Ich brauche Asyl, Ella, dringend.«

»Ach herrje, das ist ganz blöd, Theresa, meine Schwester ist gerade für ein paar Tage bei mir. Und du kennst meine Wohnung. Natalie geht's nicht gut. Aber sie wird bestimmt nicht lange bleiben.«

Theresa hatte geahnt, dass Ella mit »bestimmt« gleichzeitig auch »hoffentlich« meinte. »Kein Problem, ich finde schon was anderes.«

Das war leider nicht der Fall gewesen. Die Insel war um diese Zeit voller Touristen, es gab kein freies Zimmer weit und breit.

Aber zu Kreuze kriechen und Cornelius um Verzeihung bitten, nur damit sie wieder ein Dach über dem Kopf hätte?

Nein, ganz bestimmt nicht.

Und so wohnte sie nun seit drei Wochen in ihrem Atelier.

An diesem Morgen schien die Sonne durchs Fenster, und Theresa gönnte sich noch einen Moment und blieb faul liegen.

Sie verschränkte die Arme im Nacken und beobachtete die Sonnenstrahlen, die durchs Zimmer tanzten.

Als sie vor zwei Jahren auf die Insel gekommen war, war sie wie elektrisiert gewesen. Sie hatte sich gleich heimisch gefühlt, mehr noch, sie hatte sofort gewusst, dass dies ihr neues Zuhause sein würde. Ihr erstes *richtiges* Zuhause.

Als Kind war sie ständig mit ihrer Mutter umhergezogen, hatte dreimal die Schule wechseln müssen. In Berlin, wo sie Abitur gemacht und anschließend Kunst studiert hatte, war dann Cornelius in ihr Leben getreten. Er war fünfzehn Jahre älter als sie und hatte ihr das gegeben, wonach sie sich gesehnt hatte: Sicherheit und Beständigkeit.

Hier auf Hiddensee konnte sie endlich so arbeiten, wie sie es sich immer gewünscht hatte. Die Umgebung, die Luft, das Rauschen des Meeres, der Wind, all das war eine einzige große Inspiration.

Und dann die Farben, an denen man sich kaum sattsehen konnte. Das helle Grün der Wiesen, das Gelb der Ginsterbüsche, der ockerfarbene Sand und das ganz besondere Blau des Himmels.

Im Frühling war es, als würde eine federleichte zartgrüne Decke über der Insel liegen, die stückchenweise heruntergezogen wurde. Tag für Tag wurde ein kleiner Zipfel freigelegt.

Sie musste lachen. Sie hatte ohne Zweifel eine lyrische Ader. Vielleicht hätte sie doch Schriftstellerin und nicht Malerin werden sollen.

Ihre Mutter hatte früher manchmal Gedichte oder Kurzgeschichten geschrieben, wahrscheinlich hatte das auf sie abgefärbt.

Theresa schwang die Beine von der Liege und streckte sich. Jeder einzelne Knochen im Leib tat ihr weh.

Noch drei Wochen auf dieser Liege, und sie hätte einen Bandscheibenvorfall.

Sie brauchte dringend eine eigene Wohnung, zur Not auch ein möbliertes Zimmer. Die meisten Möbel hatte sie sowieso bei Cornelius gelassen. Ein Fehler? Ja, wahrscheinlich.

Ihr Handy klingelte irgendwo, und sie machte sich auf die Suche danach.

Was nicht leicht war, denn in ihrem Atelier herrschte, seitdem sie hier wohnte, ein ziemliches Chaos.

Gestern hatte sie bis in die Nacht hinein gearbeitet. Im August hatte sie eine Ausstellung in Rostock, bis dahin mussten noch ein paar Bilder fertig werden.

Wie besessen, Kopfhörer mit lauter Rockmusik auf den Ohren, hatte sie an einem Bild gemalt, das den Strand in Vitte darstellte.

Ah, da war ja ihr Handy. »Ja?«, fragte sie atemlos.

»Ich bin's.«

»Hallo, Bille.«

Bille war eine alte Schulfreundin aus Berlin. Die beiden

hatten den Kontakt nie abbrechen lassen, auch wenn sie sich in den letzten Jahren nur selten gesehen hatten.

»Was machst du so?«, fragte ihre Freundin.

»Rufst du extra an, um mich das zu fragen, Bille? Für gewöhnlich schläfst du um diese Zeit doch noch.«

Bille gähnte herzzerreißend, als wolle sie demonstrieren, dass sie tatsächlich noch müde war. »Ich hab miserabel geschlafen, bin früh aufgewacht und dachte, ich rufe mal meine alte Freundin Theresa an und erkundige mich, wie's ihr so geht.«

»Gut geht's ihr.«

»Du klingst auch richtig gut. So aufgeräumt und fröhlich.«

Theresa lachte. »Wenn du wüsstest, Bille. Bei mir geht gerade alles drunter und drüber. Ich hab mich von Cornelius getrennt und hause seitdem mit Sack und Pack in meinem Atelier.«

»Und das erzählst du mir erst jetzt?«

»Entschuldige, aber du hast selbst genug um die Ohren.«

»Du wolltest mich schonen? Komm schon, Theresa, wozu sind Freunde da, wenn man sich nicht bei ihnen ausheulen kann?«

»Ich muss mich nicht ausheulen, Bille.« Das musste sie wirklich nicht. Nach ihrer Trennung hatte sie nicht ein Mal das Bedürfnis gehabt, sich auszuweinen.

»Okay, ich geb's zu, ich bin beleidigt, dass du mir nichts gesagt hast.«

Theresa kannte ihre Freundin viel zu gut und wusste, dass das nicht ernst gemeint war. Sie lachte.

»Hat er dich rausgeworfen?«

»Nein, ich bin gegangen.«

Jetzt lachte Bille lauthals. »Gegangen? Wie lange kennen wir uns jetzt, Theresa?«

»Na schön, ich bin wie ein Berserker aus der Wohnung gestürmt.«

»Das klingt schon eher nach dir. Und es klingt nach jeder Menge Stress.«

»Nein, komischerweise überhaupt nicht. Seit drei Wochen habe ich endlich wieder das Gefühl, als gehöre mein Leben mir.«

»Verstehe.« Bille kannte Cornelius, wahrscheinlich verstand sie es wirklich. »Du hast einen Vaterkomplex, und Väter neigen nun mal dazu, einem Vorschriften zu machen und mit Argusaugen über einen zu wachen.«

»Ach ja?« Woher glaubte Bille das zu wissen? Sie war ohne Vater aufgewachsen, hatte ihn nicht mal kennengelernt.

»Komm schon, du weißt, dass du einen Vaterkomplex hast, Theresa.«

»Das meinte ich nicht. Es bezog sich auf deine Aussage, dass Väter Vorschriften machen und so.«

»Ich hab mal so was gehört.« Bille seufzte. »Darf ich ehrlich sein? Gut, dass du den alten Griesgram endlich los bist.«

Theresa verkniff sich eine Erwiderung.

»Und jetzt? Du kannst doch nicht ewig in deinem Atelier wohnen.«

»Drei Wochen reichen mir eigentlich schon völlig.«

»Warum suchst du dir keine Wohnung?«

»Weißt du, wieso ich mit dir befreundet bin, Bille?«

»Weil ich immer den Durchblick habe? Verständnisvoll und mitfühlend bin?«

Theresa musste wieder lachen. »In ungefähr der Reihenfolge, ja. Nein, im Ernst, im Moment sieht es mit freien Wohnungen sehr schlecht aus. Ganz abgesehen von den Mietpreisen. Wer kann sich das leisten? Arme, aufstrebende Künstlerinnen jedenfalls nicht.«

»Dann muss die aufstrebende Künstlerin eben mehr Bilder verkaufen«, schlug Bille vor.

»Deine Tipps und Ratschläge schätze ich übrigens auch.«

»Ich könnte schwören, dass das gerade sarkastisch gemeint war.«

»Ich hatte gedacht, ich könnte vorübergehend bei Ella unterschlüpfen. Fehlanzeige. Ihre Schwester braucht noch dringender Asyl als ich.«

»Wenn alle Stricke reißen, wohnst du halt eine Weile bei mir.«

»In Berlin? Nein, danke. Das ist wirklich lieb von dir, aber hier ist mein Lebensmittelpunkt. Ich liebe die Insel, ich glaube, ich möchte nie mehr woanders leben. Ich hab mein Atelier, was soll's. Obdachlos bin ich ja nicht.«

»Ja, dann …« Ihre Freundin seufzte. »Mit mehr Tipps und guten Ratschlägen kann ich nicht dienen, tut mir leid. Du schaffst das, Theresa, du bist ein Stehaufmännchen.«

»Bin ich das? Doch, ja, du hast recht, Bille. Eine Eigenschaft, die ich von meiner Mutter geerbt habe.«

»Wie geht's ihr eigentlich?«

»Keine Ahnung«, erwiderte Theresa kurz angebunden. Sie hatte keine Lust, über Lilo zu reden und wollte eine aufkommende Diskussion gleich im Keim ersticken.

»Du könntest dich einfach mal erkundigen. Nein, schon gut. Du wolltest ja keine Tipps mehr.«

»Stimmt auffallend.« Theresa unterdrückte ein Seufzen.

»Ich bin froh, dass so viele Kilometer zwischen mir und meiner Mutter liegen, Bille. Je mehr, desto besser.«

»Sie hat nur dich, Theresa.«

Theresa verdrehte die Augen. Gut, dass Bille es nicht sehen konnte. »Und die Leute aus ihrer WG und Jacques und Lionel und Peter, und wie die Kerle sonst noch heißen.«

»Du bist schon wieder sarkastisch.«

»Allerdings.«

»Ich hab mich schon viel zu weit aus dem Fenster gelehnt, ich sage besser kein Wort mehr.«

Theresa war verstimmt, mochte das aber nicht zugeben. Bille konnte nichts dafür, dass die Beziehung zwischen ihr und ihrer Mutter so schwierig war. »Ich wollte dich nicht anfahren, Bille. Wir geraten immer aneinander, wenn's um meine Mutter geht.«

Bille schwieg.

»Bist du noch dran?«

»Nein.«

Theresa lachte kopfschüttelnd. »Rufst du mich mal wieder an, um zu fragen, was ich so mache?«, fragte sie mit liebreizender Stimme.

»Na klar. Mach's gut, Theresa.«

»Du auch.« Sie legte ihr Smartphone auf einen der kleinen Tische. Dort würde sie es hoffentlich jederzeit wiederfinden.

In ihrem Atelier standen zwei Tische, beide nicht sehr groß, und auf beiden herrschte für gewöhnlich ein heilloses Durcheinander. Gläser und Töpfe mit Pinseln türmten sich darauf, genau wie schmutzige und saubere Lappen, zwei Modellfiguren aus Holz, eine Farbmischpalette, zwei Tubenwringer, mehrere Skizzenblöcke und natürlich Tuben und Döschen mit Acryl- und Ölfarbe sowie ein großes Holzkästchen mit Pastellkreide.

Als Teenager war sie in eine Clique geraten, die nachts umhergezogen war und Graffiti an Mauern und Hauswände gesprüht hatte. Begeistert hatte sie sich ihnen angeschlossen und zum ersten Mal verliebt. In Paul. Er war siebzehn und wahnsinnig cool gewesen. Paul hatte vor nichts und niemandem Angst, pfiff auf Anstand und Moral und war irgendwann nach Amerika abgehauen. Ohne sie zu fragen, ob sie mitkommen wollte oder ihr auch nur Bescheid zu sagen.

Zwei Wochen hatte sie geheult und ihn verflucht. Dann hatte sie ihn vergessen, praktisch über Nacht, und sich in Boris verguckt, der so ganz anders als Paul gewesen war.

Jahre später hatte sie einen Zeitungsartikel über Paul gelesen. Er lebte als gefragter Künstler in Los Angeles und war steinreich geworden.

Sie gönnte es ihm von Herzen.

Im Baum vor dem Fenster sang eine Lerche, und unten vorm Haus spielten Kinder mit einem Hund.

Theresa blickte nach draußen.

Ob ich irgendwann wohl auch mal Kinder haben werde, fragte sie sich, *eine richtige Familie*?

Sie hatte nie eine klassische Familie gehabt. Vater, Mutter, Kind, das kannte sie nur von Freundinnen oder aus Filmen und Büchern. Ihre eigene Familie hatte nur aus ihr und ihrer Mutter bestanden, zwei Nomaden, die auf Sardinien und Rhodos gelebt hatten und von dort nach Marseille gezogen waren. Wegen Jacques, einem dunkelhäutigen Burschen mit langen Locken, der ihrer Mutter den Kopf verdreht hatte. Umgekehrt war es wohl nicht anders gewesen.

Theresa erinnerte sich noch allzu lebhaft daran, wie Lilo singend durch die Wohnung getanzt war, während Jacques am Küchentisch gesessen und filterlose Zigaretten geraucht hatte.

Als Theresa sechzehn war, waren sie und ihre Mutter nach Berlin gezogen. Nach dem Abitur hatte sie verkündet, dass sie jetzt ausziehen und für sich selbst sorgen würde.

Sie hatte genug vom Nomadenleben gehabt, aber auch von ihrer flippigen Mutter, die dauernd eine andere schrille Haarfarbe gehabt und selbstgefärbte Pluderhosen getragen hatte.

Den Kopf in den Wolken, die Fußspitzen gerade so am Boden, so hatte Theresa ihre Mutter früher bezeichnet. Wahrscheinlich hatte sich das bis heute nicht geändert.

Lilo war wenig später nach Ibiza und von dort nach Mallorca gezogen, wo sie erstaunlicherweise immer noch lebte.

Gesehen hatten sich die beiden eine ganze Weile nicht mehr.

Das einzig Gute an ihrem Nomadenleben war, dass Theresa fließend französisch und ziemlich gut italienisch sprach.

Wenn es mit der Kunst nichts geworden wäre, dann hätte sie sich wahrscheinlich als Dolmetscherin oder Fremdsprachensekretärin durchgeschlagen.

Sie schlüpfte in die Sachen, die sie gestern getragen hatte, putzte sich die Zähne in dem kleinen Handwaschbecken und band ihr blondes langes Haar zu einem Zopf.

Ich brauche dringend eine Wohnung …

Sie atmete die aufkommende Resignation weg und beschloss, einen langen Spaziergang zu machen.

INDISCHROT

La Caleta auf Mallorca

Kaum hatte Lilo die verschrammte Holztür hinter sich zugezogen, als zwei Arme sie von hinten umschlangen.

»Na, meine Schöne. Was haben wir denn heute noch vor?«

»Lass das, Gerard!«

Der hatte ihr gerade noch gefehlt. Konnte er sie nicht einfach mal in Ruhe lassen und Evelin befingern? Das machte er doch sonst auch ganz gern.

»Ach, komm schon, Lilo.«

»Verschwinde, Gerard, ich habe zu tun.«

Sie hatte sogar eine Menge zu tun, aber für Gerard, der seit ein paar Wochen bei ihnen wohnte, war das natürlich unvorstellbar. Beschäftigt sein, ein Fremdwort für ihn. Er lag den lieben langen Tag in der Hängematte, den Hut ins Gesicht gezogen, und ließ die Seele baumeln.

Dabei war sie selbst nun wirklich nicht der Typ für Stress. Im Gegenteil, warum sonst lebte sie wohl hier?

Evelin kam aus der Finca, halbnackt wie immer, und rannte kichernd über den Rasen. Ob sie was geraucht hatte?

Lilo wollte etwas wie »Dich schickt der Himmel, Evelin!« rufen, aber Gerard war schneller.

»Evelin!« Er lief zu ihr und umfasste ihre schlanke Taille. »Wie unglaublich du heute wieder aussiehst.«

Evelin kicherte erneut. Na klar hatte sie was geraucht.

Sie hüpfte über den Rasen, Gerard hinter ihr her.

Es gab Momente, da fragte Lilo sich, wie lange sie es hier wohl noch aushalten würde. Inmitten von Menschen, die es mit nichts, wirklich gar nichts allzu genau nahmen.

Die schon morgens bekifft waren – oder noch immer – und bis mittags im Bett lagen, die es nicht interessierte, dass sich in der Küche das dreckige Geschirr türmte, die die Zahnbürsten untereinander tauschten und bis drei Uhr nachts zusammensaßen und ironischerweise darüber diskutierten, warum das Leben kein Ponyhof war.

Was mache ich hier eigentlich?, fragte sie sich in diesen Momenten.

Sie selbst war ein entspannter, unerschütterlich optimistischer Mensch, aber sie brauchte eine gewisse Routine, einen halbwegs normalen Alltag. Sie stand immer sehr früh auf, machte ihre Yogaübungen, trank danach einen Tee und zog sich um. Anschließend ging sie in ihre Werkstatt und sorgte dafür, dass sie die nächste Zeit genug zu essen haben würde.

Dass sie die anderen häufig mit durchfütterte, ärgerte sie schon lange.

Evelin rannte sie beinahe um, Gerard war ihr noch immer auf den Fersen.

Lilo seufzte kopfschüttelnd, nahm die Holzkiste mit der frisch gebrannten Keramik und schleppte sie ins Haus. Mit der Hüfte stieß sie die Tür zu ihrem Zimmer auf und stellte die Kiste auf den verkratzten Holztisch. Mit einer fahrigen Geste schob sie sich ihre Brille auf den Kopf und setzte sich im Schneidersitz auf den Fußboden, die Füße unter ihrem roten langen Kleid.

Was mache ich hier zum Teufel? Ich sollte mir irgendwas suchen, wo ich allein für mich verantwortlich bin …

Das überraschte sie selbst. Früher hatte sie gern mit anderen Leuten zusammengewohnt. Es hatte ihr ein Gefühl von Familie und Zugehörigkeit vermittelt. Jetzt nervte es sie meistens.

Irgendwer hörte laut Pink Floyd, und sie schloss die Augen.

Ihr momentanes Mantra *Ich bin die Ruhe selbst* war sonstwohin.

Es half nichts, selbst wenn sie es zehnmal hintereinander im Geiste aufsagte. Sie war zurzeit nun mal nicht die Ruhe selbst. Sie war zerstreut, fahrig und spürte einen leisen Wutknoten im Bauch, der früher oder später aufspringen würde. Rasch stand sie wieder auf, wobei ihr schwindelig wurde. Sie sollte eine Kleinigkeit essen.

Sie schlüpfte aus der Tür und lief in die geräumige Küche, in der es wie immer chaotisch aussah. Schmutziges Geschirr stapelte sich in und neben der Spüle, dreckige Töpfe standen auf dem Herd, eine Pfanne mit Resten von Scampi mit Tomatensauce stand mitten auf dem Tisch, daneben ein überquellender Aschenbecher und eine angebrochene Flasche Manto Negro.

Gott, wie sie die Nase voll von alldem hatte! Mit einer wütenden Handbewegung schob sie Flasche, Pfanne und Aschenbecher zur Seite, so dass Platz für einen Teller war, und bestrich eine dicke Scheibe Brot mit selbstgemachter Knoblauchbutter. Das Brot hatte sie gestern Abend gebacken, während die anderen im Garten gesessen und Wein getrunken hatten.

Hab ich sie eigentlich noch alle?

Sie aß das Brot und wischte sich die Finger am Kleid ab, weil es kein sauberes Handtuch mehr gab.

Seit dem frühen Morgen hatte sie in der Werkstatt gestanden, getöpfert und anschließend gebrannt.

Und die anderen? Hatten es sich gemütlich gemacht.

Ich hab sie definitiv nicht mehr alle!

Sie war verschwitzt und müde. Sie würde früh schlafen und vorher noch eine Runde schwimmen gehen.

Und dieses Chaos hier sollte sonst wer beseitigen. Sie jedenfalls nicht!

Dass Gerard ihr gefolgt war, hatte sie nicht bemerkt.

Umso verblüffter war sie, als sie aus dem Wasser kam und ihn lang ausgestreckt auf ihrem Handtuch antraf.

Sie hätten ihn längst rausschmeißen sollen. Aber bis die anderen sich zu irgendetwas entscheiden konnten, verging mal eben ein Jahr.

Er streckte eine Hand nach ihr aus. »Setz dich doch. Du bist ganz nass.« Er grinste breit.

Und sein dämliches, süffisantes Grinsen konnte er sich sonstwo hinstecken!

»Ich war schwimmen, Gerard, da wird man nun mal nass.«

Sie hatte ihn von Anfang an nicht gemocht. Er war einer dieser Männer, die etwas Schmieriges an sich hatten. Und dann sein ständiges Grinsen. So als würde er alles und jeden belächeln.

»Hau ab, Gerard, ich will allein sein.«

Manchmal wünschte sie, sie wäre ein Mann und könnte Gerard einfach eins auf die Nase geben. Genau danach war ihr gerade.

Die Sonne ging bald unter, und sie wollte dann unbedingt allein hier sein. Den Sonnenuntergang an dieser Stelle erleben zu können war atemberaubend. Ohne Gerard wohlgemerkt.

Vielen Dank, Gerard, du verdammter Schmarotzer und Dauergrinser …

»Ich hab mir übrigens mit Absicht diesen Platz ausgesucht«, zischte sie.

»Na klar, damit wir zwei Hübschen ganz allein sind, oder?«

»Nein, damit *ich* ganz allein bin, Gerard.«

Noch bevor sie etwas tun oder sagen konnte, hatte er sie an sich gezogen und auf den Mund geküsst. Igitt, er schmeckte nach Tabak und Manto Negro. Und da war noch etwas. Ingwer?

Sie stieß ihn weg und boxte ihn in den Magen. »Lass das, du Blödmann!«

»Sei doch nicht so zickig. Ich dachte, wir machen es uns ein bisschen gemütlich.«

»Du machst es dir dauernd gemütlich, das ist nichts Neues.«

Er lachte.

»Okay, ich sag's etwas deutlicher, Gerard: Verschwinde!«

Er lachte noch mehr.

Und Lilo wurde noch wütender. Am Ende würde sie ihm wirklich eine scheuern, verdient hätte er es dreimal.

»Ich. Will. Allein. Sein!«, brüllte sie und tippte sich an die Stirn. »Du hast's nicht so mit dem Begreifen, oder?«

Er setzte sich träge auf und zündete sich eine Selbstgedrehte an.

»Mach die Zigarette aus!«

Er inhalierte tief und grinste sie unverschämt an.

»Mach sofort die verdammte Zigarette aus!«

»Hier ist Wildnis, freie Natur, Süße. Und ich werde nach Herzenslust rauchen. Apropos Lust …« Er streckte wieder die Hand aus.

Lilo sprang einen Schritt zurück und funkelte ihn an.

Es war verrückt, aber in diesem Moment ging ihr durch den Kopf, dass ihr niemand zu Hilfe kommen würde, selbst wenn Gerard gleich über sie herfiele. Sie könnte sich die Seele aus dem Leib schreien, und niemand würde reagieren.

Ganz einfach, weil es hier niemanden gab, der sie hören würde. Und von den anderen würde es keinen interessieren …

Diese Erkenntnis traf sie wie ein Faustschlag. Und es war verblüffend heilsam.

»Steh auf!«, fauchte sie ihn an.

»Was?«

»Beweg deinen Hintern, Gerard, du liegst auf meinem Handtuch!«

»Ist schön weich.«

Sie hatte eine ganze Menge äußerst kreative Schimpfwörter auf Lager, die ihr in diesem Augenblick einfielen. Aber sie biss sich auf die Zunge. Vergeudete Lebenszeit!

»Steh auf!«

Er klemmte sich die Zigarette in den Mundwinkel und stand in Zeitlupe auf.

Mit einer raschen Bewegung hatte sie sich das Badelaken geschnappt und mit einer weiteren darin eingewickelt. Sie hob ihre große Basttasche auf, schulterte sie und ging los.

»Wo willst du denn hin, Süße?«

»Irgendwohin, wo du nicht bist!«

Sie hörte ihn lachen. Und sie hörte, dass er hinter ihr herkam.

Sie lief schneller, was schwierig und verflucht anstrengend im Sand war.

»Warte doch, Lilo! Warum überzeugst du dich nicht von meinen Liebeskünsten?«

Sie musste lachen, sie konnte nicht anders. »Liebeskünste? Entschuldige, dass ich lache. Da hat mir Evelin aber was ganz anderes erzählt.«

Im nächsten Moment hatte er sie von hinten gepackt und zu Boden geworfen. Mit der Nase landete sie im warmen Sand und spürte gleich darauf ein Knirschen zwischen den Zähnen. »Spinnst du! Geh runter von mir!«

Er drehte sie auf den Rücken und setzte sich auf sie.

Lilo blieb nicht nur die Spucke weg, auch die Luft wurde knapp.

»Das ist nicht mehr witzig, hörst du?«, blaffte er.

»Nein«, keuchte sie, »das ist echt nicht mehr witzig. Ich schreie, Gerard!«

»Tu das.« Er wartete geduldig ab, doch es kam kein Laut aus ihrer Kehle. Wie auch, wenn sie noch nicht mal genug Luft zum Atmen hatte? Er grinste wieder und zerrte am Handtuch.

Das wagt er nicht! Er wird mich nicht …!

»Pfoten weg!«, schrie sie, und urplötzlich kehrte ihre Kraft zurück. Sie verpasste ihm einen heftigen Stoß, von dem er ganz offenbar so überrascht war, dass er das Gleichgewicht verlor und hintenüberkippte.

Lilo nutzte die Gelegenheit, kam auf die Füße und rannte los.

Das Laken löste sich, verhedderte sich kurzfristig um ihre Beine, rutschte dann aber Gott sei Dank herunter.

Lilo lief einfach weiter.

Splitternackt erreichte sie die Finca. Sie blieb stehen und lehnte sich an die Tür ihrer Werkstatt. Ihr Puls raste, und sie hatte Seitenstechen.

Das Maß war voll! Ihr ganz persönliches Fass war längst übergelaufen, sie hatte es nur ignoriert.

Henry kam aus dem Haus auf sie zu und blieb verdutzt stehen. »Was stehst du denn nackt hier rum?«

»Gerard ist … er wollte …«

»Er ist ein Schwachmat, sag ich ja immer. Aber du kennst ja die anderen, bis die sich dazu durchringen, ihn rauszuwerfen … Wir sollten abstimmen, was meinst du?« Er küsste sie auf die nackte Schulter. »Brigitte ist einkaufen. Wir könnten es uns ein bisschen auf deinem Futon gemütlich machen.« Er griff an ihre Brust.

Sie hatte genau dreimal mit ihm geschlafen. Einmal hatte er sie in der Werkstatt verführt, und der Tisch war unter ihnen zusammengebrochen. Sie hatten Tränen gelacht und sich woanders weitergeliebt. Henry hatte etwas Verführerisches an sich, dem sie nur schwer widerstehen konnte. Er konnte ungeheuer zärtlich und liebevoll sein, und er verstand es, sie zu umgarnen. Brigitte und er waren eigentlich ein Paar, doch das nahm hier niemand so genau, denn Brigitte ging auch manchmal mit Fred ins Bett. Immerhin war man untereinander so rücksichtsvoll, dass man nicht vor dem jeweils anderen herumturtelte.

»Lass mich, Henry!« Sie schob seine Hand weg. »Ich hab genug für heute.«

Nein, sie hatte genug für alle Zeiten.

Sie drängte sich an ihm vorbei und lief ins Haus.

In ihrem Zimmer begann sie ihre Klamotten aufs Bett zu werfen und achtlos in zwei große Taschen zu stopfen.

Henry erschien in der Tür und blieb stehen. »Was machst du da?«

»Ich packe.«

»Sieht echt danach aus, Lilo.«

Sie schlüpfte in ihr rotes Kleid.

»Willst du verreisen?«

»Nein, ich will weg, Henry.« Sie drehte sich zu ihm um. »Ich hab's satt! Ich hab euch alle so was von satt!«

»Spinnst du?«, fragte er verwundert und sehr ruhig.

»Nein, ich spinne endlich mal nicht mehr. Ich hab endlich begriffen, was gut für mich ist.«

»Hey.« Er lächelte und ging nun auf sie zu. »Wir tun dir gut, wir alle hier tun dir gut, oder etwa nicht?«

»Nein, Henry.« Sie schluckte wütend. »Ihr tut mir überhaupt nicht gut.« Sie schnappte sich ihre Taschen und ging an ihm vorbei zur Tür.

Brigitte kam ihr entgegen und starrte sie an. »Ihr beide schon wieder? Das glaub ich ja jetzt nicht.«

»Lass mich durch, Brigitte«, erwiderte Lilo müde.

»Warst du wieder mit Henry in der Kiste?«

»Nein.«

»Und warum ist dein Kleid dann offen?«

»Hab vergessen, es zuzuknöpfen.«

»Wer's glaubt.« Brigitte stieß ein Zischen aus. »Ich hab dir schon mal gesagt, lass die Finger von Henry. Ich mag's nicht, wenn du mit ihm pimperst.«

»Er pimpert ja auch mit Line, und dagegen hast du nichts.«

Brigitte funkelte sie feindselig an. »Das ist was anderes, und das weißt du auch verdammt gut!«

»Warum ist das was anderes?« Mit einer Hand versuchte Lilo, ihr Kleid zuzuknöpfen.

Und warum stehe ich überhaupt hier und rechtfertige mich?

»Weil du attraktiv bist, Lilo! Line ist ganz niedlich, aber ein bisschen plemplem. Wenn Henry und du … das ist was anderes, verdammt!«

Musste sie das verstehen? Nein.

»Lass mich vorbei, Brigitte. Entspann dich, ich werde verschwinden.«

»Ach ja?« Diesen spöttischen Zug um den Mund hatte Brigitte manchmal. Er stand ihr nicht besonders.

»Wo willst du überhaupt hin?«, fragte Henry hinter ihnen.

»Mir fällt schon was ein.«

»Wir sollten das ausdiskutieren, Lilo.«

»Ich diskutiere mit euch gar nichts mehr aus.«

»Du kannst nicht einfach abhauen«, meinte er.

»Ich bin erwachsen, Henry, ich kann alles, was ich will.«

»Darüber wird erst mal abgestimmt«, sagte Brigitte nun sehr bestimmt.

»Du solltest doch froh sein, wenn ich nicht mehr hier bin«, meinte Lilo giftig zu ihr und schob sie einfach beiseite.

»Wir werden das ausdiskutieren!«, riefen Brigitte und Henry gleichzeitig.

Lilo lief zur Haustür, zog sie auf und knallte sie hinter sich zu.

Die beiden folgten ihr. Offenbar wollten sie sie wirklich nicht einfach so gehen lassen.

»Wir sind eine Gemeinschaft, Lilo.« Henry versuchte sie festzuhalten. »Du kannst nicht einfach abhauen, es gibt Regeln ...«

Jetzt musste sie lachen. »Regeln? Entschuldige, aber ich glaube, ich lache mich kaputt. Ihr sprecht von Regeln? Schon vergessen, dass ihr auf diese Regeln pfeift, wenn ihr sie gerade nicht gebrauchen könnt? Und seien wir doch mal ehrlich, Henry, ihr habt doch nur Schiss, dass ihr nun selber ranmüsst.«

»Wie meinst du das denn?«, wollte Brigitte wissen und baute sich vor ihr auf.

»Ihr müsst selbst dafür sorgen, dass der Kühlschrank aufgefüllt wird. Keine Lilo mehr, die arbeitet und einkaufen geht.«

Brigitte reckte das Kinn und verschränkte die Arme. »Das können wir selbst, liebe Lilo. Ich gehe auch arbeiten, und Henry ...«

»Du gehst arbeiten? Interessant. Ist mir noch gar nicht aufgefallen. Was machst du denn so?«

»Ich bin Fotomodell.«

Lilo musste so lachen, dass sie sich verschluckte.

»Was ist daran so witzig?«, fauchte Brigitte.

»Wer fotografiert dich denn, Brigitte?« Lilo suchte nach einem Taschentuch.

Warum ging sie nicht einfach? Warum stand sie sich hier die Beine in den Bauch, anstatt zu verschwinden?

Die Antwort wusste sie: weil sie leidenschaftlich gern diskutierte, deshalb. Und sie verfluchte sich in diesem Moment dafür.

Ich werd's mir abgewöhnen. Ich schwöre es.

Brigitte war eingeschnappt. »Es gibt ganz tolle Fotos von

mir. Sagt Henry auch, falls es dich interessiert. Und der Kalender in der Küche …«

»Nein, Brigitte, das interessiert mich nicht die Bohne. Und der Kalender ist von 1993. Ich werde von hier verschwinden, ihr seht mich nie wieder.«

»Und wo willst du hin?«, fragte Brigitte und verzog verächtlich das Gesicht.

»Mir fällt schon was ein.«

»Trotzdem finde ich, dass wir darüber abstimmen sollten«, beharrte Henry.

»Ihr könnt ja meinetwegen abstimmen, wenn ich weg bin«, gab Lilo zurück und verkniff sich ein Grinsen.

»Hier kann nicht jeder tun und lassen, was er will«, wiederholte er und warf Brigitte einen hilfesuchenden Blick zu.

»Doch, Henry.« Lilo strich ihm kurz über die unrasierte Wange. »Ich kann das.« Damit schulterte sie ihre beiden Taschen und ging über den Hof.

»Was ist mit deinen restlichen Klamotten, dem Geschirr?«, rief Henry ihr nach.

Sie hob eine Hand. »Lasse ich abholen.«

SCHLÜSSELBLUMENGELB

Theresa würde auf den kleinen, niedrigen alten Holztisch lindgrüne oder steingraue Kerzen stellen, da war sie sich noch nicht ganz schlüssig. Und sie würde sich vielleicht *»Catherine«* oder *»Beatrice«* kaufen, die Bilder einer Künstlerin aus Timmendorfer Strand, die sie vor ein paar Jahren in Hamburg kennengelernt hatte.

Cornelius hatte sie damals beinahe angefleht, keines der Bilder aufzuhängen, sie würden ihn verstören und um den Schlaf bringen.

Ich richte schon meine Wohnung ein, dabei hab ich noch nicht mal eine in Aussicht …

Sie schüttelte über sich selbst den Kopf, während sie barfuß den Sandweg entlanglief.

Die Sonne war leuchtend rot aufgegangen, und ein Kormoran dümpelte auf den Wellen.

Theresa blieb stehen und legte die Hand über die Augen.

Diesen Anblick würde sie lieben, bis sie alt und grau sein und vielleicht einen Rollator über die Insel schieben würde.

Die grau-blauen Wellen, die an Land schwappten, die weiße Gischt, die dabei aufspritzte, die leuchtende Sonne am Horizont, die Wolken, die wie gemalt aussahen, die blühenden Ginster- und Sanddornbüsche. Das hier war ihre Heimat, ihre kleine Oase.

Der Kormoran streckte seine glänzenden Flügel aus, um

sie in den warmen Strahlen der Morgensonne trocknen zu lassen.

Theresas Magen knurrte, sie sollte eine Kleinigkeit frühstücken.

Die Konditorei war erfüllt von fröhlichem Kinderlachen.

Zwei Jungen, beide strohblond, liefen umher und spielten Fangen. Der Kleinere von beiden rannte Theresa fast über den Haufen, als sie hereinkam. »Hoppla, junger Mann.« Sie lächelte und strich ihm übers weiche Haar.

Hannah, die Konditorin, begrüßte sie mit einem »Na, schon wieder so früh unterwegs?«

Sie erwartete ihr zweites Kind, wie Theresa wusste.

»Ich hatte noch nicht mal einen Kaffee, Hannah.«

Hannah zeigte auf einen der kleinen Stehtische, die am Fenster standen. »Kaffee kommt sofort. Dazu vielleicht ein belegtes Brötchen mit selbstgemachter Marmelade?«

»Da sage ich nicht nein.«

Theresa stellte sich an den Tisch und sah den beiden Jungs zu, die kichernd und lärmend durch die Konditorei stürmten. Und sie bewunderte Hannah für deren Engelsgeduld.

Hannah brachte ihr einen großen Becher Kaffee, dazu einen Teller mit Marmeladenbrötchen. »Schwarz wie immer.«

»Ist das Erdbeermarmelade?« Als Hannah nickte, verdrehte sie die Augen. »Ich liebe Erdbeermarmelade. Danke, Hannah, Sie sind ein Schatz.«

»Gern geschehen. Dann haben Sie immer noch keine Wohnung?«

»Nein, leider.«

»Ich habe gehört, dass die kleine Wohnung über dem Schmuckladen bald frei werden soll.«

»Ich bin dankbar für jeden Hinweis.« Theresa biss in das Brötchen und verdrehte erneut die Augen. »Die ist göttlich.«

Als sie fertig gefrühstückt hatte und bezahlen wollte, stellte sie fest, dass sie ihr Portemonnaie vergessen hatte.

»Ich bin so schusselig«, murmelte sie.

»Was ist passiert?«, fragte Hannah.

»Ich hab mein Geld zu Hause liegen lassen.« Sie schnaubte. »Zu Hause.«

Hannah holte einen kleinen Block und einen Stift aus dem Regal. »Kein Problem, ich schreib's an.«

»Würden Sie das wirklich tun?«

»Natürlich. Sie bezahlen einfach beim nächsten Mal.«

Theresa hatte den kleinen Sandweg nach Selm eingeschlagen.

Eine Eidechse huschte über den Weg und verkroch sich dann in einem der Heidebüsche.

Sie blieb stehen und lauschte. Von hier aus konnte man das Meer rauschen hören. Diese Gegend mochte sie ganz besonders. Hier war es noch stiller, noch beschaulicher, noch idyllischer. Über allem lag ein Hauch Romantik. Verstreut standen, wie hingetupft, alte Fischerkaten mit Reetdächern. Und hinter jedem Busch oder Strauch vermutete man eine Fee, die all das geschaffen hatte, um einen zu verzaubern.

Am Ende schreibe ich wirklich noch Gedichte …

Sie lief weiter. Rechts von ihr lag das kleine, bezaubernde Haus, vor dem sie jedes Mal stehen blieb, wann immer sie hierherkam. Es hatte einen ganz besonderen Charme, etwas Verzaubertes an sich. Bestimmt hatte eine Fischerfamilie dort gelebt. Ein wortkarger Mann mit blauer Fischermütze und Vollbart, eine Frau mit langem Rock und Kittelschürze und eine Schar munterer, rotwangiger Kinder, die im Garten spielten und sich freuten, wenn das Boot ihres Vaters am Strand zu sehen war.

Sie war schon fast an dem Haus vorbei, als ihr ein kleines Schild ins Auge sprang: *Zu verkaufen.* Darunter ein Preis.

Ihr Hirn spielte ihr offenbar gerade einen Streich. Der Preis, der auf dem Schild stand, konnte unmöglich richtig sein. Niemand, der bei Verstand war, würde ein Haus mit Meerblick zu einem derart wahnwitzigen Preis verkaufen.

Sie wollte weitergehen, doch sie stand wie angewurzelt da und starrte auf das Schild. Ob der Preis ein Versehen war? Oder eins dieser Lockangebote?

Wie auch immer, ohne dass sie es wollte, hatte ihr Hirn ihr eine Botschaft geschickt: *Du könntest zugreifen.*

Sie hatte eine größere Summe von ihrem Großvater geerbt. Sie war seine einzige Enkelin, und er hatte bereits Jahre vor seinem Tod verkündet, dass er für ihre Zukunft gespart hatte.

Es wäre ihr lieber gewesen, wenn er sich selbst etwas gegönnt hätte, aber davon hatte er nichts hören wollen.

Noch immer starrte sie auf das Schild.

Und dann taten ihre nackten Füße etwas Erstaunliches: Sie gingen wie von selbst weiter.

Auch ihre Hände entwickelten ein Eigenleben. Sie öffneten die alte, knarzende Gartenpforte und zogen sie sorgsam wieder hinter sich zu. Hinter dem Zaun, dessen weiße Farbe abgeblättert war, wuchsen Schlüsselblumen.

Wie bezaubernd der Garten war! Zu beiden Seiten des kleinen Weges, der bis zur Haustür führte, standen hohe Stockmalven in Weiß, Zartrosa und Dunkelrot. In einem kleinen Beet neben der Haustür wuchsen orangefarbene Blumen, die sie noch nie vorher gesehen hatte. Was mochte das sein?

Theresa wusste kaum, wohin sie zuerst und zuletzt schauen sollte. Sie würde einen klitzekleinen Blick durch eins der Fenster werfen. Nur so, aus Interesse.

Ob noch jemand hier wohnte?

Manche Wohnungen und Häuser finden ihre Besitzer, hatte ihre Mutter irgendwann mal gesagt. Theresa hatte es damals für eins ihrer seltsamen Mantras gehalten.

Das Haus findet mich, Ommm …

Die Haustür wurde plötzlich geöffnet, und eine weißhaarige alte Dame erschien auf der Schwelle.

Theresa rief erschrocken: »Huch!«, und die alte Dame fast gleichzeitig: »Du meine Güte, haben Sie mich erschreckt!« Aber sie schien nicht verärgert zu sein, im Gegenteil, sie lächelte.

Langsam trat Theresa näher. »Verzeihen Sie, wenn ich so neugierig bin …«

»Sie werden das Schild gesehen haben.«

»Stimmt. Sie wollen das Haus verkaufen?«

»Wollen? Nein, ich muss. Das Haus ist zu groß für mich allein, und meine Tochter liegt mir ständig in den Ohren, dass ich es verkaufen und zu ihr ziehen soll.« Die alte Dame trat beiseite. »Bitte, kommen Sie doch herein.«

Theresa zeigte auf die orangefarbenen Blumen. »Was sind das für hübsche Blumen?«

»Taglilien.«

»Die sind bildschön.«

Die alte Dame lächelte. »Meine Lieblingsblumen.«

Beinahe ehrfürchtig betrat Theresa die große Diele. Rechts führte eine blau-weiß gestrichene Holztreppe ins obere Geschoss.

Sofort hatte sie Dutzende Bilder vor Augen: ein alter Bauernschrank da vorn an der Wand, direkt gegenüber eine kleine Kommode und darüber ein Spiegel vom Flohmarkt. Die Schuhe könnte sie …

»Wollen wir erst mal in die Küche gehen?«

Sie fuhr zusammen und nickte. Sie war sprachlos, und das passierte nicht sehr oft.

»Ich bin übrigens Henriette Schmidt«, stellte die alte Dame sich vor. »Wie der damalige Bundeskanzler. Und Sie?«

»Theresa Weiland, wie der Heiland nur mit W.«

Henriette Schmidt schmunzelte. »Und Sie suchen ein Haus.«

»Das Haus hat mich gefunden«, erwiderte sie noch immer fassungslos.

»So was soll's geben.« Henriette Schmidt öffnete die Tür zur Küche, und Theresa hätte um ein Haar irgendetwas wie »Das glaub ich jetzt nicht!« gerufen. So eine Küche, exakt genau so eine, hatte sie immer haben wollen. Sie musste träumen, ja, das war's.

»Es ist natürlich alles sehr alt«, meinte Henriette Schmidt. »Und das meiste müsste ausgetauscht werden. Die elektrischen Leitungen, die Wasserleitungen, die Fenster, Sie wissen schon. Kennen Sie sich damit aus?«

»Mit Fenstern?«

»Auch damit. Mit allem, meinte ich.«

»Entschuldigen Sie, aber ich bin ziemlich durcheinander.«

War das taktisch unklug, gleich herauszuposaunen, dass man dieses und kein anderes Haus auf Erden haben wollte?

Cornelius hätte gesagt: *Sag bloß niemals, dass du das, was du kaufen willst, großartig findest und unbedingt haben willst. Tu immer so, als wäre es ganz okay, nichts Besonderes.*

Und wieso?, hätte sie verblüfft gefragt.

Weil das den Preis drückt.

»Der … Preis«, stammelte sie, während sie sich umschaute.

»Sie glauben wahrscheinlich, dass ich nicht alle beisammenhabe.« Die alte Dame tippte sich an die Stirn und schmunzelte wieder. »Das Haus soll in gute Hände kommen. Ich verkaufe also nicht an jeden. Erst gestern war ein Mann hier, der es kaufen wollte. Aber er war mir nicht geheuer.«

Theresa musste lachen.

»Nicht geheuer?«

»Er hatte so etwas Eigenartiges an sich.« Henriette Schmidt schüttelte den Kopf. »Nein, ich wollte ihm das Haus nicht geben.«

Ich träume …

Sie musste einfach träumen, oder stand sie wirklich und leibhaftig hier in dieser hinreißenden Bauernküche?

Nein, wahrscheinlich würde sie jeden Moment hochschrecken und feststellen, dass ihr wie immer jeder einzelne Knochen weh tat und sie leider nur einen wunderbaren Traum gehabt hatte.

»Wollen wir uns nicht setzen? Es redet sich dann viel besser, finden Sie nicht?« Henriette Schmidt ließ sich auf einem verkratzten Holzstuhl mit Binsengeflecht nieder. »Leicht fällt es mir nicht, das Haus zu verkaufen. Warum setzen Sie sich denn nicht?«

Theresa sank auf einen Stuhl. Ihr Herz pochte wild, ihr Hals war ganz trocken. Sie schluckte krampfhaft.

Es könnte mein Haus werden ...

»Sind Sie verheiratet? Oh, bitte entschuldigen Sie, ich bin viel zu neugierig.« Die alte Dame schenkte ihr Tee aus einer hübschen weißen Porzellankanne mit Tülle ein, so als hätte sie sie bereits erwartet. »Ich trinke jeden Morgen um diese Zeit Tee. Und als ich eben aus dem Fenster schaute, habe ich Sie vor dem Zaun stehen sehen.«

Sie lächelte Theresa an, und Theresa konnte gar nicht anders, als zurückzulächeln. Vielleicht war das hier Schicksal? Eine Fügung. Wer weiß, vielleicht hatte sogar die Fee ihre Hände im Spiel, die das alles hier gezaubert hatte.

»Ich bin nicht verheiratet, um Ihre Frage zu beantworten. Ich komme oft an diesem Haus vorbei, und jedes Mal denke ich, wie unglaublich glücklich man sein muss, wenn man hier wohnen darf.«

»Das haben Sie wirklich gedacht?«

Theresa nickte.

»Sie gefallen mir, Theresa. Was machen Sie beruflich?« Die alte Dame nippte an ihrem Tee. »Nein, warten Sie. Lassen Sie mich raten. Ich tue das schrecklich gerne. Meine Tochter würde jetzt die Augen verdrehen, aber es macht einfach so viel Spaß.« Sie betrachtete Theresa eine ganze Weile. »Sie sind Künstlerin.«

»Woher ...?«

»Musikerin. Sie spielen Klavier. Nein, warten Sie, Sie spielen Geige oder Cello.«

Theresa schüttelte amüsiert den Kopf. Das heitere Beruferaten begann ihr Spaß zu machen.

»Nicht? Schade, ich täusche mich verblüffend selten. Habe ich mich im Instrument getäuscht?«

»Nein, ich bin keine Musikerin.«

»Aber Sie sind Künstlerin.«

»Ich bin Malerin.«

Henriette Schmidt klatschte in die Hände. »Wie wundervoll! Und Sie sehen sich bereits an Ihrer Staffelei in einem dieser Räume stehen und aufs Meer hinausblicken.«

»Sie sind mir unheimlich, Frau Schmidt.«

»Bitte sagen Sie Henny zu mir, alle tun das. Sie müssen Ihren Tee trinken, sonst wird er kalt.«

Theresa nahm artig die Tasse und trank einen Schluck.

»Sie malen also. Und verdienen damit Ihr Geld?«

»Reich werde ich wohl nicht damit werden, aber ich bin zufrieden.«

»Das klingt wunderbar, Theresa. Ich mag Sie, Sie gefallen mir. Möchten Sie mein Haus kaufen?«

»Ja. Ich liebe es. Es ist bezaubernd.«

Die alte Dame nickte zufrieden. »Ich weiß, der Preis ist zu niedrig, aber ich möchte nicht, dass Leute mit einem dicken Portemonnaie herkommen, die mit einem Haus mit Meerblick angeben wollen. Mein Mann und ich konnten solche Leute nicht leiden.« Sie blickte Theresa forsch ins Gesicht. »Sie sind nicht so, Theresa. Und deshalb möchte ich Ihnen das Haus verkaufen.« Sie griff nach Theresas Hand und drückte sie. »Ich habe es so sehr geliebt. Mit meinem Mann und unseren drei Kindern habe ich hier gewohnt, viele Jahre. Mein Mann ist seit vier Jahren tot, unsere Kinder leben nicht mehr auf der Insel. Was also sollte ich noch ganz alleine hier? Vier Jahre habe ich mich das gefragt und mich einfach nicht entschließen können.«

»Das verstehe ich sehr gut.«

»Einen alten Baum verpflanzt man nicht, dachte ich.« Sie seufzte. »Seit einem halben Jahr wohne ich nun bei meiner Tochter in Salzburg. Wir sind nur hergekommen, um nach dem Rechten zu sehen. Das Haus steht schon eine Weile leer. Offenbar hat das Schicksal uns beide zusammengeführt, Theresa.«

»Ja, sieht ganz so aus. Ich hatte keine Ahnung, dass es schon so lange leer steht. Es sah bewohnt aus.«

»Mit Absicht.« Die alte Dame zwinkerte ihr zu.

»Wie gefällt es Ihnen in Salzburg?«

»Oh, sehr gut. Waren Sie schon mal dort?«

»Nein, *dort* war ich noch nicht.«

»So wie Sie das sagen, klingt es, als wären Sie schon viel herumgekommen.«

»O ja.« Theresa verzog das Gesicht. »Aber nicht ganz freiwillig.«

Die alte Dame stand auf. »Möchten Sie den Rest vom Haus sehen? Es ist so gut wie leer, bis auf wenige Möbelstücke, die ich nicht mitnehmen kann. Aber Sie sind Künstlerin, Sie werden genug Phantasie haben, sich vorzustellen, wie es komplett eingerichtet aussehen wird.«

Als sie in der oberen Etage in einer der Kammern standen, wie die alte Dame sie liebevoll nannte, konnte Theresa die Tränen nicht mehr zurückhalten. Sie suchte in ihrer Hosentasche nach einem Taschentuch, und als sie keins fand, nahm sie kurzerhand den Ärmel ihres Shirts.

»Bitte entschuldigen Sie, normalerweise bin ich nicht

so sentimental.« Sie schniefte. »Aber diese entzückenden Kammern, die alte Badewanne mit Füßen, der Blick von hier oben aufs Meer …«

»Man muss sich nicht immer zusammennehmen.« Henriette Schmidt berührte sie sacht am Arm. »Warum soll man sich nicht mal so benehmen, wie man sich gerade fühlt? Kommen Sie, wir gehen wieder in die Küche und trinken noch einen Tee.«

»Auch wenn Sie kein Experte sind, es ist deutlich, dass hier einiges gemacht werden muss«, erklärte Henriette Schmidt, als sie wenig später wieder in der Küche saßen. »Das Dach muss gesäubert und die Fenster müssen erneuert werden, die Elektrik ist völlig veraltet, die Wasserleitungen …« Sie seufzte. »Und es hat nur eine Ofenheizung.« Sie schaute Theresa fragend an. »Sind Sie eine Frostbeule, Theresa? Wenn ja, dann sollten Sie als Erstes eine Heizung einbauen lassen. Wenn nicht«, sie lächelte, »ist es sehr heimelig, dem knisternden Holz zuzuhören, wenn man dick eingemummelt unter einer warmen Decke sitzt. Wenn Sie das alles nicht schreckt, können Sie sich aus diesem Haus Ihr ersehntes Heim schaffen. Sind Sie handwerklich geschickt?«

»Ein klein wenig. Das meiste werde ich machen lassen müssen.«

Mit dem Geld, das sie geerbt hatte, würde sie das Häuschen kaufen. Für eine komplette Entkernung und Sanierung würde es nicht reichen, nur für ein paar kleinere Renovierungen.

Sie streckte die Hand aus. »Ich möchte das Haus kaufen.«

»Werden Sie allein hier wohnen?«, erkundigte sich die

alte Dame. Als Theresa nickte, fuhr sie fort: »Ich sehe schon vor mir, wie Sie mit Ihren Freunden hier Feste feiern.« Sie zeigte nach draußen. »Der Garten ist leider sehr verwildert. Ich habe es einfach nicht mehr geschafft, mich darum zu kümmern. Sie hätten ihn früher sehen sollen. Leute, die hier vorbeikamen, sind am Zaun stehen geblieben und haben meine Rosen und die großen Lavendelbüsche bewundert.«

»Das kann ich mir vorstellen. Ich mag den Garten auch jetzt.«

»Sie müssen darauf achten, dass die Bäume und hohen Büsche regelmäßig gestutzt werden. Es ist wegen des Daches, wissen Sie. Es sollte nicht von hohen Bäumen bedeckt sein, damit es immer gut austrocknen kann. Mein Mann hat es übrigens vor etwa fünfzehn Jahren neu decken lassen.«

Theresa wusste nicht, ob das eine gute oder schlechte Nachricht war. »Und was genau bedeutet das?«

»Dass Sie sich mit ein bisschen Glück keine Gedanken um ein neues Dach machen müssen. Es muss nur regelmäßig gesäubert werden.«

Theresa nickte.

»Dann sind wir uns einig?«, fragte die alte Dame nach einer Weile und blickte sie fragend an.

»Ja, wir sind uns einig.«

Akeleiblau

Sie ging nicht nach Hause, sie schwebte regelrecht.

Direkt bis zu Ellas Wohnung.

Ihre Freundin machte erst nach dem dritten Klingeln auf. »Meine Güte, wolltest du die Klingel aus der Wand reißen?«

»Stell dir vor, ich werde ein Haus kaufen, Ella!« Sie war ganz aus der Puste, weil sie das letzte Stück gelaufen war.

Sie gingen in die Küche, wie immer, und Theresa ließ sich auf einen Stuhl fallen. Erst jetzt spürte sie, wie durcheinander, aufgewühlt und auch erschöpft sie war.

Nun, sie kaufte schließlich nicht jeden Tag ein Haus.

Ella nahm die Teekanne vom Stövchen. Bei ihr gab es immer Tee, egal zu welcher Tageszeit man auftauchte.

Sie schenkte Theresa ein, dann setzte sie sich zu ihr. »Meine Schwester ist mit Mia am Strand. So, und nun erzähl mal ganz in Ruhe. Du willst also ein Haus kaufen?«

»Ja. Ich bin ganz zufällig daran vorbeigegangen. Nein, nicht zufällig, ich gehe da oft vorbei. Und dann sehe ich dieses Zu-verkaufen-Schild. Ich dachte, das kann nicht sein, ich muss träumen oder so was. Und dann geht die Tür auf, und Frau Schmidt sagt, ich solle reinkommen und mich umschauen. Wir haben Tee getrunken, und sie hat mir alles gezeigt. Jedes Zimmer. Es ist … ich bin sprachlos, Ella.« Sie musste sich zusammenreißen, nicht gleich wieder aufzuspringen und umherzulaufen.

»Merkt man gar nicht.«

»Das Haus ist unbeschreiblich! Es ist mein Haus, das wusste ich gleich, als ich in der Diele stand. Ich hab mich schon über den Flohmarkt schlendern sehen. Und dann das Badezimmer! Eine Badewanne mit Füßen!«

Ella zog die Beine an und schlang die Arme um die Knie. Sie blickte Theresa eine Weile nachdenklich an. »Entschuldige, wenn ich blöd frage, aber wovon willst du das Haus bezahlen?«

»Mein Großvater hat mir ein bisschen was vermacht.«

»Ach ja, das hast du mal erwähnt.«

»Das reicht sogar für ein paar kleinere Reparaturen. Und für den Rest ...« Sie zuckte mit den Schultern. »Da fällt mir schon was ein.« Sie stand auf und umarmte ihre Freundin. »Ich bin so glücklich, Ella, ich könnte die ganze Welt umarmen.«

Wie immer ließ sich Ella von ihrer Euphorie anstecken. »Ich freue mich mit dir, Theresa. Hoffentlich hast du dir das auch gut überlegt.«

»Nein, hab ich nicht.« Theresa zeigte auf ihren Bauch. »Er hat mir gesagt, dass ich das Haus kaufen soll. Ich musste es einfach tun.«

»Du hast aber noch nichts unterschrieben?«

»Nein, Frau Schmidt hatte den Vertrag noch nicht vorbereitet auf dem Küchentisch liegen«, gab sie trocken zurück, »aber wir machen einen Termin beim Notar.«

»An die zusätzlichen Kosten hast du gedacht?«

Theresa verdrehte schnaubend die Augen. »Manchmal bist du wie Cornelius.«

Ella hob die Hände. »Schon gut, schon gut. Du bist ein großes Mädchen.«

Ein Sonnenstrahl blendete Theresa, und sie kniff die Augen zusammen. »Arbeitest du heute gar nicht?«

Ella war Malerin, genau wie sie. Die beiden hatten sich im Kulturverein kennengelernt und gleich angefreundet.

»Ich wollte gerade in mein Atelier, als meine aufgeregte Freundin vorbeikam und mir erzählte, dass sie mal eben ein Haus gekauft hat.«

Theresa ging zur Tür.

»Wohin willst du?«, fragte Ella sie. »Du hast deinen Tee noch gar nicht getrunken.«

»Ich bin viel zu aufgeregt. Ich gehe jetzt zu Cornelius und sage ihm, dass ich doch ein paar Möbel haben möchte.«

Auf dem Weg zu ihrer alten Wohnung blieb sie immer wieder kurz stehen und blickte in den Himmel. Er hatte heute wieder dieses ganz intensive Blau. Das Meer und er hatten fast die gleiche Farbe.

Aquamarin …

Sie war hin- und hergerissen. Am liebsten würde sie umkehren und in ihr Atelier laufen und ein neues Bild beginnen, sie wollte aber auch mit Cornelius sprechen.

Ach verflixt, manchmal musste man sich eben entscheiden und Prioritäten setzen.

Entschlossen ging sie weiter.

Viel sagte Cornelius nicht.

Im Grunde hatte er bisher so gut wie gar nichts gesagt außer: »Das ist nicht dein Ernst, Theresa.« Wie gut sie den strengen Ton in seiner Stimme kannte.

»Mein voller Ernst, Cornelius.« Sie zeigte auf das kleine

Bücherregal. »Das ist meins. Und die Pflanze da drüben auch.«

Er drehte sich um und runzelte die Stirn. »Hmm …«

»Heißt das nun, dass du einverstanden bist?«

»Nimm mit, was du möchtest.«

»Danke.« Wie überaus großzügig von dir, dachte sie, während sie zum Regal ging und überlegte, ob sie wieder mal zu impulsiv gehandelt hatte. Vielleicht sollte sie sich ein neues Regal kaufen, ein hübscheres. Eins, das in ihr Haus passen würde.

Ihr Haus. Sie hatte ein Haus, eins nur für sich!

»Da muss doch sicher eine Menge gemacht werden.«

Hatte Cornelius etwas gesagt? Sie blickte über die Schulter. Er stand noch immer im Türrahmen, die Arme verschränkt. Seltsam, aber genau in diesem Augenblick war ihm sein Alter mehr als deutlich anzusehen. Nein, eigentlich sah er noch älter aus. War ihr das vorher nie aufgefallen? Doch, vermutlich schon, es hatte sie nur nie interessiert.

Ihre Beziehung hatte fünf Jahre gehalten, eine lange Zeit, die man nicht so mir nichts, dir nichts aus dem Kalender radierte. Fünf Jahre, die nicht durchweg schlecht gewesen waren.

»Was?«, fragte sie ihn zerstreut.

»Na, das Haus. Es ist ein altes, sagtest du?«

Sie nickte und betrachtete die Sofakissen. Das hellgrüne hatte sie erst vor ein paar Monaten gekauft. Es war hübsch. Dazu passte ihre sandfarbene Kuscheldecke, die ordentlich zusammengefaltet auf der Couch lag.

»Willst du alles allein machen?«

»Was?«, fragte sie wieder.

»Die Sanierung. Willst du alles selber machen, Theresa?«

»Nein.« Sie drehte sich zu ihm um. »Das kann ich doch gar nicht, Cornelius.«

»Eben.«

»Ich lasse Handwerker kommen.«

Er verzog spöttisch den Mund. Wie sie diesen Gesichtsausdruck gehasst hatte! Cornelius, der Besserwisser. Nein, Cornelius, der Alleswisser. »Und wovon willst du das alles bezahlen?«

Von dem Geld, das ich unter der Matratze versteckt habe, hätte ihre Mutter jetzt gesagt.

»Das lass mal meine Sorge sein.«

»Ach ja, ich hab glatt vergessen, dass dein großzügiger Opa dir was vererbt hat. Geld, das wir ziemlich gut hätten gebrauchen können, als wir hierhergezogen sind.«

Ganz ruhig, sagte sie sich, reg dich jetzt bloß nicht auf.

»Du wolltest dir in Ruhe die Stelle suchen, die dich glücklich macht, Cornelius. Dass das fast ein Jahr dauert, konnte niemand ahnen.«

So. Das hatte er nun davon. Bissig werden konnte sie auch.

»Geht das wieder los.« Er seufzte.

Sie ging an ihm vorbei. »Lass uns nicht schon wieder streiten. Ich mag nicht mehr.«

Er kam hinter ihr her. »Ich auch nicht, Theresa. Tut mir leid, ich bin vielleicht etwas übers Ziel hinausgeschossen.«

»So kann man's auch ausdrücken«, murmelte sie.

Er zeigte zum Balkon. »Willst du deine Pflanze nicht mitnehmen?«

Ihre Akelei! Die hätte sie beinahe vergessen. »Danke,

dass du mich daran erinnerst.« Sie ging auf den kleinen Balkon und nahm den Topf mit der blauen Akelei.

»Wenn du meine Hilfe brauchst …«

Sie sah Cornelius verblüfft an. »Beim Tragen?«

»Nein, bei der Sanierung.«

»Danke, das ist nett von dir, aber ich komme schon klar.«

Außerdem gab's ja noch Georg …

Georg war Bildhauer, auch ihn hatte sie im Kulturverein kennengelernt. Befreundet waren sie nicht, was aber hauptsächlich daran lag, dass er keine Freunde brauchte.

Georg brauchte nur seine Kunst.

Er war ein paar Tage auf einer Ausstellung in Greifswald gewesen, wie sie wusste, und erst seit gestern wieder zurück.

Er stand in seiner Werkstatt und arbeitete an einer Skulptur, eine Schweißerbrille auf den Augen.

Theresa, die bereits mehrmals und ziemlich laut angeklopft hatte, räusperte sich. »Ähm, Georg?«

Er schien sie immer noch nicht bemerkt zu haben.

»Georg! Hallo!«, brüllte sie, und er fuhr zusammen.

Er nahm die Brille ab und stellte das Schweißgerät aus. Ein Grinsen huschte über sein Gesicht. »Theresa, wie geht's denn so?«

»Gut, danke. Ich brauche deinen Sachverstand, Georg.«

»Aha.«

»Du hast doch mal Architektur studiert.«

»Ist lange her. Willst du 'nen Kaffee?«

»Nein danke. Ich hab ein Haus gekauft und …«

Er ging zu einem kleinen Schränkchen, und sie fragte sich, ob er sich noch nie ernstlich verletzt hatte. In seiner

Werkstatt sah es, gelinde gesagt, aus wie bei Hempels unterm Sofa. Wenn bei ihr Unordnung und Chaos herrschten, dann war hier eine Bombe eingeschlagen.

Georg öffnete den Schrank, schob das, was ihm entgegenfiel, mit einem Handgriff beiseite und nahm eine Thermoskanne heraus. »Kaffee?«, fragte er wieder, und sie schüttelte den Kopf.

Wie er hier überhaupt irgendetwas finden konnte. Unglaublich.

Er setzte sich auf einen Hocker, den er unter einem Regal hervorgeholt hatte, und zeigte auf einen Stuhl, der neben der Skulptur stand, an der er bis eben gearbeitet hatte.

Ungeduldig setzte sie sich. »Ich hab ein Haus gekauft, Georg, eine alte, windschiefe und ganz bezaubernde Fischerkate. Sie steht in Selm und …«

»Das Haus von der alten Schmidt?« Er trank seinen Kaffee und wischte sich mit dem Handrücken über den Mund.

»Genau. Ich bin zufällig … Woher weißt du das?«

»Hab gehört, dass sie's verkaufen will.«

»Ach so. Kennst du das Haus? Ich meine, warst du mal drin?«

»Nee, aber du hoffentlich.« Er grinste.

»Natürlich. Ich hab alle Räume gesehen. Ich will dieses Haus unbedingt, Georg. Aber ich weiß, dass eine Menge gemacht werden muss. Würdest du mit mir hingehen und dir alles ansehen? Du kennst dich doch ein bisschen aus und kannst mir bestimmt …«

»Klar.« Er nickte und schenkte sich erneut ein. »Und wann?«

»Ähm, jetzt gleich?«

Er lachte. »Geht nich'.« Er zeigte auf die Skulptur. Was sollte das eigentlich sein? »Muss bis morgen fertig werden. Auftragsarbeit, bringt 'ne Menge Geld.«

»Verstehe. Hmm … Dann vielleicht übermorgen?«

»Übermorgen geht klar. Bin um acht da.«

»Ähm, um acht morgens oder abends?«

Er lachte wieder. »Morgens natürlich, bin Frühaufsteher.«

»Ach so.« Sie lächelte tapfer. Frühaufsteher, ach herrje. Sie dagegen arbeitete meistens bis spät in die Nacht. »Dann bis übermorgen.«

Sie zog die grässlich quietschende Holztür hinter sich zu und atmete gierig die frische Luft ein.

Mit einer großen Segeltuchtasche und einem Karton voller Malutensilien stand sie am Nachmittag in ihrer Fischerkate und blickte sich selig um. Die Akelei hatte sie gleich neben die Haustür gestellt. Es war ein Symbol: *Theresa Weiland wohnt jetzt hier. Das ist ihr Haus.*

Sie schlüpfte aus ihren Sandalen und ging in die Küche.

Ihre Küche. Ein paar Möbelstücke hatte Henriette Schmidt dagelassen, zum Beispiel ein ziemlich durchgesessenes Sofa, eine Art Ottomane, mit einem braunen Bezug. Es war ziemlich scheußlich, aber besser, als auf dem Boden sitzen zu müssen.

Auch die Küche war fast vollständig eingerichtet, wenn auch mit Möbeln, die früher oder später ersetzt werden müssten.

Außer zwei Stühlen und einem Tisch gab es noch eine kleine Kommode in der Stube, eine Art Herrenschrank in einer der oberen Kammern und einen gewaltigen, bildschönen Bauernschrank samt passender Wäschetruhe in der Diele.

Sie zog die Beine an und schlang die Arme darum. Das Fenster stand offen, und das Rauschen des Meeres war zu hören. Sie machte die Augen zu und legte den Kopf auf die Knie.

So blieb sie eine ganze Weile sitzen.

Es war ein erstaunlich heißer Tag für diese Jahreszeit gewesen. Ein schwülwarmer Wind kam durchs Fenster, und am Himmel zogen ein paar kleine graue Wolken auf.

Eine rote Katze streunte durch den verwilderten Garten.

Theresa stand auf, schlüpfte barfuß durch die Haustür und setzte sich auf die Steinstufen. Henriette Schmidt hatte von einem roten Kater erzählt, der sie regelmäßig besucht hatte und wohl ein heimatloser Streuner war.

Er rieb sich an einem der Büsche und kam dann langsam näher. Immer wieder blieb er stehen, um zu sehen, wie sie reagierte. Da sie aber ruhig sitzen blieb, traute er sich immer weiter vor. Schließlich setzte er sich hin und betrachtete sie neugierig. Theresa streckte die Hand aus, um seine Ohren leicht zu berühren. Der Kater schnurrte und stupste sie an.

»Du hast kein Zuhause? Du ahnst ja nicht, wie gut ich das kenne. Du siehst aus wie ein kleiner Löwe. Ich glaube, ich nenne dich Leo. Hast du Hunger?«

Der Kater hob den Kopf und schaute sie vertrauensvoll an.

Langsam stand sie auf, um ihn nicht zu erschrecken, und ging ins Haus. Sie konnte hören, dass er ihr gefolgt war.

Sie öffnete den kleinen Kühlschrank und holte eine

Flasche Milch heraus. Sie goss etwas auf eine schäbige braune Untertasse, verdünnte es mit Leitungswasser und stellte es dem kleinen Kater hin. Er fing gierig an zu schlecken, und sie sah ihm dabei zu.

»Du bist ja richtig ausgehungert, mein Kleiner.«

Sie würde ein paar Dosen Futter besorgen müssen.

Als er die Milch bis auf den letzten Tropfen aufgeschleckt hatte, sprang er auf ihren Schoß und begann sich zu putzen.

Sie lächelte über diesen Vertrauensbeweis. »Von mir aus kannst du gerne hierbleiben.«

Irgendwann waren ihr die Beine eingeschlafen, doch sie mochte nicht aufstehen, weil sie den Kater dann aufwecken würde.

Was waren schon Tausende von Ameisen in den Beinen und Füßen gegen diesen wunderbaren Anblick von Behaglichkeit und Vertrauen?

Der kleine Kater grunzte im Schlaf und zuckte mit den Pfoten. Ob er schon lange unterwegs gewesen war, auf der Suche nach jemandem, der sich seiner annahm?

Schließlich konnte sie es doch nicht mehr aushalten und stand vorsichtig auf. Leo machte es sich auf dem Stuhlkissen bequem und hob nicht einmal den Kopf, als sie zum Kühlschrank ging und Butter und ein kleines Stück Hartkäse herausnahm.

Auch das meiste an Geschirr, Töpfen und Pfannen hatte die alte Dame hiergelassen, weil sie es in Salzburg nicht gebrauchen konnte.

Theresa nahm zwei alte Backformen aus dem Schrank und stellte sie dann vorsichtig wieder zurück. Sie gehörten schon fast in ein Museum. Sie hockte sich hin und fand zwei Porzellankannen mit dazugehörenden Tassen und Tellern. Die würde sie behalten.

Sie deckte den Tisch und nahm das Brot aus dem Korb, das sie am Morgen gekauft hatte.

Während sie aß, schaute sie aus dem Fenster. Dieser Anblick würde sie bestimmt jeden Tag aufs Neue glücklich machen. Sie kniff sich in den Oberarm, um zu sehen, ob sie nicht vielleicht doch träumte. Nein, kein Traum. Sie saß wirklich hier in dieser Küche, auf einem Stuhl am Fenster lag zusammengerollt Kater Leo, und in einer der kleinen Kammern in der oberen Etage stand ihre Kiste mit Pinseln, Farben und Leinwänden.

Ich bin zu Hause. Ich bin angekommen …

STURMWOLKENGRAU

Der Wind war heftiger geworden, und der Himmel verfärbte sich mehr und mehr. Ob es ein Unwetter geben würde? Ein Gewitter?

Unwillkürlich hob Theresa den Kopf und blickte an die Decke.

Sie war das erste Mal mutterseelenallein in diesem Haus. Etwas mulmig wurde ihr schon bei diesem Gedanken.

Ach Unsinn, dieses kleine Häuschen würde Wind und Wetter trotzen, so wie es das schon viele, viele Jahrzehnte getan hatte. Wie alt mochte es überhaupt sein?

Sie hätte Henriette Schmidt danach fragen sollen. Aber das könnte sie nachholen, wenn sie sich beim Notar treffen würden.

Sie räumte das Geschirr in die alte, verkratzte Spüle und stellte Butter und Käse in den Kühlschrank zurück.

Der kleine Kater hob den Kopf und blickte sie treuherzig an, als wolle er sagen: »Du schickst mich hoffentlich nicht da raus.«

»Keine Angst, Leo. Wir beide gehen jetzt nach oben und machen es uns gemütlich.«

Gemütlichkeit stellte sie sich dann doch etwas anders vor.

Im Schneidersitz hockte sie auf der Isomatte, die sie mitgebracht hatte, den Schlafsack um die Schultern.

Der Kater lag neben ihr und hatte sich eng an sie gekuschelt. Ein lauter Donner ertönte, gleich darauf folgte ein greller Blitz, der den Himmel für ein, zwei Sekunden teilte.

Ängstlich blickte sie aus dem Fenster.

Stell dich nicht so an, meine Güte. Henriette Schmidt hat sicherlich so manches Gewitter in diesem Haus erlebt und heil überstanden …

Leo schleckte ihre Hand, als sie sich anders hinsetzte.

»Gefällt's dir bei mir? Dann sage ich: Herzlich willkommen, Leo. Schön, dass du da bist.«

Ein weiterer Blitz zuckte über den Himmel, und beide fuhren zusammen.

Es begann zu regnen. Wobei regnen es eigentlich nicht traf. Der Himmel hatte seine Schleusen geöffnet, und unglaubliche Wassermengen prasselten auf die Erde. Das Wasser lief in Sturzbächen an den Fenstern herunter, und schon bald hatte Theresa das ungute Gefühl, sie sollte durch sämtliche Räume gehen und sich vergewissern, dass es nirgendwo hereinregnete.

Sind Reetdächer nicht besonders feueranfällig?, fiel ihr dabei plötzlich ein.

Bestimmt war die Feuerversicherung für dieses Haus so immens hoch, dass ihr Hören und Sehen vergehen würde. Daran hatte sie noch gar nicht gedacht! Sie hatte viel zu impulsiv gehandelt und vorschnell ein Haus gekauft, das sie vom ersten Moment an geliebt hatte, das sie aber erst einmal gründlich in Augenschein hätte nehmen müssen.

Aber hätte das irgendetwas geändert? Hätte sie ihren Entschluss, ihren sehnlichen Wunsch, diese Kate besitzen zu wollen, geändert? Nein.

Sie kroch in den Schlafsack, wartete geduldig, bis der kleine Kater sich zu ihr gesellt hatte, und zog dann den

Reißverschluss bis zum Kinn hoch. Eigentlich war es viel zu warm, immerhin war Sommer, trotzdem fühlte es sich gut an.

Leo schmiegte sich an sie und legte den Kopf auf ihren Oberschenkel. Sie drehte sich auf die Seite, streichelte ihn mit einer Hand und stützte den Kopf auf den Ellbogen.

So lag sie lange wach, bis der Sturm sich ein wenig gelegt hatte. Dafür regnete es umso heftiger.

Immer wieder hob Theresa den Kopf und blickte in dunkler Vorahnung an die Zimmerdecke, als würde es jeden Moment dort heruntertropfen.

Das geschah aber nicht, stattdessen schlief sie ein.

Als sie die Augen öffnete, wusste sie nicht sofort, wo sie war. In ihrem Atelier? Nein, sie lag nicht auf ihrer Liege.

Sie setzte sich auf. Ach ja! Sie hatte in ihrer Kate übernachtet! Und ganz offensichtlich hatte die das Unwetter überstanden.

Mit einem Satz war sie von der Isomatte hoch und lief zum Fenster. Sie öffnete es und blickte zum Meer hinaus.

Sie musste sich zwingen, sich von dem atemberaubenden Anblick zu lösen. Sie sollte jeden einzelnen Raum genauestens inspizieren.

Bis auf einige Wasserlachen auf den Fensterbänken gab es nichts, was sie beunruhigte. Auch die oberen Räume hatten das Unwetter gut überstanden, auch hier nur nasse Fensterbänke. Sie ging zu einem der Fenster und tastete den Rahmen ab. Vielleicht war er undicht. Nun, das würde sich Georg genauer ansehen.

Sie würde jetzt erst mal in aller Ruhe frühstücken und

sich wahrscheinlich immer wieder zwicken müssen, um zu überprüfen, dass sie nicht doch träumte.

Sie hatte gerade einen ersten Kaffee getrunken, als sie jemanden den Weg entlangkommen sah.

Ella!

Sie sprang auf, um ihr entgegenzulaufen. »Wie schön, dass du da bist, Ella!«

»Ich hab's nicht mehr aushalten können.« Ella war stehen geblieben, eine Hand über den Augen, und blickte zu ihrer Kate. »Ich bin baff, Theresa.«

»Baff vor *Wie unglaublich schön ist das denn*? oder vor *Bist du eigentlich völlig bescheuert, dir so ein altes Häuschen zu kaufen*?«

Darüber schien Ella nachdenken zu müssen. »Tja, ich glaube, von beidem etwas.« Sie lachte, als sie Theresas Gesicht sah, und hakte sie unter. »Nein, war nur Spaß. Ich glaube, ich hätte sie auch gekauft, wenn mein Opa mir das nötige Kleingeld dafür vermacht hätte. Los, lass uns reingehen. Ich platze vor Neugier.«

Später saßen sie bei einem Kaffee zusammen in der Küche.

»Es ist traumhaft hier, Theresa. Ich schwöre, ich werde dich jeden Tag besuchen kommen. Das hier ist wie …« Ella lehnte sich zurück und zog die Beine an. »Wie das Paradies.«

»O ja.«

»Und wer möchte nicht gerne im Paradies leben?«

»Stimmt. Georg kommt morgen vorbei. Ich hab ihn gebeten, sich alles anzusehen. Und danach werde ich einen Plan aufstellen müssen, was alles gemacht werden muss.«

Theresa seufzte. »Ich meine, was als Erstes dringend gemacht werden muss.«

Ella nickte. »Und wie du das alles stemmen wirst. Finanziell gesehen.«

»Erinnere mich bloß nicht daran. Zahlen waren für mich schon immer ein rotes Tuch. Ich werde Bille fragen.« Bille war ein Zahlengenie und arbeitete seit vielen Jahren in einer Bank. »Wie geht's eigentlich deiner Schwester?«

Ella verzog das Gesicht. »Sie bleibt noch ein paar Tage. Beantwortet das deine Frage?«

»Ach du Schreck.«

»Ihr Mann ruft jeden Tag an, dass sie wieder nach Hause kommen soll, aber sie will ihn zappeln lassen. Sie meint, das erhöht die Spannung.«

Der rote Kater kam herein und schnupperte.

Ella stieß einen spitzen Schrei aus. »Nein, wie niedlich! Wer ist das denn?«

»Das ist Leo, mein neuer Hausgenosse.«

Ella hatte sich beinahe auf ihn geworfen und kraulte ihn am Kopf. »Ich dachte, du magst eher Hunde.«

Theresa zuckte mit den Schultern. »Ich mag auch Katzen. Außerdem wurde ich nicht gefragt. Leo hat mich gefunden.« Sie seufzte verträumt. »Genau wie mich das Haus gefunden hat.«

Als Georg am nächsten Morgen um Punkt acht Uhr vor der Tür stand, hatte sie sich bereits ein wenig häuslich eingerichtet.

Er klopfte sich die Hosenbeine seiner dunklen Cordhose ab und kam herein. In der Diele blickte er sich so um wie sie, als sie das erste Mal hier gestanden hatte.

Sie musste lachen. »Genauso hab ich auch geguckt, Georg.«

Er machte »Hmm« und betrachtete den Fußboden, der mit rötlichen Fliesen bedeckt war. Die Mitte der Diele zierte ein hübsches Mosaikmuster. »Ein kleines Schätzchen.«

Hatte er sie gemeint? Nein, bestimmt nicht, oder?

Er ging zur Küchentür und strich mit der Hand darüber. »Kassettentüren«, murmelte er.

»Aha. Und was bedeutet das?«

Er drehte sich zu ihr um. »Dass du sie nicht austauschen musst.«

»Das klingt schon mal richtig gut.«

Er ging weiter zur Treppe und legte die Hand auf den blaugestrichenen Holzknauf. »Noch so 'n Schätzchen.«

Aha, er meinte also die Treppe.

»Muss ich die erneuern lassen?«

Langsam und sehr vorsichtig trat er auf die erste Stufe. Er wippte auf den Zehen, nahm die nächste Stufe und ging weiter.

Als er oben angekommen war, rief er ihr zu: »Sieht gut aus!«

»Prima.«

Er kam wieder nach unten, ging in die Küche und untersuchte dort das Fenster. »Das muss raus.«

»Das hatte ich befürchtet. Die Fensterbank war heute Morgen ganz nass.«

»Nur die?«

Sie schüttelte den Kopf. »Nein, alle im Haus.«

Er nickte. »Müssen alle raus.«

»Aber die Türen können bleiben?«

»Können?« Er grinste flüchtig. »Nee, die *sollten* bleiben. Sind alles kleine Schätzchen.«

Sie ließ ihn die anderen Räume inspizieren und ging unterdessen in das Zimmer, das ihr Atelier werden sollte.

Vielleicht würde sie ein bisschen arbeiten können.

Jon Bon Jovi brüllte gerade *Livin' on a prayer*, als ihr jemand auf die Schulter tippte. Sie fuhr zusammen und wirbelte herum.

Georg stand vor ihr. »Bin fertig.«

Sie hatte ihn vollkommen vergessen, so vertieft war sie gewesen.

Er zeigte auf das halbfertige Bild, das ihre Kate samt Vorgarten mit Stockmalven in voller Blüte zeigte. »Schön. Gefällt mir. Verkaufst du's?«

»Dir?«

Er zuckte mit den Schultern.

»Mal sehen.« Sie legte den Pinsel beiseite. »Und?«

Er setzte sich auf den kleinen Hocker, und sie beschlich ein äußerst ungutes Gefühl. »Sag's einfach, Georg. Sprich's aus, ich bin auf alles gefasst. Ich liebe das Haus trotzdem.«

»Ist ein gutes Haus, Theresa, alt, aber gut. Heute baut man so was gar nicht mehr. Heute muss alles zack, zack gehen. Früher hat man noch gewartet, bis der Bau durchgetrocknet war, heute …« Er machte eine wegwerfende Handbewegung. »Die Fenster müssen raus, damit hast du nur Ärger. Die Leitungen solltest du auch machen. Das Dach muss nur immer sauber gehalten werden.«

Sie nickte. »Das hat Frau Schmidt mir auch schon gesagt.«

»Die Fußböden kannst du abschleifen lassen. Oder selber machen. Kannst du das?«

»Keine Ahnung.«

»Ich könnte dir helfen, wenn du willst.«

»Und ob. Das wäre super!«

»Willst du das Bad neu machen?«

»Ich denke schon.«

Er nickte vor sich hin. »Wenn du die alte Badewanne …«

Sie hob schnell die Hand und lachte. »Vergiss es, Georg. Die Badewanne bleibt.«

»Schade.«

»Was mache ich mit den Fenstern, wenn der nächste Regen …«

»Zeitungspapier in die Ritzen stopfen«, erklang eine weibliche Stimme hinter ihnen.

Theresa glaubte, ihren Ohren nicht zu trauen. Nein, das war nicht möglich! Das konnte nicht die Stimme ihrer Mutter gewesen sein.

Wie in Zeitlupe drehte sie sich um.

Doch. Dort drüben in der Tür stand tatsächlich ihre Mutter, strahlend wie der junge Morgen.

»Lilo?«, fragte sie fassungslos.

»Hallo, Luna.« Ihre Mutter kam näher, breitete die Arme aus und zog sie fest an sich. »Bin ich froh, dich zu sehen.« Sie roch nach einer Mischung aus Früchtetee und Patschuli.

»Bluna?«, fragte Georg verwirrt und blickte von einer zur anderen.

Lilo streckte die Hand aus. »Und du musst Cornelius sein.«

»Nein, Lilo, das ist Georg«, erklärte Theresa schnell.

Ihrer Mutter war direkt anzusehen, was sie gerade dachte. *Meine Tochter hat schon wieder einen Liebhaber, der ihr Vater sein könnte.*

»Georg ist ein alter ... Freund. Er hat sich das Haus angesehen. Wie bist du überhaupt hier reingekommen?«

Lilo hatte den Arm um ihre Taille gelegt. »Die Haustür war offen. Ist das dein Haus, Luna?«

»Luna?«, fragte Georg wieder. »Hab eben Bluna verstanden«, murmelte er.

»Nur meine Mutter nennt mich so.« Theresa versuchte, gleichmütig und entspannt zu wirken.

»Weil du so heißt«, erwiderte ihre Mutter unbeeindruckt und blickte sich begeistert um. »Dich Theresa zu nennen war deine eigene Idee, Schatz.«

Georg stand auf. »Ich gehe dann mal.«

Theresa eilte ihm nach und raunte: »Tut mir leid, dass meine Mutter einfach so ...«

»Habt euch lange nicht gesehen, was?«

»Eine Ewigkeit.« Sie brachte ihn zur Tür.

Er brummte noch etwas vor sich hin, während er durch den Vorgarten ging.

»Ach, und danke, Georg. Das war total nett von dir.« Sie würde ihm eine Flasche von seinem Lieblingsrotwein vorbeibringen.

»Gern geschehen.« An der Gartenpforte drehte er sich noch mal um. »Mach's gut. Luna.« Sein breites Grinsen hatte sie noch gesehen.

Sie blieb eine Weile in der Tür stehen.

Wenn ich mich umdrehe, ist Lilo nicht mehr da. Weil ich sie mir nur eingebildet habe ...

Langsam ging sie durch die Diele und prallte gegen ihre Mutter, die aus einer der Kammern kam.

»Es ist alles ganz bezaubernd, Luna, jeder einzelne Raum ist eine Offenbarung.«

Eine Offenbarung, aha.

Ihre Mutter lief in die Küche.

Theresa folgte ihr und blieb in der Tür stehen. »Was machst du eigentlich hier, Lilo?«

»Dich besuchen. Wie lange wohnst du schon hier?«

»Seit gestern.« Theresa ließ sich auf einen der beiden Stühle fallen. »Warum hast du nicht angerufen?«

Dann hätte ich mich innerlich vorbereiten können …

»War eine spontane Idee, Luna.«

»Und wie hast du mich gefunden?«

Ihre Mutter zog sich den anderen Stuhl heran und rutschte dicht neben sie. »Ich hab beim Kulturverein nachgefragt. Die wussten, wo du wohnst.«

Theresa kaute auf ihrer Unterlippe. Als sie ihr Atelier ausgeräumt hatte, hatte sie Doris die neue Adresse dagelassen. Mist, verdammter!

Etwas verstohlen betrachtete sie ihre Mutter, die streichholzkurzes, hennagefärbtes Haar hatte, das aussah, als wäre sie gerade aus dem Bett gekrochen. Sie trug Dutzende bunte Holzketten und Armbänder und über der grünen Pluderhose eine lange, weite Bluse. Als sie die Hand ausstreckte, um sie auf Theresas Wange zu legen, klimperten ihre Armbänder. »Es ist so schön, dich zu sehen, Luna.«

Ihre Mutter hatte sie Luna-Suani genannt. Luna, der Mond, und Suani war indisch und bedeutete liebenswürdig, freundlich.

Seit vielen Jahren benutzte Theresa den Namen nicht

mehr. Schon als kleines Mädchen hatte sie ihn furchtbar gefunden.

»Theresa.« Ihre Mutter strich ihr erneut mit dem Handrücken über die Wange. »Ich kann mich einfach nicht an diesen Namen gewöhnen. Er passt so gar nicht zu dir.«

Theresa verzog spöttisch den Mund. »Es ist mein eigentlicher Name, Lilo, schon vergessen? Du musstest neben Luna-Suani einen stinknormalen, sehr gewöhnlichen Namen nehmen«, erinnerte sie ihre Mutter. »Also hast du den deiner Mutter genommen.«

»Ja, weil auf dem Amt nur Spießer arbeiten.«

»Die haben ihre Vorschriften, Lilo.«

Die grünbraunen Augen ihrer Mutter funkelten übermütig. »Gut, dass deine Großmutter nicht Walburga hieß. Oder würdest du dich dann Walli nennen?«

»Sehr witzig. Ich mag Theresa.«

»Er passt trotzdem nicht zu dir.«

Es hatte sich nichts geändert, ihre Mutter musste grundsätzlich das letzte Wort haben.

Wie oft sie sich gekabbelt hatten. Und dann diese ständigen Diskussionen. Dauernd hatte es geheißen: *Lass uns das ausdiskutieren, Luna.*

Ihr letzter Streit war dann ziemlich aus dem Ruder gelaufen, weil Theresa ihr all das an den Kopf geworfen hatte, was sie seit Jahren mit sich herumgeschleppt hatte: *Ich musste ohne Vater aufwachsen. Du warst nie eine richtige Mutter für mich. Ich wollte nie eine beste Freundin als Mutter, sondern eine ganz normale Mutter. Wann begreifst du das endlich?*

»Erzähl doch mal. Wer ist dieser Georg?«, wollte ihre Mutter wissen.

»Das sagte ich doch bereits, ein alter Bekannter.«

»Vorhin hast du ihn Freund genannt.«

»Und wenn schon.«

»Er ist also dein Liebhaber.«

»Nein! Natürlich nicht! Georg ist Anfang fünfzig!«

»Du hattest doch immer schon einen Vaterkomplex.« Lilo zuckte mit den Schultern.

»Bist du hergekommen, um mir das zu sagen, Lilo?«

»Nein, Luna. Ich hatte Sehnsucht nach dir.« Lilo sah plötzlich sehr ernst aus.

»Wie lange bleibst du?« Theresa hatte Angst vor der Antwort.

»Ein paar Tage würde ich schon gerne bleiben.«

Theresa versuchte, sich nichts anmerken zu lassen.

»Was ist eigentlich mit Cornelius?«

»Wir haben uns getrennt«, gab sie kurz angebunden zurück.

»Weil er dir zu wenig Freiheiten gelassen hat?«

»Wie kommst du denn darauf? Du kennst ihn doch überhaupt nicht.«

»Wie hast du die Trennung verkraftet, Luna?«, erkundigte sich ihre Mutter, ohne weiter darauf einzugehen.

»Sehr gut.«

Lilo nickte vor sich hin und spielte mit ihren Perlenarmbändern.

»Und du? Mit wem schläfst du zurzeit?«

»Mit niemandem, Luna. Ich bin frei wie ein Vogel.« Sie begann lauthals zu lachen.

»Und flatterhaft wie ein Schmetterling, jaja, ich weiß.«

Ihre Mutter betrachtete sie eine Weile, dann stand sie auf und stellte sich ans Fenster. »Es ist himmlisch hier. Ich bin hin und weg.«

»Das klingt, als würdest du nicht seit Jahren auf Mallorca leben, sondern irgendwo in einem miefigen Kaff.«

Lilo drehte sich zu ihr um, sagte aber nichts.

»Hast du gar kein Gepäck dabei?«

Wenig Gepäck gleich kurzer Aufenthalt, oder?

»Steht in der Diele.«

Theresa erhob sich träge. Ihre Begeisterung und ihr ganzer Elan waren verflogen. Ihre Mutter war da, und sie wusste schon jetzt, dass die nächsten Tage mehr als anstrengend werden würden.

SCHILFGRÜN

»Wie, sie stand ganz plötzlich vor der Tür?«, fragte Ella, als Theresa sie einige Zeit später anrief.

Ihre Mutter war irgendwo im Garten verschwunden. Trotzdem senkte Theresa die Stimme. »Sie hätte anrufen können, dann wäre ich vorbereitet gewesen. Halbwegs wenigstens.«

»Du Arme. Ihr seid wohl nicht grade ein Herz und eine Seele.«

Sie hatte Ella bisher so gut wie nichts über ihre Mutter erzählt. Weshalb auch?

»Wir geraten ständig wegen Kleinigkeiten aneinander.«

»Meine Schwester ist übrigens wieder bei ihrem Mann. Er ist einfach vorbeigekommen und hat sie abgeholt. Und was macht sie? Heult und fällt ihm um den Hals. Von wegen zappeln lassen.«

»Was mach ich denn jetzt, Ella?«

»Mit deiner Mutter, meinst du?«

»Ich halte sie nicht aus, keine zwei Tage halte ich …«

»Soll ich uns was Leckeres kochen, Luna?« Ihre Mutter war hereingekommen.

»Ich muss aufhören. Tschüs, Ella. Ich melde mich.« Sie drehte sich zu ihrer Mutter um. »Ich hab eigentlich keinen Hunger.«

»Aber ich. Ist es okay, wenn ich was koche?«

Theresa wedelte mit der Hand. »Klar. Viel ist aber nicht

da, ich war noch nicht einkaufen. Töpfe und Pfannen sind da unten im Schrank. Und Geschirr ...«, sie zeigte nach rechts, »findest du oben im Regal.«

»Weißt du was? Ich laufe schnell los und kaufe was ein.« Und schon war Lilo aus der Tür.

Theresa sank auf einen Stuhl und schloss die Augen.

Sie konnte noch immer nicht glauben, dass ihre Mutter da war.

Sie hatte sich vor die Haustür gesetzt, nachdem sie eine Zeitlang versucht hatte zu arbeiten. Doch dazu war sie viel zu aufgewühlt, immer wieder hatte sie daran denken müssen, dass ihre Mutter jeden Moment den Weg entlangkommen würde. Wahrscheinlich singend und tanzend.

Aber nicht sie kam den Weg entlang, sondern eine dunkelhaarige Frau, die Theresa nicht kannte. »Sind Sie die Malerin?«, rief sie schon von weitem.

Theresa stand auf und nickte.

Die Frau öffnete die Gartenpforte. »Darf ich? Bitte entschuldigen Sie, dass ich hier einfach so reinplatze ...«

Sie blieb vor einer Stockmalve stehen. »Oh, die sind aber hübsch.« Eilig lief sie weiter und blieb vor Theresa stehen. »Ich möchte mich malen lassen, Frau ...?«

»Weiland, Theresa Weiland.«

»Marianne Heitkamp, freut mich sehr.«

»Woher wissen Sie ...?«

»Ich hab mit einer freundlichen Dame vom Kulturverein gesprochen, und sie hat mir empfohlen, mich direkt an Sie zu wenden.«

»Wollen wir ins Haus gehen?« Theresa ging voran in die Küche. »Ich bin gerade erst eingezogen, tut mir leid, es ist alles noch etwas chaotisch.« Sie musste lachen und zeigte auf die beiden Stühle. »Und ich habe genau zwei Stühle.«

»Wie praktisch.« Marianne Heitkamp lächelte.

Sie setzten sich an den verschrammten Tisch.

»Es soll ein Hochzeitsgeschenk für meinen Eduard sein.«

»Ich habe im Moment eigentlich wenig Zeit, Frau Heit…«

»Ich zahle auch sehr gut.« Das war durchaus ein Argument.

»Ich hatte an ein klassisches Ölgemälde gedacht.«

Ja, vermutlich sähe sie sich gern in einem hochgepolsterten dunkelroten Lehnstuhl, aufrecht und majestätisch sitzend, die Beine übereinandergeschlagen, ein kleines Diadem auf dem Kopf. Theresa biss sich auf die Unterlippe, um nicht zu lachen.

»Ich habe schon mit einer anderen Malerin gesprochen, aber die …« Die Frau verstummte. »Das war jetzt sehr taktlos von mir. Entschuldigen Sie bitte.«

»Mit wem haben Sie gesprochen?«

Sie war also nicht die erste Wahl, und wenn schon. Als Künstler durfte man nicht kleinlich sein, wenn man von seiner Arbeit leben wollte.

»Die Wahrheit ist, dass sie mich nicht malen wollte. Angeblich hätte sie keine Zeit. Ihr Name war Selma.«

Selma also. Theresa hatte es geahnt. Selma war ein wenig eigen, um es vorsichtig auszudrücken. Sie hatte schon so manchen mit ihrer spröden, etwas schnodderigen Art vor den Kopf gestoßen.

»Ich möchte, dass Sie mich so malen, wie ich bin.«

»Und wie sind Sie?«, wollte Theresa wissen.

»Freundlich, aufrichtig, reizend findet mich mein Mann. Ich bin humorvoll und rede zu viel, wie Sie bestimmt schon festgestellt haben.«

Theresa hatte ihr nicht nur die ganze Zeit aufmerksam zugehört, sie hatte sie vor allem besonders aufmerksam beobachtet. Der leicht arrogant wirkende Zug um die vollen, ungeschminkten Lippen, die gerade, fast aristokratisch wirkende Nase, die hohe Stirn, die grauen Augen, die eine Menge Lebenserfahrung ausdrückten, und nicht zuletzt das dunkle Haar, das zu einem modischen Pagenkopf frisiert war und wie Perlmutt glänzte.

Sie holte einen Block und begann, die Frau zu skizzieren. Dabei hielt sie den Block so, dass Frau Heitkamp ihr nicht dabei zusehen konnte. »Erzählen Sie bitte weiter«, bat sie sie und konzentrierte sich auf die Zeichnung.

»Dreißig Jahre sind wir verheiratet, mehr als eine Ewigkeit. Es gab Höhen und Tiefen, wie wohl in jeder Ehe, oder? Schön haben Sie's hier. Ich hab oft vor dem Haus gestanden und gedacht, wie herrlich muss es sein, wenn man Morgen für Morgen aufsteht und mit diesem Blick belohnt wird. Und Sie als Malerin werden das sicher noch auf eine ganze andere Art zu schätzen wissen, hab ich recht? Mein Mann ist Insulaner, wissen Sie, er ist hier geboren. Kennengelernt haben wir uns auf Rügen, und es hatte gleich gefunkt. Er war so groß und so stattlich. Und als er mir dann endlich einen Antrag gemacht hat, hab ich nicht lange gefackelt. So einen Mann kriegst du nicht wieder, Marianne, hab ich mir gesagt.« Jetzt strahlte sie übers ganze Gesicht. »Und ich liebe ihn noch heute wie am ersten Tag.«

Theresa blickte auf und lächelte. Es tat gut, wenigstens für einen Moment mal nicht an ihre Mutter denken zu müssen. Sie betrachtete die Zeichnung und nickte zufrieden. »Möchten Sie es sehen?«

»Unbedingt.« Marianne Heitkamp nahm das Blatt und starrte eine ganze Weile darauf, ohne einen Mucks zu sagen. »Das bin ich?«, fragte sie schließlich mit leiser Stimme.

»Finden Sie nicht, dass Sie sich ähnlich sind?«

»Ich weiß nicht, ich bin gerade nur etwas … wie soll ich sagen? So sehen Sie mich?«

»Ich habe Sie gerade erst kennengelernt. Sie können mir auch Modell sitzen, wenn Sie die Geduld aufbringen. Aber wenn ich ehrlich bin, dann male ich die Menschen am liebsten so, wie ich sie gerade sehe. Unvoreingenommen, verstehen Sie? Aber möglicherweise werde ich so nicht jedem gerecht.«

Frau Heitkamp war blass geworden. Hatte das Bild sie so aus der Fassung gebracht? »Darf ich Ihnen was sagen, Theresa? Dieses Bild ist …«, sie schluckte, »unglaublich. Ich weiß gar nicht, was ich sagen soll. Ich selbst habe mich bisher immer etwas … bäuerlich gesehen.«

»Bäuerlich?«

»Nun ja, ein wenig kompakt eben. Sehen Sie mich an.« Sie strich mit beiden Händen über ihr grünes Kleid und seufzte auf. »Ich bin keine Sophia Loren.«

»Es reicht, wenn es die eine gibt. Sie sind Marianne Heitkamp, eine Frau, die mitten im Leben steht und ihrem Mann eine besondere Freude machen möchte.« Theresa tippte auf die Zeichnung. »Und Sie haben wunderschönes, glänzendes Haar.«

»Wirklich? Im Spiegel wirkt es gar nicht so.«

»Dann haben Sie den falschen Spiegel.«

Beide lachten.

»Sie machen mich ganz verlegen. Es war gut, dass ich hergekommen bin. Ich hätte mich nämlich fast nicht getraut, wissen Sie, weil mich diese Selma nicht malen wollte. Den Grund wollte sie mir nicht mal sagen.« Die Frau schnaubte leise. »Keine Zeit, hat sie gesagt. Na, wer's glaubt.«

Selma hatte sich schon immer zu Höherem berufen gefühlt, und Theresa hätte sich nicht gewundert, wenn sie einfach keine Lust gehabt hatte, Frau Heitkamp zu malen. Selma hielt sich für einen weiblichen Picasso. Und sie war nur noch nicht entdeckt worden, weil die Welt um sie herum blind und dumm zugleich war.

»Vielleicht hatte sie wirklich viel zu tun«, gab Theresa zu bedenken.

»Wenn Sie mich tatsächlich so sehen, Theresa, dann malen Sie mich genauso.«

»Ich male Porträts allerdings nur mit Pastellkreide.«

Einen kurzen Moment schien Frau Heitkamp nachzudenken, dann winkte sie ab. »Ach, im Grunde ist es mir vollkommen egal.«

»Gibt's ein Kleid, das Sie ganz besonders mögen?«

»Ja, dieses hier.«

»Dann male ich Sie in diesem schilfgrünen Kleid.« Theresa nahm den Block wieder auf, und Frau Heitkamp blickte ihr über die Schulter. »Wie groß soll das Bild werden?«

»Darüber habe ich noch gar nicht nachgedacht.«

»Mein Atelier ist leider noch nicht eingerichtet, sonst hätte ich Ihnen die unterschiedlich großen Leinwände gezeigt.«

Marianne Heitkamp nahm mit den Händen Maß. »Ungefähr so. Was meinen Sie?«

»Das müsste etwa vierzig mal sechzig sein«, murmelte Theresa.

»Gut.« Frau Heitkamp nickte. »Ach, bitte verzeihen Sie, aber ob ich wohl einen kurzen Blick in Ihr Atelier werfen dürfte?« Sie hob die Hand. »Ich weiß, es ist noch nicht fertig, aber ich würde trotzdem so gerne …«

»Warum nicht. Kommen Sie.«

Marianne Heitkamp hatte sich auf die Bilder gestürzt, die an der Wand lehnten. »Wie Sie das Licht eingefangen haben!« Sie zeigte auf ein Bild, das neben der Staffelei stand und für die kommende Ausstellung gedacht war. »Das ist ganz und gar bezaubernd! Wie viel wollen Sie dafür haben?«

»Es ist für meine nächste Ausstellung bestimmt.«

»Dann verkaufen Sie es nicht?«

»Doch, aber erst anschließend.«

»Wie viel?«, fragte Frau Heitkamp erneut. Offenbar war sie fest entschlossen, das Bild zu kaufen.

Theresa musste überlegen. Darüber hatte sie noch gar nicht nachgedacht. »Warum kommen Sie nicht zur Ausstellung«, schlug sie schließlich vor. »Sie laden Ihren Mann ein und sehen sich die Bilder an. Und wenn Sie es dann immer noch kaufen wollen …«

»Wunderbar, so machen wir's.«

Nachdem Marianne Heitkamp wieder gegangen war, hatte Theresa ein paar Handwerker angerufen. Sie wollte erst einmal Kostenvoranschläge einholen und die dann mit Bille, ihrer ganz persönlichen Finanzberaterin, besprechen.

Möglicherweise war sie naiv gewesen, aber sie hatte tatsächlich geglaubt, sie würde innerhalb der nächsten Tage einen Termin bekommen.

Ein großer Irrtum.

Alle hatten jede Menge zu tun, versprachen aber, sie irgendwie »dazwischenzuschieben«.

»Kommen Sie einfach vorbei«, sagte sie zu jedem. »Ich bin eigentlich immer zu Hause.«

Etwas frustriert legte sie ihr Smartphone weg.

Warum hatte sie keinen großen Freundes- und Bekanntenkreis mit unzähligen Hobbyhandwerkern, die sich darum reißen würden, Hand an ihr Haus zu legen?

»Wenn du Hilfe brauchst …« Ihre Mutter schob sich mit einem vollen Einkaufskorb an ihr vorbei, und sie zuckte zusammen. Sie hatte Lilo gar nicht kommen gehört. »Ich kann ganz gut mit anpacken, wie du weißt.« Ihre Mutter wischte sich über die Stirn und blickte sich in der Küche um. »Ich kann tapezieren, streichen, Parkett verlegen …«

… und dafür länger bleiben. Nein danke.

»Ich hab schon ein paar Handwerker angeheuert, Lilo.«

»Ach? Das klang aber eben so, als hätte man dich vertröstet.«

Mist, sie hatte offenbar das letzte Telefonat mit angehört.

»Es eilt ja nicht so«, sagte Theresa vage und warf einen Blick in den Einkaufskorb. »Was hast du denn alles eingekauft?«

»Lass dich überraschen.«

»Okay.« Sie zuckte mit den Schultern und ging in ihr Atelier.

Dort tigerte sie eine Weile auf und ab, hin und her, zum Fenster und wieder zurück.

Sie wollte gern arbeiten, sie *musste* eigentlich auch arbeiten, die Ausstellung rückte näher und näher, aber es ging nicht.

Sie war kribbelig, uninspiriert, und hungrig war sie auch.

Das kannte sie aber schon, es war ihr Wenn-ich-was-esse-grübel-ich-wenigstens-nicht-Hunger.

Sie hatte die Hand bereits an der Türklinke, als ihre Mutter plötzlich hereinkam und sie um ein Haar zusammenstießen.

»Huch, entschuldige, Luna. Kommst du zum Essen?«

»Ich sagte doch, dass ich keinen Hunger habe«, erklärte sie laut, um ihr Magenknurren zu übertönen. Sie merkte, wie ihr Tonfall leicht nörgelig und bockig wurde. Auch das kannte sie.

Warum konnte ihre Mutter nicht einfach wieder nach Hause, zurück nach Mallorca fahren? Theresa würde ihr sogar hoch und heilig versprechen, sie bald zu besuchen.

Hauptsache, ich hab endlich wieder meine Ruhe …

Ihre Mutter lugte ihr über die Schulter. Sie schien etwas entdeckt zu haben und stieß einen spitzen Schrei aus. »Die hast du noch?«

Theresa drehte sich um. »Was meinst du?«

»Na, die alte Patchworkdecke.« Lilo hatte die Decke von der Isomatte genommen und ihr Gesicht hineingedrückt. »Meine Güte, dass du die noch hast!«

Sie hatte die Decke vor einer halben Ewigkeit genäht und Theresa zum Geburtstag geschenkt. »Erinnerst du dich an das Kleid, Luna?« Sie zeigte auf ein Stück roten Stoff. »Das hast du getragen, als du eingeschult wurdest.«

»Ja, ich weiß es noch, als wäre es gestern gewesen.«

»Du hattest schon immer ein Gedächtnis wie ein Elefant.«

»Vielen Dank auch.«

Liebevoll legte sie die Decke zurück und ging zur Tür. »Kommst du, Schatz?«

»Ich würde wirklich lieber …«

»Komm schon, nur eine Kleinigkeit. Ich hab extra was gekocht.«

»Das hättest du nicht tun müssen.« Theresa seufzte. »Na schön, du lässt ja doch nicht locker.«

Leo erwartete sie in der Küche.

Als die beiden hereinkamen, rieb er seinen Kopf an Theresas Bein und stupste anschließend Lilo an. Er schien damit zeigen zu wollen, wie sehr er sie beide mochte.

»Der ist ja ganz entzückend. Gehört er dir?«, fragte Lilo.

»Katzen gehören niemandem«, gab Theresa altklug zurück und freute sich über das verblüffte Gesicht ihrer Mutter.

»Womit du absolut recht hast, Luna.«

Theresa schäumte innerlich. Sie hatte keine Lust, dass ihre Mutter ihr ständig den Wind aus den Segeln nahm, verflucht.

Schweigend und mürrisch begann sie zu essen.

Eigentlich hatte sie nur auf ihrem Teller herumstochern wollen, um ihrer Mutter zu zeigen, dass sie sich das Kochen hätte sparen können. Dummerweise war die Paella köstlich, und sie musste sich beherrschen, nicht um einen Nachschlag zu bitten.

»Schmeckt's?«

Sie nickte und schob den leeren Teller beiseite.

»Möchtest du noch was?«

»Nein danke.«

»Komm schon, du hast wie ein Spatz gegessen. Und du

könntest nun wirklich noch ein paar Kilo auf den Rippen vertragen.«

»Ich bin satt, Lilo.«

»Wusstest du, dass irgendwelche Wissenschaftler das Wort *sitt* für *nicht mehr durstig* erfunden haben?«

»Nein. Sitt? Was für ein bescheuertes Wort.«

»Allerdings.« Lilo kicherte. »Nein danke, ich möchte keinen Wein mehr, ich bin sitt.«

»Klingt wirklich bescheuert.« Theresa stand auf und räumte ihren Teller weg. »Ich muss noch arbeiten.«

»Wie schade. Ich dachte, wir plaudern noch ein bisschen. Wir haben uns so lange nicht gesehen, Luna.«

Und das war gut so.

»Ich muss ein Bild fertig kriegen, Lilo. Ich habe im August eine Ausstellung.«

»Wie aufregend! Nimmst du mich mit?«

Theresa erstarrte. Sie sollte ihre Mutter mitnehmen? Im August? Das bedeutete ja, dass Lilo noch …

Nein, darüber wollte sie nicht mal nachdenken.

»Du sagtest, du würdest nur ein paar Tage bleiben.«

»Ach ja, stimmt, das sagte ich«, murmelte Lilo und begann, den Tisch abzuräumen.

»Du kannst in einem der kleinen Zimmer schlafen. Hast du deinen Schlafsack dabei?«

Was für eine dämliche, völlig überflüssige Frage. Während andere Frauen ein Puderdöschen dabeihatten, schleppte ihre Mutter einen Schlafsack mit sich herum. Allzeit bereit, hieß ihre Devise, wie bei den Pfadfindern. Wenn Lilo Lust hatte, irgendwo zu übernachten, packte sie ihren Schlafsack aus und rollte sich zusammen. Eine Fähigkeit, die Theresa definitiv nicht geerbt hatte.

»Klar.« Lilo nickte. »Ich habe meine Sachen in das kleine Zimmer gleich neben der Küche gebracht. War doch okay, oder?«

»Brauchst du ein Kissen oder noch eine Decke?«

»Ein Kissen wäre schön.«

Theresa nickte. »Nacht, Lilo.«

»Nacht, Schatz.«

Sie hatte ihrer Mutter das hübsche grüne Kissen gegeben, um ihr schlechtes Gewissen zu beruhigen. Es war das schönste Kissen, das sie besaß.

Ich bin eine miserable Tochter. Eine Tochter, die nicht in Jubel ausbricht, weil ihre Mutter zu Besuch gekommen ist …

Ja, sie war eine schlechte Tochter, weil sie nicht mal das Bedürfnis gehabt hatte, ihre Mutter sehen zu wollen.

Mutter. Sie schnaubte leise, als sie sich ans Fenster stellte. Sie hatte sich eine Mutter gewünscht, die sich verantwortlich fühlt und an der sie sich hätte orientieren können.

Doch Lilo hatte heute die, morgen eine andere Lebensstrategie gehabt, und Theresa war sich mehr und mehr verloren vorgekommen.

Auch das hatte sie ihr bei ihrem letzten Streit an den Kopf geworfen.

Und jetzt platzte Lilo einfach hier herein und tat so, als wäre nichts passiert. Hatte sie nicht das Bedürfnis, darüber zu reden, es aus der Welt zu schaffen? Immerhin hatte Theresa ihr durch die Blume gesagt, dass sie keine gute Mutter gewesen war.

Nein, dachte Theresa jetzt, *eigentlich hab ich es ihr ziemlich deutlich gesagt.*

Sogar ihr Vater war abgehauen, weil er es mit ihrer

Mutter nicht mehr ausgehalten hatte. Davon war Theresa jedenfalls felsenfest überzeugt.

Ihre Mutter hatte nie auch nur ein Wort über ihn verloren. *Ich will nicht drüber reden, Luna.*

Und nun war sie hier ohne Vorwarnung aufgetaucht und wieder dabei, Theresas Leben durcheinanderzuwirbeln.

QUITTENGELB

Mitten in der Nacht küsste die Muse sie. Endlich!

Sie nahm ihren Skizzenblock und zeichnete mit einem Pastellstift die Umrisse und das Gesicht von Marianne Heitkamp vor. Danach widmete sie sich den Augen und der Hautfarbe.

Mit einer Hand griff sie nach dem Kopfhörer, und als sie Jared Letos Stimme hörte, lächelte sie.

Von einem merkwürdigen Geräusch schreckte sie hoch.

Im Zimmer war es hell, es musste also Morgen sein.

Was war das? Ein ferngesteuertes Flugzeug? Ein Elektrorasenmäher?

Schlaftrunken setzte sie sich auf.

Wie spät mochte es sein?

Ihre Arme und Beine juckten höllisch. Sie warf einen Blick darauf und stellte fest, dass sie völlig zerstochen waren.

Sie hatte das Fenster offen gelassen, und die Mücken hatten sich offenbar heißhungrig über sie hergemacht.

Im Haus war es ruhig. Wie herrlich diese Stille war!

Sie brauchte einen Moment, bis ihr wieder einfiel, dass ihre Mutter da war. Der Tag hätte so schön werden können!

Sie stand auf und streckte sich. Es wurde Zeit, dass sie sich ein richtiges Bett anschaffte.

Sie ging zum Fenster und schaute hinaus.

Lilo hockte im Schneidersitz unten auf dem Rasen, die Hände im Schoß, die Augen geschlossen. Dabei stieß sie regelmäßige brummende Laute aus. Sie stand also noch immer mit den Hühnern auf und meditierte in die aufgehende Sonne.

Theresa zwang sich, nicht laut zu rufen, dass sie bis zum frühen Morgen gearbeitet hatte und todmüde war. Aber sie knallte das Fenster mit voller Wucht zu.

Das musste reichen.

Sie hätte gern noch ein bisschen geschlafen, ahnte aber, dass sie das wohl vergessen konnte.

Leise vor sich hin fluchend schlüpfte sie in die Sachen, die auf dem Boden lagen, und lief ins Bad.

Als sie den Frühstückstisch deckte, kam Lilo leise summend herein. »Morgen, Schatz. Ist das nicht ein herrlicher Morgen?«

»Hmm …«

»Ich hab den Sonnenaufgang gesehen.«

»Ich auch«, murmelte sie.

»War das nicht traumhaft schön?«

»Keine Ahnung, um ehrlich zu sein, war ich so müde, dass ich nicht weiter drauf geachtet habe.«

Lilo hob die Augenbrauen. »Ach ja?«

»Ich hab die ganze Nacht gearbeitet, Lilo.« Sie seufzte und ließ sich auf einen Stuhl fallen. Der Kater kam herein und setzte sich neben sie. »Morgen, Leo. Hast du Hunger?«

»Ich frühstücke übrigens nicht um diese Zeit«, erklärte Lilo.

»Ich weiß. Ich erinnere mich noch gut, dass ich meistens allein frühstücken musste.«

Lilo ging zum Wasserkocher und ließ Leitungswasser einlaufen. »Du hast nicht zufällig Kardamom da?«

»Nein, nicht *zufällig* nicht, mit *Absicht* nicht.«

»Wieso?«

»Ich mag kein Kardamom.«

»Ein, zwei Kapseln in eine Karaffe mit Wasser. Ein himmlisches Erfrischungsgetränk. Außerdem beruhigt es den Magen.«

»Meinem Magen geht's super.«

»Im Garten stehen zwei Quittenbüsche, wusstest du das?«

»Nein, Lilo, ehrlich gesagt, weiß ich nicht mal, wie Quitten aussehen.«

»So ähnlich wie Birnen. Man kann Quittengelee daraus kochen, sehr lecker.«

»Aha.«

Lilo nahm einen Apfel aus der Schale, die auf dem Tisch stand. »Ungespritzt? Ich hoffe, du kaufst nichts von diesem ekelhaften Zeug, das halb totgespritzt und völlig überdüngt ist.« Sie biss in den Apfel und verzog das Gesicht. »Lecker.«

Theresa stand wieder auf und holte die Kaffeekanne. Sie zeigte auf die Butter, die Milch und den Honig, die auf dem Tisch standen. »Alles bio.«

Lilo zog die Beine an und breitete ihre übergroße, bunt bedruckte Bluse darüber. So hockte sie eine ganze Weile da, ohne etwas zu sagen. Das Kerngehäuse hatte sie ebenfalls aufgegessen, auch so eine Marotte von ihr. Übrig blieb nur der kleine Stiel, den legte sie auf den Tisch.

Theresa bestrich eine Scheibe Brot mit Butter. Hoffentlich würde ihre Mutter jetzt nicht plaudern – oder schlimmer noch – diskutieren wollen. Am frühen Morgen.

»Du hast also die ganze Nacht gearbeitet?« Lilo nahm eine Banane aus der Schale.

»Ja, und ich hätte gern noch etwas länger geschlafen.«

»Warum bist du dann schon aufgestanden?«

»Weil du unter meinem Fenster auf dem Rasen gehockt und komische Laute von dir gegeben hast.«

»Dir würde Yoga auch guttun, Luna.«

»Ich käme mir albern vor, mich wie eine Brezel zu verbiegen.«

Lilo kicherte wie ein junges Mädchen. »Das kann enorm praktisch sein.«

»Hoffentlich kommen jetzt keine Details aus deinem lustvollen Liebesleben.« Theresa stöhnte auf.

»Lustvoll? Na ja. Bananen haben unglaublich viel Kalium, wusstest du das?«

»Wie kommst du jetzt auf Bananen? Nein, ich glaube, ich will das gar nicht wissen.«

Jetzt lachte Lilo so, dass sie sich verschluckte. »Ich liebe deinen Humor, Schatz.« Sie schälte die Banane und brach sie in der Mitte durch. »Besonders reife haben eine Menge Antioxidantien.«

»Besonders reife, was?« Theresa hatte gar nicht richtig zugehört.

»Bananen. Davon sprachen wir doch gerade.«

»Du, ich nicht.«

»Sie haben auch viel Vitamin B6, das ist gut für die Nerven.« Lilo grinste.

»Toll.« Theresa trank ihren Kaffee.

»Das sage nicht ich, das behaupten japanische Wissenschaftler.«

»Meinen Nerven geht's prächtig.« Sie rührte in ihrer

Tasse und hoffte, dass die Ernährungsberatung, der Sexualkundeunterricht oder was auch immer damit erledigt war.

»Du interessierst dich nicht besonders für eine vollwertige Ernährung, was?«

Aha, also Ernährungsberatung.

»Nicht um diese Uhrzeit.«

»Die erste Tiefschlafphase hat man schon vor Mitternacht, Luna. Vielleicht bist du deshalb so …«

»Dann arbeite ich.«

»Tja …« Lilo seufzte. »Verrätst du mir, womit du das Haus bezahlt hast?«

»Mit Geld.«

»Ach, ich dachte, hier bezahlt man mit Muscheln.« Lilo lachte wieder.

Theresa lachte nicht. »Ich hab's von dem Geld gekauft, das Opa mir vermacht hat.«

Lilo nahm einen weiteren Apfel und biss hinein, ohne ihn vorher abzuwischen. »Ich hab seine Münz- und Mineraliensammlung verhökert. Ich konnte das Geld für anderes gebrauchen. Findest du das verwerflich?«

»Nein, wieso?«

»Du guckst so komisch.«

»Ich hab dich nicht mal angeguckt, Lilo.«

»Aber die Bücher habe ich noch. Alle.«

»Wie läuft's eigentlich in eurer Kommune?«, wollte Theresa wissen.

»Ganz gut.«

Das war verdächtig kurz angebunden. Und was war von »ganz gut« zu halten? Früher hatte ihre Mutter »grandios« oder »wir lieben uns alle« gesagt.

Theresa musterte sie ungeniert. Wie gut sie aussah, überhaupt nicht wie Mitte fünfzig. Ihre Haut war glatt, und ihre grünbraunen Augen hatten immer einen ganz gewissen Glanz, eine Art Leuchten, dem man sich nicht entziehen konnte. Und durch das jahrelange Yoga hatte sie einen straffen, fast knabenhaften Körper.

»Ich hoffe, du konntest einigermaßen schlafen, Lilo.«

»Ich brauche immer ein paar Nächte, um mich einzugewöhnen.«

Ein paar Nächte. Das klang gar nicht gut.

»Du arbeitest also am liebsten nachts«, kam Lilo auf das leidige Thema zurück.

»Ja, und ich hab überhaupt keine Lust, mit dir darüber zu diskutieren, ob das meinem Biorhythmus schadet oder nicht«, gab Theresa wütend zurück.

»Du bist sauer, weil ich hier einfach so aufgetaucht bin.«

Theresa stutzte. Dann zuckte sie mit den Schultern. »Ich wundere mich vielleicht nur ein bisschen.«

»Du wunderst dich, dass ich dich besuchen komme?«

»Nein, ich wundere mich, dass du … Ach, lassen wir das.«

»Nein.« Lilo beugte sich vor und blickte sie ernst an. »Wir sollten das nicht lassen, Luna.«

Ach du liebe Zeit, also doch eine Diskussion.

»Schön, ja, ich wundere mich, dass du hier reinschneist und kein einziges Wort über unseren letzten Streit erwähnst.«

»Unser letzter Streit? Ach, Luna, wir haben uns dauernd wegen irgendwas gestritten. Ich hab schon wieder vergessen, worum's überhaupt ging.«

»Das ist nicht dein Ernst.« Theresa starrte sie ungläubig

an. Sie wollte nicht mehr wissen, dass Theresa sie eine schlechte Mutter genannt hatte? Dass sie ihr Egoismus an den Kopf geworfen hatte? Das und noch einiges mehr?

»Wir waren beide erregt und haben Dinge gesagt, die wir nicht so meinen«, sagte Lilo und legte die Hand auf Theresas Arm.

»Du hast gesagt, du hättest eine tolerante Mutter sein wollen, weil du dir selbst immer eine gewünscht hast.«

Lilo nickte heftig. »Stimmt haargenau.«

»Und ich hab gesagt, dass ich keine Freundin, sondern eine Mutter haben wollte.«

Jetzt schwieg Lilo.

»Möchtest du nicht mit mir darüber diskutieren? Ich dachte, du bist ganz wild auf Diskussionen.«

»Nur dann, wenn sie nichts Zerstörerisches haben, Luna.«

»Du findest also, diese Diskussion hat was Zerstörerisches?«

»Welche Diskussion? Eben noch hast du gefragt, ob ich nicht diskutieren möchte.«

Theresa verdrehte die Augen. »Meine Güte, du kannst einem aber auch das Mund im Wort umdrehen.«

Lilos Augen blitzten. »Ein Freud'scher Versprecher.«

»Was?«

»*Das Mund im Wort umdrehen*, das hast du gerade gesagt.«

»Quatsch.«

»Doch, hast du. Egal, ich möchte nicht mit dir diskutieren, weil es nichts zu diskutieren gibt, Schatz. Wir sollten uns aussprechen, nicht diskutieren.«

»Und das ist ein Unterschied?«

»Ein himmelweiter.«

»Sieh an.«

»Den Sarkasmus hast du nicht von mir.«

»Nein, Lilo, den hab ich nicht von dir«, erwiderte Theresa säuerlich.

»Warum bist du so zu mir, Luna?«

»Wie bin ich denn zu dir?«

»So abweisend und … Ich weiß auch nicht.«

»Ich finde einfach, mein Leben geht dich nichts an, Lilo.«

Sie war selbst ganz verblüfft, dass sie das gesagt hatte. »Das klang jetzt hart, ich weiß. Ich wollte damit ausdrücken …«

»Schon gut, ich weiß, was du gemeint hast. Ich schneie hier rein, wie du so schön gesagt hast, und tue so, als wären wir ein Herz und eine Seele.« Ihre Mutter sah traurig aus, und Theresa schämte sich, dass sie wieder viel zu impulsiv gewesen war.

»Womit verdienst du eigentlich gerade dein Geld?«, fragte sie, um das Thema vom Tisch zu haben. Es würde ohnehin nichts bringen, sie und ihre Mutter, das ging einfach nicht.

»Verstehe, du möchtest nicht mehr drüber reden.« Lilo nickte. »Ich verkaufe Töpferware auf dem Markt.«

»Dann töpferst du immer noch Vasen und Kerzenständer?«

Lilo nickte erneut. »Läuft eigentlich ganz gut.« Sie nahm Leo hoch, der auf dem Boden saß und sich putzte, und kraulte ihn. »Ich wusste gar nicht, dass du Katzen magst.«

Was weißt du schon von mir …

»Ich mochte schon immer Katzen.«

»Früher nicht. Wir hatten mal eine, weißt du noch? Du warst sechs oder sieben, vielleicht auch acht, sie hieß Gerda. Erinnerst du dich?«

»Wir hatten eine Katze, die Gerda hieß?«, fragte Theresa ungläubig.

»Deine Puppe hieß Trudy, findest du das origineller? Gerda war schwarzweiß und wahnsinnig eigensinnig. Du konntest sie nicht ausstehen.«

»Das stimmt doch gar nicht«, erwiderte Theresa müde.

Auch wenn sie sich nicht mehr daran erinnerte, so konnte es einfach nicht sein, dass ihre Mutter recht hatte.

»Ach komm, Luna, du hast sie nicht mal streicheln wollen.«

»Quatsch.«

»Doch, mein Gedächtnis funktioniert einwandfrei.«

»Meins auch.«

»Du warst noch ein Kind, Luna.«

Theresa sprang auf und warf dabei ihre halbvolle Kaffeetasse um. »Nenn mich nicht dauernd Luna, ich hasse das!«

»Nun hab dich doch nicht so.«

»Ich heiße Theresa!«

»Meine Güte, Namen sind doch eh nur Schall und Rauch.« Die Augen ihrer Mutter blitzten. Amüsierte sie sich gerade?

Das regte Theresa noch mehr auf. »Ach ja? Nur Schall und Rauch? Das sagt ausgerechnet diejenige, die ihrer einzigen Tochter unbedingt den total bescheuerten Namen Luna-Suani geben musste! Der freundliche Mond! Lächerlich!«

»Du meine Güte, Lu…«

»Theresa!«, kreischte sie und stampfte mit dem Fuß auf.

Sie kam sich unglaublich kindisch vor. Sie benahm sich ja auch gerade ziemlich kindisch, aber sie konnte beim besten Willen nicht damit aufhören. Nein, sie *wollte* nicht damit aufhören.

Sie lief zur Tür. »Ich muss hier raus.«

»Wo willst du denn hin, Schatz? Lass uns doch ...«

»Lass mich bloß in Ruhe!« Damit stürmte Theresa aus dem Haus.

Sie war so aufgebracht, dass sie ohne Schuhe zu Ella gelaufen war. »Kann ich bei dir wohnen? Ich brauche Asyl, Ella, nur so lange, bis meine verrückte Mutter wieder weg ist.«

Ella trat wortlos zur Seite, und sie stürmte in das kleine Wohnzimmer. »Kann ich auf der Couch schlafen? Ich schlafe auch auf dem Boden. Ich würde überall schlafen, Hauptsache, ich muss meine Mutter nicht mehr sehen!«

»Setz dich«, sagte Ella ruhig. »Hast du schon gefrühstückt?«

»Ja. Nein.«

»Tee oder Kaffee?«

»Tee. Nein, doch lieber Kaffee.«

Ella stand auf und verschwand in der Küche. Theresa blieb auf der Couch sitzen, die Ellbogen auf den Knien. Mit der Fußspitze tippte sie einen unregelmäßigen Takt auf dem Holzfußboden. Tapptapp, tapptapptapp ...

Plötzlich sprang sie auf und ging zum Fenster. Dann lief sie in die Küche, wo Ella gerade Kaffee kochte und die kleine Mia in ihrem Hochstuhl saß, ein Milchbrötchen in der Faust.

»Da«, sagte sie strahlend und hielt Theresa das Brötchen hin.

»Sie möchte, dass du mal abbeißt.«

Theresa strich der Kleinen über den Kopf und tat so, als würde sie mit großem Appetit ein Stück von ihrem Milchbrötchen essen. Das kleine Mädchen quietschte vor Freude.

Ella gab Theresa ein Tablett, auf dem zwei volle Kaffeebecher und ein Teller mit köstlich duftenden Croissants standen. »Geh schon mal in die Stube.« Sie hob ihre Tochter aus dem Stühlchen.

Theresa stellte das Tablett auf dem Wohnzimmertisch ab, während Ella die kleine Mia auf eine Krabbeldecke mit Spielzeug setzte.

Theresa hätte nicht sagen können, warum, aber in diesem Moment beneidete sie Ella glühend. Ihre Freundin hatte eine eigene kleine Familie, auch wenn die genauso wenig klassisch war wie ihre eigene. Mias Vater hatte sich noch vor ihrer Geburt aus dem Staub gemacht, nicht ohne Ella zu beschimpfen, sie hätte ihn nur an sich binden wollen. Von einem Kind war seiner Meinung nach nie die Rede gewesen.

Ella war in vielerlei Hinsicht sehr pragmatisch, sie nahm die Dinge immer so, wie sie kamen. »Das ist mein Überlebensgeheimnis«, hatte sie Theresa irgendwann mal gesagt.

Theresa wünschte, sie besäße nur halb so viel Pragmatismus. Aber sie war hitzköpfig und neigte dazu, alles zu hinterfragen. Das war ihre Art, durchs Leben zu gehen.

Sie trank ihren Kaffee und aß ein Croissant. Dabei dachte sie nach.

»Und jetzt erzähl mal«, bat Ella und setzte sich gemütlich hin. »Was ist zwischen dir und deiner Mutter schiefgelaufen?«

Sie hatte fast eine Stunde ununterbrochen geredet.

Und als sie mit dem Satz »Und sie ist schon wieder dabei, mein ganzes Leben durcheinanderzubringen« endete, hatte sie einen trockenen Hals.

Ella hatte die ganze Zeit stumm zugehört, jetzt stand sie auf. »Ich koche uns noch einen Kaffee. Und dann sage ich dir meine Meinung, falls sie dich interessiert.«

»Klar interessiert mich deine Meinung.« Theresa nahm die kleine Mia auf den Schoß, die zu ihr gerobbt war. »Du bist ein süßes, kleines Mädchen.« Sie hauchte ihr einen Kuss aufs Haar. Als Ella nach einer Weile wieder hereinkam, zuckte sie zusammen. Sie hatte vor sich hin geträumt und sich vorgestellt, wie sie zurück nach Selm käme und ihre Mutter mit Sack und Pack wieder verschwunden wäre. Vielleicht läge nur ein Zettel auf dem Küchentisch: *Es tut mir leid, Luna, aber das mit uns funktioniert einfach nicht …*

Ella setzte sich ihr gegenüber, den Kaffeebecher in der Hand. »Ich kenne deine Mutter nicht, Theresa, von daher bin ich völlig unvoreingenommen. Ich glaube …«

Theresa hob eine Hand. »Wenn du sie kennen würdest, wüsstest du, was ich meine, Ella.«

»Vielleicht weiß ich auch so, was du meinst. Deine Mutter wollte oder konnte nicht wie eine typische Mutter sein, sie war mehr eine Freundin.«

Wieder hob Theresa die Hand. »Das stimmt nicht. Sie wollte eine Freundin sein, ich hab das aber nicht zugelassen.«

Ella nickte. »Okay, dann sag ich's anders. Deine Mutter ist nie eine klassische Mutter gewesen, aus vielerlei Gründen. Sie hat dich allein großgezogen, was bestimmt nicht leicht war. Ich bin selbst alleinerziehend und weiß, wie sehr man sich oft einen Partner wünscht, der einem zur Seite steht, der tröstet, der einem eine Entscheidung abnimmt oder der auch einfach die Entscheidungen mitträgt, der Verantwortung übernimmt, der einfach da ist.« Sie seufzte. »Sie hat alles allein entscheiden müssen, und sie war und ist nicht wie die Mütter, die du sonst so kennst. Na und?«

Theresa sah sie einen Augenblick lang verdutzt an. »Sie ist … furchtbar anstrengend, Ella, du hast ja keine Ahnung, wie sehr sie einem auf die Nerven gehen kann. Sie ist flippig, rennt dauernd trällernd und tanzend durchs Haus, sie …«

Ella lachte kopfschüttelnd. »Und das ist für dich ein Minuspunkt? Ich finde, deine Mutter hat ganz schön viele Minuspunkte auf ihrem Konto. Was wäre zum Beispiel ein Pluspunkt? Was magst du an ihr?«

»Tja, ich … lass mich drüber nachdenken.«

»Komm schon, du willst mir jetzt nicht erzählen, dass du überlegen musst, was du an ihr magst.«

»Ich durfte sie nie Mama nennen.«

Ella schüttelte erneut den Kopf. »Das ist ein Minuspunkt, Theresa, jedenfalls für dich. Viele andere Frauen würden ihre Mutter vielleicht ganz gerne mit Vornamen anreden.«

»Es schafft Distanz«, murmelte Theresa und drehte den leeren Kaffeebecher in den Händen.

»Das ist es also, was dich stört? Du glaubst, sie wollte damit eine Distanz schaffen? Zu dir?«

»Wäre doch möglich.«

»Entschuldige, aber das halte ich für ausgemachten Blödsinn. Deine Mutter liebt dich doch, warum sollte sie eine Distanz schaffen wollen?« Sie beugte sich vor und sah Theresa herausfordernd an. »Du hast dich nicht geliebt gefühlt? Ist es das?«

»Ja, nein, eigentlich hatte ich schon das Gefühl, dass sie mich mag.«

»Liebt.«

»Was?«

»Sie liebt dich, Theresa, sie ist deine Mutter, die Frau, die dich auf die Welt gebracht und allein großgezogen hat.«

Die kleine Mia hatte sich eine von Theresas langen Haarsträhnen gegriffen und zog kräftig daran.

»Autsch!« Theresa befreite sie vorsichtig und setzte Mia auf dem Boden ab. Dann suchte sie ihr ein Spielzeug aus und kullerte es ihr zu. »Lilo ist so ganz anders als ich.«

»Ach ja? Und das gehört auf das Minuskonto?«

»Du immer mit deinem Minuskonto«, knurrte Theresa.

»Und was magst du an ihr?«, fragte Ella wieder.

Theresa ließ sich zurück auf die Couch fallen. »Okay, meine Mutter ist warmherzig, spontan, temperamentvoll, ein bisschen verrückt ...«

»Na also! Es scheint dir zu gefallen, dass sie ein bisschen verrückt ist.« Ella klatschte in die Hände.

»Geht so.«

Ella lachte. »Komm schon, deine Mutter ist offenbar nicht spießig. Ich wünschte, meine Mutter wäre nur ein klitzekleines bisschen weniger spießig. Sie macht mich wahnsinnig mit ihrem ständigen ›Kind, die Nachbarn denken bestimmt schon wer weiß was‹. Deine Mutter pfeift auf so was, warum freust du dich nicht darüber?«

»Weil ... Ich hab mir immer so sehr ein richtiges Zuhause gewünscht.«

»Ach, da liegt der Hase im Pfeffer.«

»Wir sind dauernd umgezogen, ich musste dreimal die Schule wechseln. Glaubst du, das ist lustig?«

»Nein, das ist wahrscheinlich überhaupt nicht lustig.« Ella war sehr ernst. »Meine Eltern leben seit über fünfzig Jahren im selben Ort und fahren seit dreißig Jahren an die Nordsee, immer an denselben Platz. Das ist verdammt bodenständig, findest du nicht?«

»Das ist doch was total anderes, Ella«, gab Theresa fast empört zurück.

»Ach ja? Wieso ist das was anderes? Deine Mutter ist oft mit dir umgezogen, weil sie vielleicht immer eine Heimat für euch beide gesucht hat. Hast du darüber mal nachgedacht? Vielleicht war sie genau wie du immer auf der Suche nach einem richtigen Zuhause. Und darf ich dich auch noch daran erinnern, dass du drei Fremdsprachen sprichst? Dein Französisch ist brillant, und dein Italienisch …«

»Ist so lala.«

»Dir ist nicht zu helfen.« Ella stöhnte kopfschüttelnd auf.

»Und Englisch hab ich in der Schule gelernt.«

»Dir ist wirklich nicht zu helfen.«

Theresa schnaubte. »Sie hat sich ständig in irgendeinen Typen verknallt, Ella, sie hat kein Zuhause gesucht.«

»Das glaubst du, weil du es nicht besser weißt. Hast du ihr das alles mal gesagt? Hast du mal mit ihr darüber gesprochen, wie du dich gefühlt hast? Was dir immer gefehlt hat? Was du dir gewünscht hättest?«

»Ja. Bei unserem letzten Streit.«

Ella lehnte sich zurück. »Vorhin hast du gesagt, du hättest ihr das alles an den Kopf geworfen. Das ist was anderes, als in Ruhe darüber zu reden.«

»Meine Güte, bist du spitzfindig.«

Ella lachte wieder. »Nein, du bist bockig. Du verzeihst deiner Mutter nicht, dass sie nun mal ist, wie sie ist. Du willst ihr nicht verzeihen. Du kreidest ihr ja sogar an, dass dein Vater – oder vielleicht sollte ich besser sagen dein Erzeuger – das Weite gesucht hat. Ist das ihre Schuld, Theresa? Glaubst du wirklich, sie hat ihn vertrieben? Weil sie spontan, lebenslustig und ein bisschen verrückt ist?«

Theresa fühlte sich mit einem Mal wie ein getadeltes, kleines Kind. Und in ihr regte sich ein altbekannter Trotz, der hin und wieder zum Vorschein kam. Sie stand auf. »Ich gehe spazieren.«

»Du wolltest meine Meinung wissen.«

»Jaja.« Sie knallte die Tür hinter sich zu.

Theresa war erst wenige Schritte gelaufen, als sie ihre Mutter vor dem kleinen Supermarkt entdeckte. Schnell drückte sie sich in eine Hecke. Hoffentlich hatte Lilo sie nicht gesehen.

Ihr Handy vibrierte in der Hosentasche, und sie machte den Fehler, nicht aufs Display zu schauen. »Ja?«, flüsterte sie.

»Luna? Bist du das?« Ihre Mutter. Ach, verdammt aber auch!

»Nein.«

Lilo lachte. »Ich dachte, ich koche uns was …«

»Ich hab keinen Hunger.«

»Wir sollten miteinander reden, Luna. Wo steckst du überhaupt?«

»In einem Flieger nach Katatonien.«

Wieder lachte Lilo. »Sag ich ja, dein Humor ist göttlich. Bitte, Luna, lass uns reden, ja? Ich möchte nicht, dass …«

»Tust du mir einen Gefallen, Lilo?«

»Jeden.«

»Lass mich einfach in Ruhe, ja?«

Sie hatte gewartet, bis ihre Mutter im Supermarkt verschwunden war, dann war sie den ganzen Weg nach Selm zurückgelaufen. Noch immer barfuß.

Der Haustürschlüssel lag unter dem Topf mit der Akelei.

Als sie ihn hervorholte, kam Leo um die Ecke. Er schnurrte laut, und sie nahm sich einen Moment Zeit, um ihn zu streicheln. »Tut mir leid, mein Kleiner, du wirst eine Weile mit meiner Mutter vorliebnehmen müssen. Ich brauche eine Auszeit, Leo, sonst gehe ich ihr an die Gurgel.«

Sie lief ins Haus, suchte ein paar Sachen zusammen – vor allem ihre Malutensilien – und warf einen neugierigen Blick in die Küche und das Zimmer, in dem Lilo zurzeit wohnte.

Auf dem Fußboden lagen eine große Segeltuchtasche, ihrer eigenen nicht unähnlich, und eine riesige Basttasche. Beide Taschen waren offenbar noch nicht ausgepackt worden.

Im Zimmer roch es nach einer Mischung aus Patschuli und Lavendel.

Es versetzte ihr einen kleinen Stich, dass sie aus ihrem eigenen Haus flüchten musste und ihre Mutter es sich im Gegenzug gemütlich machte. Verkehrte Welt!

Aber mit ihr hier unter einem Reetdach, nein, das ging einfach nicht.

Ella hatte gerade ihre Tochter ins Bett gebracht und ging wortlos an Theresa vorbei. Ob sie sauer war?

»Tut mir leid, Ella, dass ich einfach so abgehauen bin«, sagte Theresa zerknirscht. »Aber ich war so … durcheinander.«

»Schon okay. Ich mache uns Pfannkuchen zum Mittag.«

»Lecker.« Sie stellte sich neben ihre Freundin und umarmte sie. »Ich bin manchmal doof, ich weiß.«

»Sag das nicht mir, sondern deiner Mutter.«

»So weit kommt's noch«, murmelte sie. »Sie sollte sich bei mir entschuldigen, nicht umgekehrt.«

»Und wofür?«, fragte Ella, während sie in einem der Schränke etwas suchte. »Dass sie deine Freundin sein wollte? Dass sie dauernd ihr Haar gefärbt hat?«

Theresa schlug mit der flachen Hand auf die Arbeitsfläche. »Verdammt, Ella, das sind zwei Paar Schuhe!«

Ella kam zu ihr und legte ihr die Hände auf die Schultern. »Nein, Theresa, und ich glaube, im Grunde deines Herzens, ganz tief irgendwo dort drin, weißt du, dass ich recht habe. Du liebst deine Mutter, findest aber, dass du jedes Recht der Welt hast, wütend und nachtragend zu sein. Ihr solltet euch aussprechen, in die Arme nehmen und ganz einfach Mutter und Tochter sein, zwei Menschen, die sich liebhaben.«

»So leicht ist das nicht.«

»Doch, ist es.«

»Das Leben ist kein Wunschkonzert.«

»Nein, schon gar nicht, wenn man seine Wünsche nie laut ausspricht, sondern immer nur erwartet, dass die anderen sie erraten.«

Theresa war zum Strand gegangen und hatte sich gerade in den Sand gesetzt, als ihr Handy klingelte. Auf dem Display sah sie eine ihr unbekannte Nummer.

»Firma Fink. Es geht um den Kostenvoranschlag.«

»'tschuldigung, Firma Fink?«, fragte sie verwirrt.

»Die Tischlerei.«

»Ach so, ja, Verzeihung.«

»Morgen Vormittag könnte jemand kommen.«

»Wunderbar! Ich freue mich.«

»Prima, dann bis morgen.«

Sie steckte ihr Smartphone ein. Sie würde schneller als erwartet wieder auf ihre Mutter treffen, aber das war nicht zu ändern.

Vielleicht sollte sie sich auch ein Mantra ausdenken.

Ich bin die Ruhe selbst, auch wenn meine Mutter mich auf die Palme bringt, zum Beispiel.

VEILCHENLILA

Die Sonne war noch nicht aufgegangen, es zeigte sich gerade der erste kleine leuchtend rote Zipfel.

Lilo holte tief Luft, legte die Handflächen auf die Oberschenkel und machte die Augen zu. Seit sie auf Hiddensee war, konnte sie endlich wieder meditieren.

Ein Vogel flog dicht an ihr vorbei und landete im Haselnussstrauch, der rechts von ihr stand. Dort begann er zu zwitschern und den Morgen zu begrüßen.

Ihrer Konzentration machte das nichts. Sie war es gewohnt, sämtliche Geräusche um sich herum auszublenden. Sogar ein Bagger hätte an ihr vorbeifahren können, ohne dass es sie aus der Ruhe gebracht hätte.

Was sie dagegen wahnsinnig gemacht hatte, waren die Geräusche, die häufig aus der Finca gekommen waren. Lautstarke Streitgespräche, dröhnende Bässe von Rockmusik oder bekifftes Kichern von Evelin oder Brigitte.

Sie ging in den Vierfüßlerstand, machte einen Katzenbuckel und anschließend die Kobra. Zurück im Vierfüßlerstand drückte sie erneut den Rücken durch. Diese Übungen wiederholte sie zwölf Mal, dann kam sie wieder auf die Füße und streckte die Arme weit nach oben.

Der Himmel stand in Flammen, als die glutrote Sonne aufging.

Lilo blieb mit ausgestreckten Armen stehen und schaute zu. »Hallo, Sonne«, begrüßte sie sie mit einem Lächeln.

Als sie ins Haus ging, verschwand jedoch ihr Lächeln.

Ihre Tochter war Knall auf Fall aus dem Haus gelaufen. Wieder hatten sie gestritten, wieder hatte sie Luna auf die Palme gebracht, und wieder fragte sie sich, was um alles in der Welt eigentlich dauernd schieflief zwischen ihnen.

Sie zog ihr veilchenfarbenes Kleid an, das herrlich weich und bequem war, und ging die Treppe hinauf. Vorsichtig öffnete sie die Tür zu Lunas Atelier, so als sei ihre Tochter da und sie wolle sie nicht bei der Arbeit stören.

Wie begabt Luna war! Und wie stolz sie auf sie war!

Ich bin eine schlechte Mutter, Luna hat ganz recht. Ich hab's vermasselt, genau wie ich vermasselt hab, mir ein Leben aufzubauen, das mich dauerhaft zufrieden macht …

Langsam trat sie näher und betrachtete die Bilder, die an der Wand lehnten. Sie hatte sich immer für die Arbeit ihrer Tochter interessiert, doch Luna hatte sie abblitzen lassen, so als wolle sie sie nicht in ihrem Leben haben. Aber wieso?

Was hatte sie bloß falsch gemacht?

Sie hatte manchmal eine lose Zunge, ja, aber die hatte ihre Tochter auch, da stand sie ihr in nichts nach. War es ein Fehler, ein Vergehen, dass sie immer wieder den Kontakt zu ihrer Tochter gesucht hatte? Dass sie bei ihr sein wollte?

Ich versteh's einfach nicht …

Seufzend setzte sie sich im Schneidersitz mitten in den Raum. Er strahlte eine ganz besondere Behaglichkeit aus. Dabei war die Farbe an den Wänden abgeblättert, der Holzfußboden schäbig und die Fensterscheiben schmutzig. Es musste an der Staffelei, den vielen Farbtöpfen und Pinseln und an der Kreativität liegen, die ihre Tochter hier verströmt hatte. Sogar jetzt, wo sie nicht da war, vibrierte das Zimmer. Jedenfalls empfand Lilo es so. Vielleicht nahm man diese Schwingungen, diese Atmosphäre nur als spiritueller Mensch war.

Sie legte die Handflächen auf die Schenkel und dachte nach.

Sie würde alles, absolut alles, dafür tun, dass ihre Tochter und sie sich versöhnten. Zuerst aber müssten sie sich annähern, aufeinander zugehen, vielleicht war genau das das Problem.

Ich glaube, ich versteh's doch, dachte sie mit einem Mal.

Ja, womöglich verstand sie es wirklich. Sie und ihre Tochter waren gar nicht so verschieden, das wollte Luna nur nicht sehen.

Lilo erhob sich wieder und ging zu einem der Bilder, die auf der Erde standen. Von wem ihre Tochter nur das Talent geerbt hatte? Das Bild zeigte die Fischerkate von der Meerseite aus, den Vorgarten und einen Teil des verwilderten Obstgartens, um den sich lange niemand mehr gekümmert hatte.

Plötzlich hatte sie das Gefühl, als dürfte sie nicht hier sein. Ihre Tochter hätte sicher etwas dagegen.

Lilo drehte sich um, ging zur Tür und zog sie fest hinter sich zu. Während sie die Treppe hinunterging, beschloss sie, einen ausgiebigen Spaziergang zu machen und die Insel zu erkunden. Vorher würde sie es erneut bei ihrer Tochter versuchen.

Luna ging aber wieder nicht an ihr Handy, wie sie schon befürchtet hatte.

Verflucht, sie hätte doch Schuhe mitnehmen sollen. Zweimal war sie bereits auf kleine, spitze Steine getreten.

Sie wandte sich nach links und ging in Richtung Meer weiter. Wie wunderbar diese Insel war! So ruhig und friedvoll. Hier konnte man zu Atem kommen, neue Kraft schöpfen und auftanken.

Sie hatte gar nicht bemerkt, wie nah sie am Wasser war. Als plötzlich eine größere Welle über ihre nackten Füße schwappte und den Saum ihres bodenlangen Kleides erfasste, stieß sie einen erschrockenen Schrei aus und schüttelte gleich darauf den Kopf. Sie war und blieb eine Träumerin.

Träumen ist keine Flucht vor dem Leben, auch wenn einem das alle ständig einreden wollen …

Wieder trat sie auf etwas Spitzes, Hartes und blieb stehen. Sie ließ sich in den warmen Sand fallen und sah sich ihre Fußsohle an. Sie war in eine Muschel getreten. Vorsichtig zupfte sie das winzige Stück heraus und befeuchtete die rote Stelle mit etwas Spucke.

Dann ließ sie sich zurückfallen und stützte sich auf die Ellbogen. Sie blinzelte und legte eine Hand über die Augen.

Das Licht auf dieser Insel war ganz besonders.

Ihr Magen knurrte. Zu Hause würde sie sich eine Kleinigkeit zu essen machen und es erneut bei Luna versuchen. Irgendwann musste sie doch mal an ihr Handy gehen.

Lilo stand wieder auf und lief schnell durchs Wasser, so dass es spritzte. Mit einer Hand raffte sie ihren langen Rock, so gut es ging.

Wo war dieser verflixte Leuchtturm?

Ah, da vorn. Schön, dann musste sie in diese Richtung weitergehen. Oder war es die andere? Ihr Orientierungssinn war eine Katastrophe.

Du schaffst es und verläufst dich in deinem eigenen Haus, hatte Fred mal zu ihr gesagt. Das war, als sie noch ein Paar gewesen waren. Eine Ewigkeit war das her, und lange hatte es auch nicht gehalten.

Während sie weiterlief, ging ihr durch den Kopf, dass es nicht schaden könnte, wenn sie ihr Leben ein bisschen ordnete.

Meine schöne Werkstatt, dachte sie wehmütig, *und all das schöne Geschirr, das ich zurückgelassen habe. Was werden die anderen wohl damit anstellen? Es aus dem Fenster werfen, in eine Kiste packen und irgendeiner Einrichtung schenken? Auf dem Markt verkaufen?*

Ja, das sähe ihnen ähnlich. Sie wettete, dass Fred oder Brigitte bereits auf die Idee gekommen waren. Und erst ihr Brennofen und die neue Töpferscheibe! Beide funktionierten noch tadellos. Ach, es war ein Jammer!

Mallorca war ihr Zuhause, ihre Oase gewesen.

Hab ich zu voreilig gehandelt? War ich zu impulsiv?

Nein, überlegte sie, im Grunde hatte sie diesen Schritt schon lange in Gedanken durchgespielt. Es hatte nur einen Auslöser geben müssen, und das war Gerard gewesen, die Wanze.

Sie brauchte dringend einen neuen Ruhepol, ansonsten würde sie aus dem Gleichgewicht geraten.

Und das wollte sie niemandem zumuten, auch nicht sich selbst.

Den Rest des Weges war sie gelaufen, den Rock bis zum Knie hochgerafft. Das Laufen tat ihr gut, sie hatte sogar das Gefühl, als habe es ihr Hirn ordentlich durchgepustet.

Sie würde ihre Tochter bitten, nach Hause zu kommen.

Und dann würde sie ihr sagen, wie lieb sie sie hatte und wie wichtig sie ihr war.

Beschwingt lief sie den Weg zum Haus hinauf, im Hintergrund rauschte das Meer. Es war wundervoll, hier zu sein, und sie freute sich unbändig für ihre Tochter, dass sie dieses hinreißende, ganz bezaubernde Häuschen gefunden hatte.

Die Gartenpforte quietschte wie immer, als sie sie aufschob. *Die werde ich noch heute ölen …*

Sie erschrak, als ein großer, fast riesiger Mann plötzlich vor ihr stand. Mit seinem rotblonden dichten Haar und dem rötlichen Vollbart, der mit grauen Strähnen durchzogen war, sah er aus wie ein Wikinger.

»Tag, Dietmar Fink von der Tischlerei Fink.«

»Hallo.« Sie war ganz aus der Puste. »Entschuldigung, wie war Ihr Name?«

»Fink, Tischlerei Fink. Sie hatten uns wegen eines Kostenvoranschlags angerufen.«

»Ach so.« Lilo nickte eifrig. »Das war meine Tochter. Sie ist gerade nicht da, ich, ähm, ich wohne hier zurzeit. Kommen Sie.«

Er trat in die Diele und blickte sich um. »Ein wirklich schönes Haus. Da lässt sich einiges draus machen.«

Lilo nickte wieder. »Meine Tochter ist Künstlerin. Ich wette, sie hat schon ein paar tolle Ideen.«

Er lächelte, und sie lächelte zurück.

Ein sympathischer Mann.

»Wollen Sie gleich hier in der Küche anfangen?« Sie zeigte nach links, und er nickte.

Und ein gutaussehender Mann.

Sie schaute ihm dabei zu, wie er einen Zollstock ausklappte und das Küchenfenster ausmaß. »Möchten Sie was Kaltes zu trinken?«

»Da sage ich nicht nein.«

Sie ging zum Kühlschrank und nahm eine Mineralwasserflasche heraus. »Es ist herrlich hier. Ich mag die Insel sehr.«

Er drehte sich zu ihr um. »Ich bin hier aufgewachsen und wollte nie woanders leben.«

»Das verstehe ich.«

Er trank das Glas in einem großen Zug leer und stellte es auf den Tisch. »Vielen Dank, Frau …«

»Weiland. Wie der Heiland nur mit W.«

»Netter Name.«

»Finden Sie?«

Sie blickte an sich herunter. Ach du liebe Güte, der Saum ihres Kleides war patschnass und genau wie ihre Füße und Beine voller Sand. Wahrscheinlich würde sie gleich den Fußboden fegen müssen.

Er ging an ihr vorbei nach nebenan.

Ihr Magen knurrte wieder, diesmal ziemlich laut.

Sie könnte einen Fischeintopf kochen, sie hatte alles dafür eingekauft. Ob Luna zum Essen kommen würde?

Lilo ging in die Diele, wo ein altmodisches Telefon stand. Sie besaß kein Handy, sie hasste diese Dinger.

Sie wählte Lunas Nummer und wartete nervös.

Bitte nimm ab …

Als sie ihre Stimme hörte, schluckte sie. »Ich bin's, Schatz.«

»Lilo.« Klang Luna genervt?

»Hast du Lust, zum Essen vorbeizukommen?«

»Ich hab total viel zu tun.«

»Nur für eine Stunde. Bitte. Ich würde so gerne mit dir reden.«

»Ich hab wirklich keine Zeit. Ich arbeite gerade.«

»Ich weiß ja nicht mal, wo du übernachtet hast. Wir sollten wirklich miteinander reden, findest du nicht?«

Der Tischler kam aus einem der kleinen Zimmer, und sie machte eine Handbewegung in Richtung Treppe.

»Ich bin bei meiner Freundin, Lilo. Was war das gerade für ein Geräusch?«

»Geräusch? Ach, das war der Tischler.«

»Welcher Tischler?«

»Na, wegen des Kostenvoranschlags.«

Es blieb einen Moment still, dann schnauzte Luna: »Der Tischler ist da? Und das sagst du erst jetzt, so ganz nebenbei? Es ist mein Haus, verdammt noch mal! Gib ihn mir mal!«

»Er ist oben und misst die Fenster aus.«

»Ich will sofort mit ihm sprechen.«

Lilo verdrehte die Augen. »Na schön, ich hole ihn.« Sie legte den Hörer beiseite und lief die Holztreppe hinauf. »Entschuldigen Sie …« Sie öffnete die Tür des ersten Zimmers auf der rechten Seite und prallte gegen seine Brust. »Huch!«

»Hoppla.« Er lächelte. »Haben Sie sich weh getan?«

»Nein, nein. Meine Tochter möchte mit Ihnen sprechen. Unten am Telefon.«

Er nickte und gab ihr zu verstehen, dass er hinter ihr die Treppe hinuntergehen würde.

Ein Mann mit Manieren.

Sie ging in die Küche, um den Fischeintopf aufzusetzen.

Ach, verdammt, was für ein Desaster! Dabei war sie hergekommen, um sich mit ihrer Tochter auszusprechen. Das hätte ja nicht gleich am ersten Tag sein müssen.

Warum bloß musste jedes Gespräch in eine Diskussion um Schuldzuweisung ausarten? Na schön, vielleicht war sie nicht die Mutter, die ihre Tochter sich gewünscht hätte, aber sie liebte Luna.

Sie ist doch alles, was ich habe …

Resigniert seufzte sie. Es war aussichtslos, Luna würde nicht zum Essen kommen.

Sie hörte, wie der Tischler ein paar Worte mit Theresa sprach, dann legte er auf. Gleich darauf knarrten die Stufen der Holztreppe. Offenbar war er wieder nach oben gegangen.

Sie war gerade dabei, die frischen Kräuter zu schneiden, als er in die Küche kam. »Ich mache den Kostenvoranschlag fertig und bringe ihn vorbei. Oh, hier riecht's aber gut.«

»Fischeintopf. Haben Sie Hunger?«

»Wenn Sie mich so fragen …«

Natürlich hätte sie lieber mit ihrer Tochter am Tisch gesessen und sich ausgesprochen, aber die Gesellschaft dieses attraktiven, zurückhaltenden Mannes genoss sie auch.

Gebannt lauschte sie seinen Erzählungen über Hiddensee und lächelte, als sie bemerkte, wie interessiert er ihr zuhörte, als sie über Mallorca plauderte.

Zum Nachtisch kochte sie einen starken Kaffee. »Was Süßes hab ich leider nicht da.«

»Macht nichts, Kaffee reicht mir völlig.«

Sie musterte ihn neugierig. Um seine graublauen Augen waren Dutzende Lachfältchen. Er schien also gern und oft zu lachen, das gefiel ihr.

»Haben Sie Familie?«, fragte sie ihn.

Er nickte. »Einen erwachsenen Sohn. Ich bin geschieden. Und Sie?«

»Eine erwachsene Tochter. Ich war nie verheiratet. Ich wollte …

In dem Moment ging die Tür auf, und Theresa stand im Zimmer.

Lilo sprang auf, um sie zu umarmen, doch als sie Theresas Gesichtsausdruck sah, hielt sie inne.

»Oh, ein nettes Mittagessen zu zweit?«, fragte ihre Tochter spitz.

Der Tischler war aufgestanden. »Dietmar Fink von der Tischlerei Fink. Ich mache Ihnen den Kostenvoranschlag fertig und …«

»Nicht nötig.« Theresa lächelte, aber es sah nicht besonders freundlich aus. »Ich denke, ich werde eine andere Tischlerei beauftragen. Kommen Sie, ich bringe Sie zur Tür.«

Er hatte die Augenbrauen gehoben. »Wie Sie meinen …«

Lilo blickte den beiden nach. Sie wusste nicht, was sie sagen sollte, und das passierte äußerst selten.

Als Theresa wieder zurückkam, nahm sie sich vor, ihr die Leviten zu lesen. Was für ein unmöglicher, hochpeinlicher Auftritt! »Sag mal, was soll das denn, Luna?«

Theresa setzte sich und erwiderte mit ruhiger Stimme: »Du hast recht, Lilo, wir sollten reden.«

Weswegen war ihre Tochter denn so aufgebracht? Weil sie mit einem Handwerker zu Mittag gegessen hatte? Weil sie nett miteinander geplaudert hatten, ohne Luna um Erlaubnis zu fragen?

»Du willst nicht wirklich eine andere Tischlerei …«

»Doch, Lilo, genau das will ich.«

»Aber wieso?«

»Oh, hab ich dir jetzt die Tour vermasselt, Lilo? Das tut mir leid.« Theresa schnaubte. »Nein, es tut mir überhaupt nicht leid. Ich bin kaum zwei Tage nicht da, und du angelst dir gleich wieder irgendeinen Typ. Das gibt's doch gar nicht!«

Lilo schnappte nach Luft. Jetzt war *sie* wütend. »Spinnst du?«

»Ob ich spinne? *Du* fragst *mich*, ob ich spinne?«

»Allerdings. Ich hatte einen Fischeintopf gekocht, und wir haben zusammen gegessen. Mehr nicht, du meine Güte. Dachtest du, ich würde hinterher mit ihm in meinen Schlafsack kriechen?«

»Wer weiß. Du siehst das alles doch nicht so eng.«

Lilo schluckte. »Ich glaube kaum, dass du das beurteilen kannst«, sagte sie leise.

»Ach nein? Ich habe einige Jahre mit dir zusammengelebt, Lilo, genauer gesagt mehr als neunzehn Jahre. Da lernt man jemanden ziemlich gut kennen. Ich kann die Kerle nicht zählen, die bei uns am Frühstückstisch gesessen haben.«

»Du übertreibst maßlos. Ich kann nichts dafür, dass der Richtige nie dabei war.«

Theresa legte den Kopf in den Nacken und lachte. »Der Richtige? Entschuldige, aber das ist jetzt echt zum Piepen. Du wolltest doch immer nur Spaß, bloß keine Verpflichtungen, das ist uncool. Du hattest ja schon eine Tochter an der Backe, der du eine Mutter sein musstest.« Sie verstummte, so als sei sie selbst erschrocken über das, was sie gerade gesagt hatte.

Lilo stand auf und ging zum Fenster. »Entschuldige, ich muss mich ein bisschen bewegen, sonst platze ich.«

»Oh, bitte sehr, platz ruhig, dann kommen vielleicht endlich mal die Dinge auf den Tisch, die gesagt werden müssen.«

»Schon seltsam, dass ausgerechnet du das sagst«, erwiderte Lilo. Ihr Herz zog sich zusammen. »Willst du mir damit klarmachen, dass du dich nicht geliebt gefühlt hast?«

»Du wolltest meine Freundin sein, nicht meine Mutter. Ich wollte aber eine Mutter. Mir hat so viel gefehlt, Lilo, verstehst du das? So viel.« Sie war immer lauter geworden. »Ein richtiges Zuhause zum Beispiel. Aber du wolltest ja eine Nomadin sein. Bloß nichts Langweiliges, Bodenständiges tun, das könnte spießig wirken. Und wenn du eins nicht ausstehen konntest, dann war es Spießbürgertum, stimmt's? Warum mit eintöniger Arbeit sein Geld verdienen, wenn man auch potthässliche Vasen und Kerzenständer töpfern kann, die genauso durchgeknallte Leute einem abkaufen?«

Lilo war wie erstarrt. Dachte ihre Tochter wirklich so? Hatte sie sie all die Jahre so gesehen? »Hasst du mich so sehr?«, fragte sie mit brüchiger Stimme. Hoffentlich würde sie nicht heulen, das wollte sie auf keinen Fall.

Theresa sagte kein Wort, sie starrte sie nur an.

»So sehr verabscheust du mich, dass du mir diese Dinge an den Kopf wirfst?«

»Ich hasse dich nicht, Lilo.«

»Aber du möchtest mir weh tun.« Lilo verzog den Mund zu einem flüchtigen Lächeln. »Das ist dir gelungen, Luna. Das ist dir wirklich gelungen.«

Sie musste hier raus, und das so schnell wie möglich.

Sie war zum Strand hinuntergelaufen. Nein, sie war gerannt.

Zweimal war sie hingefallen, weil ihr langer Rock sich um die nackten Beine verheddert hatte.

Irgendwann, wie lange sie gelaufen war, wusste sie nicht, blieb sie stehen. Sie hatte Seitenstechen, ihr Puls raste, und ihr war übel.

Sie ließ sich auf die Knie fallen und schluchzte wütend auf. Sie war zutiefst verletzt, so sehr, dass sie die Faust vor den Mund presste, um nicht laut loszuschreien. Genau danach wäre ihr gerade.

Stattdessen hockte sie auf den Knien und heulte wie ein kleines Kind. Die Tränen tropften in den Sand.

Irgendwann rollte sie sich zusammen und schloss die Augen.

Es dämmerte bereits, als sie zurück zum Haus ging. Sie würde gleich morgen ihre Sachen packen und verschwinden.

Aber wohin konnte sie? Es gab niemanden, zu dem sie konnte.

Ich bin praktisch obdachlos …

Was für ein Gedanke.

Was sollte sie bloß tun?

Leo saß vor der Haustür und sprang freudig auf sie zu, als sie die Gartenpforte öffnete.

Ob ihre Tochter noch da war? Nein, wahrscheinlich nicht.

Vielleicht hat sie meine Sachen zusammengepackt und vor die Tür gestellt …

Abwegig war das nicht.

Lilo ging ins Haus und lauschte. Dann rief sie: »Theresa? Bist du da?« Hatte sie gerade Theresa gesagt?

Als keine Antwort kam, ging sie in die Küche, um sich einen Tee zu machen. Auf dem Tisch lag ein Zettel:

Tut mir leid, meine Worte waren gemein und grausam.

Ich muss morgen nach Rostock, hab dort eine Ausstellung. Wenn ich zurück bin, reden wir. Okay?

Sie musste sich setzen.

Sie war aufgewühlt und erleichtert, gleichzeitig aber auch immer noch gekränkt und verunsichert.

Aber sie würde bleiben. Und hoffen.

MITTERNACHTBLAU

Theresa war aus dem Haus gerannt.

Was hatte sie getan! Was für grausame Worte sie ihrer Mutter an den Kopf geworfen hatte! Sie war über sich selbst entsetzt.

Es hatte sich viel zu viel in ihr aufgestaut, aber sie hätte sich nicht so gehen lassen dürfen. Sie konnte ihre Gedankenflut kaum ordnen.

Sie wollte zu Ella gehen, beschloss dann aber, einen Strandspaziergang zu machen. Vielleicht würde der Wind ihr ein bisschen den Kopf durchpusten und sie wieder auf den Boden zurückholen.

Hatte Ella nicht vielleicht doch recht mit allem, was sie gesagt hatte?

Theresa lief am Ufer entlang, so schnell, dass das Wasser bis zu ihren Knien hochspritzte. Sie war übers Ziel hinausgeschossen.

Wie es ihrer Mutter jetzt wohl ging?

Sie war froh, dass sie ihr wenigstens den Zettel hinterlassen hatte. Der machte zwar nichts gut und erklärte auch nichts, er war aber ein klitzekleiner Anfang und ein Zeichen, dass sie bereit war für ein klärendes Gespräch, oder?

Ein paar Kinder spielten lärmend am Strand. Sie hatten einen knallroten Drachen dabei, der ganz offensichtlich nicht so wollte wie sie.

Theresa ging zu ihnen und nahm einem Jungen mit unzähligen Sommersprossen die Spule aus der Hand. »Pass auf, ich zeig dir, wie man das macht.«

»Kannst du denn so was?«, fragte er sie mit großen Augen.

»Ich hatte als Kind selbst einen Drachen. Meine Mutter hat's mir beigebracht, sie hatte den Drachen sogar selbst gebaut.«

»Ehrlich?«

Sie nickte. Es stimmte, Lilo hatte ihr einen kunterbunten Drachen gebaut und war mit ihr auf eine riesige Wiese gegangen, auf der im Sommer Wildblumen blühten.

Laut lachend war sie losgerannt, den Drachen an der Schnur, und das lange Kleid, das sie getragen hatte, hatte sich beim Laufen um ihre Waden gewickelt.

Theresa hatte staunend beobachtet, wie der Drachen sich in die Luft bewegt hatte und immer höher gestiegen war. Nach einer Weile hatte ihre Mutter ihr die Schnur in die kleine Hand gedrückt. *Wir machen es gemeinsam. Schön festhalten, ja?*

»Warum heulst du denn?«, wollte der kleine Junge wissen.

Sie fuhr zusammen und blinzelte. »Ich hab Sand ins Auge gekriegt.«

Sie lief ein paar Schritte, und die Kinder folgten ihr kreischend. Der Drachen machte einen Satz, es ruckte an der Leine, und schließlich stieg er langsam hoch.

Der Junge legte die Hand über die Augen und rief: »Oh! Ist das hoch! Und wenn er wegfliegt?«

»Das wird er nicht.« Sie gab ihm die Schnur zurück. »Du musst sie gut festhalten und immer ein bisschen mehr

Schnur geben. Und wenn er an der Leine zieht, dann gibst du ihm noch etwas mehr Schnur.«

»Und wenn er in einen der Bäume da hinten fliegt?«

»Dann kletterst du rauf und befreist ihn. Aber das wird er ganz bestimmt nicht.«

Sie ging weiter, den Blick auf ihre nackten Füße gerichtet. Ihre Mutter war damals in eine Kastanie geklettert, als der Drachen sich in einem der Äste verfangen hatte. Einige der Kastanien waren heruntergeplumpst, und sie hatte von oben gerufen: *Pass auf, Luna! Nicht dass dir eine auf den Kopf fällt! Das tut ziemlich weh! Gleich mache ich uns einen Kakao mit ganz viel Sahne*! Dann hatte sie den Drachen befreit und war von einem der höheren Äste gesprungen, wobei Theresa die Luft angehalten hatte.

Sie hat auf so viele Arten versucht, mir den Vater zu ersetzen, und ich hab's nicht begriffen …

Eine Frau in einem mitternachtblauen, ärmellosen Kleid und mit einem kleinen Strohhut auf dem Kopf kam auf sie zu. Sie hatte den Kopf gesenkt und schien in Gedanken zu sein.

Theresa hatte sie längst erkannt. Es war Marianne Heitkamp.

Die Frau blickte zerstreut auf. Dann huschte ein Lächeln über ihr Gesicht. »Was für eine schöne Überraschung. Beinahe hätte ich Sie umgelaufen, tut mir leid.« Sie sah Theresa besorgt an. »Fehlt Ihnen was? Sie sehen so traurig aus. Oh, Sie haben ja geweint.«

Theresa fasste sich ins Gesicht und stellte verwundert fest, dass es feucht war. »Ach, das ist …«

»Wollen wir uns da drüben in den Sand setzen? Ich könnte eine Pause gebrauchen.«

Theresa nickte stumm und ließ sich neben ihr in den warmen Sand fallen.

Eine Weile sagte keine von ihnen etwas, doch dann fragte Marianne Heitkamp sie, ob sie ihr erzählen wolle, was passiert war.

»Es geht um meine Mutter. Sie ist plötzlich aufgetaucht, und ich … Wir hatten bisher kein besonders gutes Verhältnis. Ich habe mich früh abgenabelt, und seitdem haben wir uns nicht sehr oft gesehen. Es war immer ziemlich schwierig mit uns.« Sie holte in ein paar Sätzen etwas weiter aus. »Wir haben uns furchtbar gestritten, und ich hab sie rausgeworfen. Ich habe mich wie ein Scheusal benommen und bin wie eine Furie aus dem Haus gerannt.«

»Darf ich etwas dazu sagen, Theresa? Als Außenstehende? Ihre Mutter hat Sie ganz allein großgezogen. Hätte sie dafür nicht Respekt und Bewunderung verdient? Vielleicht ist sie ständig mit Ihnen umgezogen, weil sie eine Heimat für Sie gesucht hat. Sie wollte, dass es Ihnen gutgeht. Was ist mit Ihrem Vater?«

»Der ist abgehauen, noch vor meiner Geburt.«

»Und dafür haben Sie Ihrer Mutter die Schuld gegeben.«

Wie recht sie damit hatte, konnte sie nicht ahnen.

»Ich glaube, dass vieles zwischen uns ein einziges großes Missverständnis ist.«

Frau Heitkamp seufzte. »Wer wüsste besser als ich, wie schnell so etwas passieren kann. Ich erzähle Ihnen eine kleine Geschichte, damit Sie wissen, was ich meine. Ich hatte mich mit meiner Schwester zerstritten, und als ich mich mit ihr aussprechen wollte, war es zu spät.«

»Zu spät?«

»Sie war tot. Ich hatte nicht mal gewusst, wie krank sie

gewesen war. Und wissen Sie, was das Allerschlimmste war? Das, was zwischen uns gestanden hatte, war genau etwas, wovon Sie eben sprachen: ein einziges großes Missverständnis. Sie war nicht so, wie ich sie hatte sehen wollen, und vermutlich ging es ihr mit mir nicht anders. Nie sind wir aufeinander zugegangen, immer haben wir mit dem Finger auf die andere gezeigt und die Nase gerümpft.« Sie seufzte leise und schüttelte den Kopf. »Ein Wunder, dass ich nicht verbittert geworden bin. Machen Sie nicht den gleichen Fehler wie ich, Theresa. Seien Sie nicht unnachgiebig und nachtragend. Gehen Sie auf Ihre Mutter zu, zeigen Sie ihr, dass sie wichtig für Sie ist. Das ist sie doch, oder?«

Theresa wischte sich mit dem Handrücken über die Augen und nickte.

»Die Dinge, die wir nicht aussprechen und mit uns herumschleppen, sind die, die uns irgendwann auffressen. Und wir neigen dazu, diese Dinge im Laufe der Zeit verklärt zu sehen und aufzubauschen, das macht es nicht leichter.«

»Danke, Frau Heitkamp.«

»Sagen Sie Marianne zu mir. Manchmal ist es gut, jemanden auf etwas blicken zu lassen, bei dem man selbst den Überblick verloren hat. Das ist nicht von mir, das hat mein Vater immer gesagt.« Sie stand auf und strich ihr Kleid glatt. »Und nirgendwo steht geschrieben, dass wir warten sollten, bis der andere den ersten Schritt macht.« Sie reichte Theresa die Hand und zwinkerte ihr zu. »Wir sehen uns. Auf Ihrer Ausstellung.«

Ob sie wirklich kommen würde?

»Das wäre schön. Und vielen Dank, dass Sie mir den Kopf zurechtgerückt haben.«

HONIGGELB

Rostock

Theresa hatte ein bisschen zu viel Sekt getrunken.

Sie war aufgedreht, hinzu kam ein hartnäckiger Schluckauf, über den sich bereits einige Gäste amüsiert hatten.

Ihr kleiner Schwips sorgte dafür, dass sie endlich nicht mehr ständig daran denken musste, was sie ihrer Mutter alles an den Kopf geworfen, wie weh sie ihr getan hatte. Es war nur so aus ihr herausgesprudelt, sie hatte die Worte nicht zurückhalten können.

Es tat ihr leid, am liebsten hätte sie es rückgängig gemacht, aber Ella hatte gemeint: *Vielleicht ist es gut, dass das alles mal ausgesprochen wurde. Jetzt hättet ihr die Gelegenheit für einen Neuanfang.*

Die Ausstellung war bisher ein voller Erfolg.

Sie hatte so viel Lob und Aufmerksamkeit erhalten, dass ihr ganz schwindelig geworden war.

Eine Frau winkte ihr zu. Sie hatten sich vorhin bereits kurz unterhalten. Die Frau war Galeristin in Berlin.

Theresa ging zu ihr und stellte fest, dass ihr Schluckauf weg war. »Trinken wir ein Glas zusammen?«

»Sehr gerne. Ich mag Ihre Bilder, Theresa. Und ich mag die Art, wie Sie mit Farben spielen. Sie sind besonders intensiv und faszinierend. Und sehr stimmungsvoll. Sie haben eine Schwäche für Gelb- und Blautöne, oder?«

Theresa nickte lächelnd. »Im Moment schon.«

»Verstehe.« Die Galeristin lächelte ebenfalls. »Ich würde gern eine Ausstellung machen. Vielleicht im kommenden Frühling? Was halten Sie davon?«

Sie kam gleich zur Sache, das gefiel Theresa. Sie mochte Menschen, die nicht viel Tamtam machten.

»Ich würde mich freuen.« Hoffentlich hatte sie nicht genuschelt. Wie peinlich.

»Meine Visitenkarte habe ich Ihnen bereits gegeben, wenn ich mich recht erinnere.«

Theresas Blick fiel auf einen jungen Mann, der an einer der Säulen stand und zu ihr herübersah. Er kam ihr bekannt vor, aber woher?

Maren, die Galeristin, verabschiedete sich. »Lassen Sie uns in Kontakt bleiben. Ich würde Sie gerne auf Hiddensee besuchen und mir all Ihre Bilder ansehen.«

»Sehr gerne. Rufen Sie einfach an.«

»Das werde ich. Ich wünsche Ihnen noch einen erfolgreichen Abend.«

»Vielen Dank. Schön, dass Sie da waren.«

In diesem Moment hatte sie den Mann erkannt. War das nicht einer der Wagner-Zwillinge? Sie hatten zusammen Abitur gemacht. Was machte er denn hier?

Sie nahm ihr Glas und ging zu ihm. »Kennen wir uns nicht? Ben? Ben Wagner? Oder bist du …?«

Er grinste. »Mein Zwillingsbruder? Nein, ich bin Ben.«

»Was machst du hier?«

»Dich fragen, ob du mir ein Interview gibst.«

Sie stutzte. »Was? Wieso Interview?«

»Ich bin Journalist und schreibe für die Ostsee-Zeitung einen Bericht über deine Ausstellung.«

»Du bist Journalist.« Sie lachte. »Ich erinnere mich, du warst der große Zampano bei der Schülerzeitung.«

»So was in der Art, ja. Und du bist die berühmte Malerin Theresa Weiland geworden. Respekt.«

»Ach, nun übertreib mal nicht.«

Er machte eine ausladende Handbewegung. »Und warum sind die ganzen Leute hier?«

Sie nippte an ihrem Sekt und betrachtete ihn über den Glasrand hinweg. Er sah toll aus, sie mochte Männer, die sich so lässig kleideten. Diese etwas speckige Lederjacke stand ihm unglaublich gut, genau wie das längere Haar und der Dreitagebart. In der Schulzeit hatte sie ihn blöd gefunden, er war ihr zu vorlaut und selbstverliebt gewesen.

»Bist du verheiratet? Hast du Familie?«, fragte sie ihn geradeheraus.

»Nein, und du?«

Sie schüttelte den Kopf. »Aber du bist liiert?«

»Nein, und du?«

Sie mussten beide lachen.

»Eigentlich dachte ich, dass ich *dich* interviewe«, sagte er dann.

»Entschuldige, du hast recht, ich bin viel zu neugierig. Du bist also hergekommen, um mich zu interviewen?«

Er zeigte auf die Umhängetasche über seiner Schulter. »Diktiergerät, Block und Stift, alles dabei, um der großen Künstlerin auf den Zahn zu fühlen.«

»Ich lasse mir nicht auf den Zahn fühlen«, erwiderte sie und warf ihm einen herausfordernden Blick zu.

Den er sofort mit einem breiten Lächeln quittierte. »Soso. Das werden wir ja sehen.«

»Allerdings.«

Sie musterten sich neugierig, so wie zwei Menschen es tun, die sich gerade erst kennenlernen und sich sehr sympathisch sind. Nur, dass es hier nicht um bloße Sympathie ging. Theresa fand Ben verdammt attraktiv und anziehend. Und sie hatte große Lust, mit ihm zu flirten.

»Mir gefallen deine Bilder. Sie sind ungewöhnlich, frisch, echt, lebendig«, meinte er.

»Ach ja?«

»Klar. Ich werde mir nur nie eins leisten können.«

»Quatsch.« Sie drehte sich um und zeigte nach rechts. »Das Bild da vorn mit dem aufgewühlten Meer …«

»Ist das auf Hiddensee? Dort lebst du doch, oder?«

»Du bist ziemlich gut informiert.« Ob er sich über sie erkundigt hatte? Was er wohl alles über sie wusste oder glaubte zu wissen? Offensichtlich nicht, ob sie verheiratet war oder nicht. Sie lächelte in sich hinein. »Das Bild«, nahm sie den Faden wieder auf, »ist für sechshundert Euro zu haben.«

Er nickte, so als überlege er tatsächlich, es zu kaufen.

»Wo wollen wir das Interview machen?«, fragte er dann ganz überraschend.

»Keine Ahnung, wo du willst.«

»Nein, wo du willst.«

Sie sahen sich lange an. Die Luft um sie herum knisterte, Theresa meinte fast, es hören zu können.

Plötzlich legten sich zwei Hände auf ihre Augen. »Huch, wer ist das denn?«

»Raten Sie«, sagte eine weibliche Stimme.

»Frau Heitkamp.« Sie hatte die Stimme gleich erkannt und drehte sich um. »Schön, dass Sie wirklich gekommen sind.«

Marianne Heitkamp blickte sich staunend in der Galerie um. Sie hatte rosige Wangen und leuchtende Augen. »Es ist so aufregend, die Malerin dieser Bilder zu kennen. Ich habe hemmungslos damit angegeben, dass ich Sie kenne. Ich hoffe, Sie sind nicht böse deswegen.«

»Ach was, ich fühle mich geschmeichelt.«

»Darf ich Ihnen meinen Mann Eduard vorstellen?« Neben ihr stand ein großer, schlaksiger Mann mit aschblondem, erstaunlich dichtem Haar. »Eduard, das ist Theresa Weiland, von der ich dir schon so viel erzählt habe.«

Er schüttelte Theresas Hand. »Meine Frau spricht in den höchsten Tönen von Ihnen.«

»Ich fühle mich schon wieder geschmeichelt.«

»Darf ich Sie was fragen, Theresa?«, bat Frau Heitkamp. »Wahrscheinlich denken Sie jetzt, ich sei die dümmste Landpomeranze auf dieser Erde, aber was bedeuten die kleinen roten Punkte auf Ihren Bildern?« Als sie sah, dass ihr Mann kopfschüttelnd schmunzelte, fügte sie hinzu: »Sag bloß, du weißt es, Eduard.«

»Nein, mein Hase, aber ich amüsiere mich über deine kindliche Freude.«

»Die Punkte bedeuten, dass das Bild verkauft ist«, erklärte Theresa ihr.

»Ach, wie schade!«

Theresa musste lachen. »Für mich nicht. Aber keine Sorge, das Bild, das Ihnen so gefallen hat, habe ich natürlich beiseitegestellt.«

»Wirklich? Ach, Sie sind ein Schatz!«

»Kommen Sie, ich lade Sie beide zu einem Glas Sekt ein, und dann bekommen Sie eine ganz private Führung.« Erst jetzt wurde ihr bewusst, dass Ben die ganze Zeit wie bestellt und nicht abgeholt neben ihnen stand. »Entschuldigung, darf ich Ihnen Ben Wagner vorstellen? Er ist Journalist. Ben, das sind Frau und Herr Heitkamp.« Sie hakte Frau Heitkamp unter. »So, erst der Sekt und dann die Führung.«

Sie drehte sich im Gehen zu Ben um. »Möchtest du mitkommen, oder wollen wir uns später treffen? Für das, ähm, Interview, meine ich?«

Seine Augen blitzten. »Warum treffen wir uns nicht in der Bar gegenüber? In zwei Stunden?«

»Perfekt.« Ihr Herz klopfte vor Aufregung. »Bis dann, Ben.«

Sie war etwas zu spät, weil zwei Gäste sie noch in ein Gespräch verwickelt hatten. Ben saß an einem kleinen Tisch und stand auf, als sie hereinkam. Ihr war ein bisschen schummerig, sie hatte wirklich zu viel getrunken.

Er küsste sie auf die Wange. Dort, wo seine warmen Lippen sie berührt hatten, kribbelte es auf ihrer Haut.

»Was willst du trinken?«

Ein Wasser mochte sie nicht bestellen, obwohl das vernünftiger gewesen wäre. »Eine Bloody Mary.«

Er nickte und stand auf.

Ben. Sie konnte nicht glauben, dass sie hier mit ihm in dieser Bar saß und einen Cocktail trinken würde. Er hatte damals ständig irgendwelche Freundinnen gehabt, die meisten waren blond und langhaarig gewesen.

Oha, ich falle genau in sein Beuteschema …

Sie musste lachen. Das war ihr im Moment vollkommen egal. Sie genoss diesen Augenblick, genau wie sie den Tag und ganz besonders den Abend genossen hatte.

Ben kam zurück und stellte ihren Cocktail auf den Tisch.

»Worüber lachst du?«

»Ich musste gerade daran denken, wie blöd wir uns damals gefunden haben.«

»Du fandest mich also blöd.« Er setzte sich ihr gegenüber und schlug die Beine übereinander, wobei sein Fuß ihr Knie berührte.

Sie zuckte leicht zusammen. »Total blöd. Du mich etwa nicht?«

»Nein, überhaupt nicht, ich fand dich süß. Und sehr sexy.«

»Was?« Sie beugte sich vor. »Du nimmst mich doch hoch.«

»Nein, ich fand dich wirklich sexy. Aber du hast mich nicht mal angesehen.«

»Weil ich dich blöd fand.«

Er lachte. »Ach ja, stimmt.«

Sexy. Er fand sie damals sexy. Und heute fand sie ihn sexy.

Er betrachtete sie eine Weile, und sie spürte, wie ihr ganzer Körper zu prickeln begann, so als sei sie auf etwas gespannt, von dem sie nicht wusste, ob es überhaupt passieren würde.

»Interview?«, fragte er sie und lächelte.

»Deswegen sind wir ja hier, oder?«

Er nahm einen Block aus seiner Tasche, die neben ihm auf dem Stuhl lag. »Ich nenne dir ein paar kurze Begriffe, und du antwortest ganz spontan und so kurz wie möglich. Okay?«

Sie nickte.

»Tee oder Kaffee?«

Da sie nicht sofort antwortete, erinnerte er sie grinsend: »Spontan, Theresa.«

»Ich mag aber beides.«

»Sommer oder Winter?«

»Ähm ...«

»Nicht lange überlegen.«

»Sommer.«

»Klassik oder Popmusik?«

»Popmusik.«

»Komödie oder Thriller?«

»Komödie.«

Das Frage-Antwort-Spiel machte ihr Spaß, außerdem konnte sie ihn dabei ungeniert ansehen.

»Frühaufsteher oder Langschläfer?«

»Langschläfer.«

»Hund oder Katze?«

Sie lächelte. »Katze.«

Er legte den Block beiseite und schaute sie an. »Danke.«

»Sehr gerne.« Sie hatte den Geruch seines Rasierwassers in der Nase. »Du wohnst jetzt also in Rostock?«

Er nickte.

»Ich habe mir ein kleines Haus direkt am Meer gekauft.« Sie lächelte wieder. »Ich wollte immer genau so leben.«

»Klingt ziemlich gut.« Er zog ein Päckchen Zigaretten aus der Hosentasche und hielt es ihr hin.

Sie schüttelte den Kopf. »Ich hab in meinem ganzen Leben noch keine einzige Zigarette geraucht.«

Er seufzte und steckte die Packung wieder weg. »Ich bin dabei, es mir abzugewöhnen. Wohnst du ganz alleine in deinem Haus?«

Sie schüttelte den Kopf. »Leo wohnt auch dort, mein Kater. Es muss noch unglaublich viel am und im Haus gemacht werden. Ich habe noch keine Ahnung, wie ich das alles stemmen soll, aber es wird schon irgendwie gehen.«

»Mein Bruder ist Architekt«, sagte er. »Wenn ich ihn mal vorbeischicken soll …«

Sie erinnerte sich nicht mehr an seinen Namen, sie hatte nur Bens gleich parat gehabt.

»Ich weiß noch, wie ihr meine Schulfreundin reingelegt habt.« Sie verdrehte die Augen. »Eigentlich habt ihr dauernd irgendwen reingelegt. Sie wollte sich mit dir treffen, und du hast deinen Bruder hingeschickt.«

Er grinste. »Und umgekehrt.«

»Das war ganz schön gemein.«

Er lachte unbekümmert. »Das war Jans Idee.«

Jan, richtig. Jan und Ben Wagner, die beiden Aufreißer.

»Heute macht ihr das hoffentlich nicht mehr.«

»Natürlich nicht«, antwortete er sehr ernst.

»Was macht dein Bruder so? Außer hübschen Frauen den Kopf verdrehen?«

»Er ist ziemlich erwachsen geworden. Im Gegensatz zu mir.«

»Wohnt er auch hier in Rostock?«

»Ganz in der Nähe. Er steht mehr auf das Landleben.«

»Dann ist er verheiratet und hat Familie?«

»Gehört das für dich zusammen, Landleben und Familie?«

»Irgendwie schon«, musste sie zugeben.

»Nein, er ist auch Single. Allerdings nicht ganz freiwillig. Er hatte bisher einfach kein Glück mit Frauen.«

»Und du? Hattest du Glück mit Frauen?«

Er betrachtete sie und grinste vielsagend. »Das möchtest du wohl gerne wissen.« Er spielte mit dem Bierdeckel in seiner Hand. »Ich glaube, ich hab kein glückliches Händchen.«

»Du meinst, du suchst dir immer die Falsche aus.«

»So ähnlich, ja. Oder ich werde immer von der Falschen ausgesucht.«

Sie schwiegen einen Moment, dann nahm sie ihm den Bierdeckel aus der Hand. »Und jetzt drehen wir den Spieß mal um.« Sie lachte, als sie sein entsetztes Gesicht sah. »Keine Angst, Ben, es wird nicht weh tun. Tee oder Kaffee?«

Er hatte sich bequem zurückgelehnt, sein Glas in der Hand. »Kaffee.«

»Jazz oder Rockmusik?«

»Rockmusik.«

»Spanisches oder türkisches Essen?«

»Türkisch.«

»Berge oder Meer?«

»Ganz klar das Meer.«

»Liegestuhl- oder Abenteuerurlaub?«

Er lachte. »Abenteuerurlaub. Ich bin ein fürchterlicher Badetuch-Tourist, der es keinen einzigen Tag am Strand aushält.«

»Hund oder Katze?«

»Pferd.«

»Ben!«

»Na schön, dann Hund. Hunde sind loyal, treu und ergeben. Katzen sind mir zu selbständig, zu eigenwillig.«

»Gerade das gefällt mir.« Sie musste über eine weitere Frage nachdenken. »Wein oder Bier?«

»Bier.«

»Single oder Familie?«

Diese Frage schien ihn zu verwirren. »Ähm … keine Ahnung.«

»Das ist keine Antwort, Ben.«

»Doch, ist es. Ich weiß es einfach nicht, Theresa.«

»Komm schon, du wirst doch wissen, ob du gerne Single bist oder lieber eine Familie hättest.«

»Im Moment bin ich lieber Single, der vielleicht irgendwann eine Familie will. Zufrieden?«

»Na ja … Sommer oder Winter?«

»Frühling.«

»Ben!« Sie musste wieder lachen. »So geht das nicht.«

»Du fragst mich, was mir besser gefällt, Sommer oder Winter. Ich mag aber beides nicht so gern wie den Frühling, also würde ich doch was Falsches sagen, oder etwa nicht?«

»Ich hab doch auch direkt auf deine Fragen geantwortet«, erwiderte sie fast empört.

»Weil du dich nicht getraut hast, was anderes zu sagen«, gab er schulterzuckend zurück.

»Du bist blöd. Paris oder London?«

»London. Ich liebe London. Ich hab sogar ernsthaft darüber nachgedacht, dorthin zu ziehen. Aber es ist zu teuer für einen armen Schlucker wie mich.«

»Du bist also ein armer Schlucker.«

»Nennen wir es so: Ich bin ein Mann, der seine Leidenschaft zum Beruf gemacht hat, auch wenn ihm klar war, dass er damit nie große Sprünge machen kann.«

»Würdest du das gerne tun? Große Sprünge machen?«

»Nein, eigentlich nicht.«

»Dich kann man wirklich nicht interviewen, Ben Wagner.«

»Und du wärst eine lausige Journalistin.«

Wieder sahen sie sich lange an.

»Meine Mutter wollte früher Journalistin werden«, erzählte sie dann und lächelte. »Ich glaube, *sie* wäre wirklich eine lausige Journalistin geworden.«

»Wieso?«

»Weil jedes Interview in eine Diskussion ausgeartet wäre.«

Er legte den Kopf schief und berührte sacht ihre Hand. »Du bist hinreißend, wenn du so lächelst.«

Diese Worte gingen ihr durch und durch, und einzelne Schauer jagten ihr über den Rücken.

»Dein Haar ist honiggelb.« Er nahm eine lange Strähne zwischen die Finger und strich darüber. Sie hätte schwören können, das zu spüren, obwohl das nicht möglich war. »Wollen wir das Interview auf einen anderen Ort verlegen?«, fragte er leise.

Sie nickte und nahm ihre Handtasche. »Ich dachte, wir wären sowieso fertig.«

»Wer weiß.« Er legte einen Geldschein unter sein Glas. »Manche Fragen ergeben sich erst nach und nach.«

APFELGRÜN

Auf dem Flur seiner Wohnung hatten sie begonnen, sich auszuziehen. Wobei ausziehen es nicht annähernd traf, vielmehr schlüpften sie entweder selbst ungeduldig aus ihren Kleidern, oder aber sie zerrten an den Sachen des anderen. Manchmal auch gleichzeitig.

Theresa hatte das Gefühl, noch nie zuvor einen Mann so begehrt zu haben. Der Sex mit Cornelius war schön gewesen, aber so vollkommen anders als das, was gerade mit Ben passierte.

Er legte sie aufs Bett und stand eine ganze Weile nackt da, um sie anzusehen. »Ich fand dich früher schon verdammt scharf, aber jetzt …«

Auch wenn es ein Kompliment gewesen war, irritierten sie diese Worte etwas. Scharf hatte für sie eine andere Bedeutung als sexy, in ihren Ohren klang es ein wenig vulgär. Doch gleich darauf schob sie den Gedanken beiseite.

Sie waren aus seinem Bett gefallen und ziemlich unsanft auf dem Fußboden gelandet. Doch nicht mal das hatte sie davon abhalten können, sich weiter zu küssen, zu streicheln und Arme und Beine umeinanderzuschlingen.

Als sie dann schließlich irgendwann atemlos nebeneinander lagen, fragte Theresa sich, wie viele Frauen Ben wohl gehabt hatte. Ihre Erfahrung dagegen hielt sich in Grenzen.

Er stand auf, ging nackt ins Nebenzimmer und kam mit einer Zigarette zurück. Ah ja, die berühmte Zigarette danach.

»Ich dachte, du willst es dir abgewöhnen.«

Er grinste und legte sich wieder neben sie. Auf dem Rücken liegend, zündete er die Zigarette an und inhalierte tief.

»Wollte ich auch, aber es gibt Momente, da ist mein innerer Schweinehund stärker.«

Theresa schwieg. Sie würde gern aufstehen und gehen, wusste jedoch nicht, ob er das missverstehen würde. Sie hatte plötzlich das Bedürfnis, allein sein zu wollen.

»Warum bist du Single?«, fragte er sie und blies einen Rauchkringel in die Luft.

»Ist das jetzt wieder ein Interview?« Sie rollte sich auf die Seite und stützte sich auf den Ellbogen.

»Nein, interessiert mich ganz privat.«

»Ich hatte eine langjährige Beziehung. Wir haben uns erst vor kurzem getrennt.«

Sie war nicht der Typ, der als Single durchs Leben ging, sie brauchte jemanden bei und neben sich, mit dem sie alles teilen konnte. In guten wie in schlechten Zeiten, für sie war das keine Phrase, sondern etwas, nach dem sie in einer Beziehung strebte.

»Und du?«

»Keine Ahnung. Ich bin ein unruhiger Geist, in jeder Beziehung.«

»Beziehung in zweierlei Hinsicht?«, hakte sie nach.

»Warum interessiert dich das?«

»Nur so. Du wolltest wissen, warum ich Single bin, und ich wollte wissen, was genau du gemeint hast.«

»Ich glaube, ich bin ganz gern allein. Ich meine, ich hab schon gern Leute um mich herum, brauche allerdings niemanden, an dem ich mich festhalten kann.«

»Das brauche ich auch nicht. Aber ich hab gern jemanden, dem ich mich nah fühle, der mich versteht, der mit mir lacht und weint.«

»So gesehen …« Mehr sagte er nicht. Er blies weiter Rauchkringel in die Luft und lag nur da.

»Das eben gerade«, sagte er dann nach einer ganzen Weile, »ich hoffe nicht, dass du jetzt …«

»Ansprüche stellst? Nein, keine Sorge.« Sie sollte gehen. Plötzlich fühlte es sich seltsam an, neben ihm im Bett zu liegen. Unwirklich und irgendwie auch falsch.

»Jetzt tu nicht so, als hätte ich dir den Apfel aus der Hand genommen und dich aus dem Paradies vertrieben.«

Was redete er denn da für einen Stuss?

»Ich bin nicht besonders bibelfest«, erwiderte sie ruhig. »Und ich frage mich, was das gerade sollte.«

Er lachte. »Nun sei nicht sauer. Das war nur ein Spruch.«

»Ich bin nicht sauer.« Das war sie wirklich nicht. Sie hatten eine tolle Nacht miteinander verbracht. Fertig. Sie würde sich jetzt anziehen und gehen.

»Bleibst du zum Frühstück?«

»Und was servierst du? Obstsalat?« Sie stand auf und suchte ihre Sachen zusammen, die überall verstreut herumlagen.

»Sehen wir uns mal wieder?« Er hatte sich auf einen Arm gestützt und sah ihr zu. »Wir könnten im Hotel zusammen frühstücken.«

»Mal sehen«, erwiderte sie ausweichend.

Ben setzte sich auf. »Okay, du hast dir mehr erhofft,

stimmt's? Sorry, aber ich hab mit offenen Karten gespielt. Und ich dachte, du …«

Sie musste sich zu ihm herunterbeugen, weil ihr BH neben seinem Kopfkissen lag. »Es ist alles gut, Ben, mach dir keinen Kopf. Es war eine tolle Nacht. Mehr nicht.«

»Okay.« Er lächelte und streichelte ihr Gesicht. »Wie lange bist du noch in Rostock?«

»Bis morgen, schätze ich.«

Ihr ging durch den Kopf, dass sie sich gern für das Gespräch mit ihrer Mutter wappnen würde. Ging das überhaupt? Sollte sie das nicht lieber einfach auf sich zukommen lassen?

»Ich rufe dich an«, sagte er.

Sagten sie das in Filmen nicht auch immer: *Danke für die tolle Nacht. Ich rufe dich an.*

Eine Floskel, nichts weiter.

»Tschüs, Ben.«

Sie zog die Tür hinter sich zu.

Sie hatte allein im Hotel gefrühstückt und das sehr genossen. Ja, es war gut, dass sie nicht bei Ben geblieben war. Ihre gemeinsame Nacht war sehr schön gewesen, bedeutete ihr aber nichts weiter. Es war das erste Mal gewesen, dass sie mit einem Mann geschlafen hatte, ohne verliebt zu sein.

Ben war attraktiv und interessant, aber sie wusste, dass sie sich nicht in ihn verlieben würde. Und das war auch gut so.

Sie ging in die Galerie, um mit Hartmut, dem Galeristen, zu sprechen. Sieben Bilder waren verkauft worden, für sie eine große Überraschung.

Sie tranken noch einen Kaffee zusammen, und dann verabschiedete sie sich. Sie wollte noch ein bisschen bummeln gehen. Vielleicht würde sie etwas Hübsches für Ella und ein Spielzeug für Mia finden.

Mit einem Waffeleis in der Hand schlenderte sie durch die Straßen, als ein Mann aus einer Buchhandlung kam und sie umrannte.

Ben.

»Tut mir leid«, murmelte er, »hab nicht aufgepasst.«

»Und ich hab geträumt, Ben.« Sie hob ihr Eis auf, das ihr aus der Hand gefallen war, und warf es in den nächsten Mülleimer.

»Du gehst in eine Buchhandlung?«, neckte sie ihn, während sie sich die Hände mit einem Taschentuch saubermachte. Ihre Hose hatte auch etwas abgekommen. Ach verdammt, wie ärgerlich, es war ihre Lieblingshose.

»Tut mir echt leid«, sagte er wieder. »Kann ich irgendwie helfen?«

Sie musste lachen. »Wobei? Meine Hose sauberzumachen? Nein, lass mal.« Sie zeigte auf die Buchhandlung. »Seit wann liest du? Ich dachte, du schreibst lieber selbst.«

»Ich lese ziemlich viel.«

»Und was?«, fragte sie ihn.

Sie betrachtete ihn. Heute trug er keine speckige Lederjacke, sondern nur ein Jeanshemd und darunter ein weißes T-Shirt. Auch das stand ihm sehr gut.

Als ihre Blicke sich trafen, machte ihr Magen einen merkwürdigen Satz.

»Was ich lese?« Er lächelte, und dieses Lächeln ging ihr durch und durch. »Am liebsten englische und amerikanische Krimis und Thriller. Und du? Liest du gern?«

Sie nickte. »Am liebsten Krimis und Thriller.«

»Ach wirklich?« Er lächelte wieder.

»Ich finde, es gibt auch sehr gute deutsche Autoren.«

»Absolut.«

Diese Augen! Nein, sie würde sich nicht in ihn verlieben!

Erst Sex und dann Liebe? Nein, auf gar keinen Fall!

Als er sich die Haare aus dem Gesicht strich, fiel es ihr mit einem Mal wie Schuppen von den Augen. Er war nicht Ben! Der Mann hier vor ihr war Jan, sein Zwillingsbruder! Und sie war wieder auf ihn reingefallen. Wie damals in der Schule.

Na schön, er wollte ein Spiel spielen? Das konnte er haben.

»Sehen wir uns heute Abend? Ich bleibe noch bis morgen.«

Er stutzte und kratzte sich am Kinn. »Heute Abend? Nein, ich … hab schon was vor.«

»Wie schade. Ich dachte, wir essen was zusammen und dann … mal sehen.« Sie setzte ihr süßestes Lächeln auf.

»Ich muss leider weiter«, sagte er, »mach's gut.«

Wieder machte ihr Magen einen Satz.

Lass das gefälligst!

»Bis dann, Ben.«

Sie blickte ihm nach.

Und sie ignorierte das eigenartige Gefühl in ihrem Bauch.

MONDSTEINGRAU

Lilo hatte sich ein Bad einlaufen lassen und lag nun mit geschlossenen Augen in der Wanne, die Schaumbläschen bis zum Kinn. Purer Luxus.

Wie es ihrer Tochter wohl ging? Wie gern wäre sie jetzt bei ihr gewesen.

Es war total blöd, mitten am Tag baden zu gehen, aber es war himmlisch.

Sie blieb noch ein bisschen faul liegen und stieg dann träge aus der Wanne. Puh, wie einschläfernd so ein Bad war!

Sie gähnte und wickelte sich in ein großes Handtuch. Vielleicht sollte sie sich eine Weile hinlegen?

Nein, dann könnte sie heute Abend nicht schlafen, das wusste sie. Sie ging nach unten, um sich einen Tee zu kochen.

Ihre Tochter hatte ihr irgendwann – war es bei ihrem letzten Streit gewesen, der so aus dem Ruder gelaufen war? – an den Kopf geworfen, dass sie spielend zwei Menschen in sich vereinte: eine fünfundfünfzigjährige Frau und ein zehnjähriges Mädchen.

Vielleicht hatte sie damit gar nicht so unrecht.

Aber was war schlimm daran? War es nicht schön und sogar erstrebenswert, wenn man immer auch ein bisschen Kind blieb?

Sie stellte das kleine Radio an, das im Regal stand.

Als ein Lied kam, das sie kannte, sang sie mit und ging zum Fenster. Ihr Blick fiel auf die Lavendelbüsche.

Die brauchten dringend einen frischen Schnitt.

Sie hatte Unkraut gejätet und dabei nachgedacht.

Nun holte sie eine wacklige, quietschende Schubkarre aus dem kleinen Gartenhaus, das ebenfalls schon bessere Tage gesehen hatte, und begann, das Beet umzugraben, in dem die längst verblühten Lavendelbüsche und alte Rosenstöcke standen. Vorsichtig grub sie um die Pflanzen herum, danach schnitt sie den Lavendel, bis er um mehr als die Hälfte geschrumpft war. Die Rosenstöcke ließ sie, wie sie waren, das hatte Zeit bis zum Herbst. Sie liebte Gartenarbeit, weil sie sich dabei austoben und gleichzeitig nachdenken konnte.

Das Bad hätte sie sich wirklich besser für jetzt aufsparen sollen. Ach, was soll's, sie würde einfach eine Runde schwimmen gehen.

Während sie sich auf dem Rücken treiben ließ, die Sonne im Nacken, dachte sie über die Männer nach, die ihr im Laufe ihres Lebens etwas bedeutet hatten. Es hatte Männer gegeben, die verrückt nach ihr und nur auf ein kurzes Abenteuer aus gewesen waren.

Sie dagegen hätte zu gern jemanden gefunden, der sie genommen hätte, wie sie nun mal war, der zu ihr passte und mit dem sie sich ein gemeinsames Altwerden hätte vorstellen können.

Jacques und Lionel hatte sie beide geliebt, auch wenn diese Lieben nur von kurzer Dauer gewesen waren.

Lionel war Franzose und hatte Urlaub auf Mallorca gemacht. Sie hatten sich auf dem Markt kennengelernt, wo sie ihre Töpfersachen verkaufte. Ein schöner, feingeistiger Mann mit Manieren, der auf Teufel komm raus mit ihr geflirtet und ihr gleich am ersten Tag zu verstehen gegeben hatte, dass er sie attraktiv und begehrenswert fand.

Es war eine Affäre gewesen, und zwar eine ausgesprochen aufwühlende. Am Ende hatte sich herausgestellt, dass er Frau und Kind und eine Auszeit von beiden gebraucht hatte. Sie hatte vor Wut geheult, ihm sonst was an den Hals gewünscht und ihn sich aus dem Kopf geschlagen, wenn auch schweren Herzens.

Und Jacques? Auch er war verliebt in sie gewesen, allerdings hatte er eine Beziehung mit Du-gehörst-mir gleichgesetzt, etwas, das ihr die Luft abgeschnürt hatte.

Mit zwanzig hatte sie von der großen, der einzig wahren Liebe geträumt. Man lernt sich kennen, gründet eine Familie und baut ein Haus. Man schafft sich einen Hund an, lädt an den Wochenenden Freunde zum Essen oder zu einem Spieleabend ein, und Weihnachten sitzt man mit seinen Eltern und Schwiegereltern zusammen und lässt das vergangene Jahr Revue passieren. War es nicht so?

Sie dagegen hatte sich in schöner Regelmäßigkeit in einen neuen Mann verguckt und eine stürmische Zeit mit ihm verlebt, in der beiden klargeworden war, dass es nicht für immer sein würde. Alle paar Jahre war sie mit ihrer Tochter umgezogen und hatte versucht, ihr und sich selbst ein neues, besseres Leben aufzubauen. Ihr Freundeskreis war immer groß gewesen, inzwischen wusste sie, dass die meisten Freundschaften eher oberflächlich und austauschbar gewesen waren.

Weihnachten hatte sie mit ihrer Tochter und ein paar Freunden verbracht, die Weihnachtsgeschenke unter einem kleinen verkrüppelten Tannenbaum – wenn sie überhaupt einen gehabt hatten.

Je älter Luna geworden war, desto seltener hatte sie sich blicken lassen. Und Lilo hatte es nicht weiter tragisch gefunden, im Gegenteil, ihre Tochter wurde eben erwachsen und wollte ihr eigenes Leben leben.

Jetzt ertappte sie sich dabei, wie sie zutiefst bedauerte, ihr nicht mehr familiären Schutz und Beständigkeit gegeben zu haben.

Ich war wirklich eine miserable Mutter …

Sie kraulte ein paar Züge, dann drehte sie sich wieder auf den Rücken. Wie wunderbar friedlich es hier war.

In diesem Moment war sie todtraurig und gleichzeitig überglücklich. Und sie hätte nicht gedacht, dass das überhaupt möglich war.

Sie schwamm an Land und legte sich bäuchlings und tropfnass, wie sie war, auf das große Badelaken.

Offenbar war sie eingedöst, denn sie schreckte hoch, als sich jemand neben ihr räusperte. »Ähm, Entschuldigung?«

Sie setzte sich schlaftrunken auf und blinzelte. Irgendwoher kannte sie den bärtigen Mann, der sie anlächelte und fragend ansah.

»Ich wollte Sie nicht stören.«

»Sie stören mich nicht.« Jetzt erkannte sie ihn wieder. »Sie sind doch Dieter, der nette Tischler.«

»Dietmar. Tischler, ja, nett? Na, wenn Sie das sagen.«

»Dietmar, richtig. Ich hab ein mieses Namensgedächtnis.«

»Ich nicht.« Er setzte sich im Schneidersitz neben sie in den Sand. »Ich würde mich an Ihren Namen erinnern, wenn Sie ihn mir gesagt hätten.«

»Lilo. Von Lieselotte.«

»Lilo, aha. Der Name passt irgendwie nicht so recht zu Ihnen.« Er schmunzelte. »Er ist etwas altmodisch.«

»Mein Vater bestand auf den Namen, und meine Mutter war ihm immer eine brave, fürsorgliche Ehefrau.«

Er lachte lauthals.

»Kommen Sie oft hierher?«, wollte sie wissen.

Er nickte und blickte aufs Meer hinaus. »Es ist ein schöner, ruhiger Platz. Ich hab's nicht so mit Trubel und vielen Menschen um mich rum.«

Ein Mann, der die Einsamkeit suchte. Wie schön.

»Und Sie?«, fragte er sie.

»Ich bin von beidem ein bisschen«, gab sie zu. »Ich bin wahnsinnig gerne allein, hab aber auch ganz gern Leute um mich, die ich mag.«

»Verstehe. Hat Ihre Tochter schon einen anderen Tischler gefunden?«

Es war ihr furchtbar peinlich, dass Luna ihn praktisch rausgeschmissen hatte. »Nein, ich glaube nicht. Sie ist zurzeit in Rostock, sie hat dort eine Ausstellung.«

»Hab schon gehört, dass sie Malerin ist, und ihre Bilder gesehen, als ich die Fenster ausgemessen habe.«

»Und? Gefallen sie Ihnen?«

»Ein paar schon. Ich hab's auch nicht so mit der Kunst.«

»Das muss man auch nicht, finde ich. Entweder man mag etwas, oder man mag es nicht.«

»Mein Vater hat immer gesagt: Kunst kommt von Können.«

»Ja, meiner auch.«

Die beiden sahen sich an und mussten lachen.

Sie hatten lange dort gesessen und geplaudert.

Die Zeit war wie im Flug vergangen. Lilo, die sich schnell mit jemandem langweilen konnte, hätte am liebsten noch bis in die Nacht hinein weitergeredet. Aber sie hatte Hunger, außerdem war ihr ein wenig kalt geworden. Sie war im nassen Badeanzug eingeschlafen und hatte sich später nur in das feuchte Badelaken gewickelt.

Die Sonne hatte sich hinter ein paar dunklen Wolken verzogen. Wahrscheinlich würde ein Gewitter aufziehen.

»Haben Sie Hunger, Dietmar?« Sie stand auf und schlang das Laken um sich. »Mir knurrt der Magen.«

Er blickte auf. »Ich könnte schon was vertragen.«

»Was halten Sie davon, wenn Sie hier warten, und ich packe uns einen Picknickkorb?«

»Das klingt verflixt gut.«

»Dann bis gleich.«

In ihrem Zimmer wühlte sie hektisch sämtliche Taschen durch, die sie mitgebracht hatte. Irgendwo musste sie das gelbe Kleid haben, das sie auf Mallorca gekauft hatte. Ganz neu war es nicht mehr, aber oft getragen hatte sie es auch nicht.

Jetzt aber würde es seine Bestimmung finden, überlegte sie, während sie es aus dem großen Rucksack zog und hineinschlüpfte. Es war etwas zerknittert, und sie zupfte daran herum, bis sie einigermaßen zufrieden war.

Ein rascher Blick in den kleinen Spiegel, der auf der verschrammten Kommode stand. Mit beiden Händen fuhr sie sich durchs Haar und lief ins Bad. Sie trug etwas Feuchtigkeitscreme auf und nahm dann den kleinen Flacon aus ihrem runden Baumwollbeutel, den sie anstelle eines Kulturbeutels benutzte. Sie tupfte ein paar Tropfen ihres einzigen Parfüms auf Handgelenke und Halsbeuge.

Ein Picknick. Wie lange hatte sie nicht mehr gepicknickt? Schon gar nicht mit einem so attraktiven, interessanten Mann wie Dietmar.

Sie lief in die Küche und suchte alles zusammen, was ihr in den Sinn kam. Einen Picknickkorb hatte sie nicht, sie nahm einfach den Einkaufskorb. Obenauf legte sie ein paar Servietten und zwei Geschirrtücher, die als Decke dienen sollten.

Im Kühlschrank war sogar noch eine angebrochene Flasche Weißwein. Perfekt!

»Mein Vater und mein Großvater waren schon Tischler«, erzählte er, als sie später zusammensaßen, die Beine ausgestreckt. »Und mein jüngerer Bruder ist auch Tischler.«

»Familientradition, wie schön. Mir gefällt das.«

»Tatsächlich? Ich hätte gedacht, Sie würden das vielleicht etwas … spießig finden.«

»Überhaupt nicht. Vorausgesetzt, man hält diese Tradition freiwillig aufrecht, weil man es möchte und es einen glücklich macht. Möchten Sie noch ein Glas Wein?«

Er hielt ihr sein leeres Glas hin. »Und wenn Sie vielleicht noch was von den gefüllten Datteln hätten?«

»Na klar.« Sie nahm seinen Teller und legte ihm ein paar darauf. »Sind Sie eigentlich schon lange geschieden?«

»Seit sechs Jahren.«

»Sie sagten was von einem Sohn.«

»Er ist zweiunddreißig und noch immer Single. Und ich wäre so gerne Großvater.«

Seine Worte berührten sie auf eine ganz besondere Weise. Sie stellte ihn sich vor, wie er mit seinen Enkeln im Garten spielte und ihnen eine Schaukel baute. Oder wie er ihnen eine Geschichte erzählte oder aus *Oh, wie schön ist Panama* vorlas. Ihre Tochter hatte diese Geschichte geliebt.

»Manchmal bin ich kurz davor, die Hoffnung aufzugeben.« Er seufzte. »Aber ich bin eigentlich nicht der Typ dafür.« Er lächelte sie an, und ihr Magen zog sich zusammen. »Die Hoffnung stirbt zuletzt, ist meine Devise.«

»Meine auch. Vielleicht interessiert sich Ihr Sohn nicht für Frauen.«

»Sie meinen, er ist vielleicht schwul?«

»Könnte doch sein.«

»Ich glaube, das hätte er mir gesagt.«

»Hätten Sie damit ein Problem?«

»Nein. Nur damit, dass ich dann wohl nicht Großvater werden würde.«

»Verstehen Sie sich gut, Sie beide?«

Er steckte sich eine gefüllte Dattel in den Mund. »Wir haben ein sehr gutes Verhältnis, Lars und ich. Und wie ist das mit Ihnen und Ihrer Tochter?«

Sie seufzte. »Das ist leider ein bisschen ... schwierig. Manchmal kommt es mir vor, als würden wir zwei verschiedene Sprachen sprechen. Luna, ich meine Theresa, nimmt mir noch immer übel, dass ich ihr keine klassische Familie bieten konnte. Und sie hat sehr darunter gelitten, dass wir so viel umgezogen sind.«

»Warum? Ich meine, warum sind Sie so viel umgezogen?«

Sie zuckte mit den Schultern. »Ich glaube, ich hab immer nach etwas gesucht, von dem ich erst seit einigen Jahren weiß, was es war.« Er blickte sie interessiert an, und sie fügte hinzu: »Geborgenheit. Ich hab mich nirgendwo wirklich zu Hause gefühlt, ich war ständig auf der Suche.« Sie betrachtete nachdenklich ihre nackten Füße. »Vielleicht auch nach mir selbst.«

»Und? Haben Sie sich gefunden?«

Sie lachte. »Einen Teil von mir, ja.«

Die Sonne ging unter, und sie sahen schweigend dabei zu.

Lilo war seltsam aufgewühlt und gleichzeitig so entspannt wie selten zuvor. Hier gehörte sie hin, das wurde ihr schlagartig klar. Sie gehörte nicht nach Mallorca oder Marseille, nicht nach Rhodos oder sonstwohin, wo sie lauter neue Menschen kennengelernt hatte, die ihr allesamt trotzdem nicht das hatten geben können, was sie suchte.

Sie gehörte hierher.

Weil ihre Tochter, der einzige Mensch, der ihr wirklich wichtig war, hier war. Und sie wollte in Lunas Nähe sein. Sie wollte endlich das nachholen, was sie in all den Jahren versäumt hatten.

Die Tränen schossen ihr in die Augen, und sie versuchte gar nicht erst, sie aufzuhalten. Sie ließ ihnen einfach freien Lauf.

Nach einer Weile legte Dietmar ihr zögernd und etwas unbeholfen den Arm um die Schultern. »Nicht traurig sein«, sagte er leise.

»Ich bin nicht traurig«, erwiderte sie, »ich bin gerade wahnsinnig glücklich.«

Sie hatten noch bis in die Nacht dort gesessen, und Lilo hatte Dietmar von sich und ihrer Tochter erzählt.

Er hatte still zugehört und nur ab und an eine kurze Frage gestellt. »Und jetzt weißt du, wohin du gehörst?«, fragte er sie, als sie zu Ende erzählt hatte.

Sie nickte. Er hatte sie einfach geduzt, aber das Siezen empfand sie ohnehin als überflüssig. Außerdem hatte sie ihm eine Menge anvertraut, da wäre es absurd, sich weiterhin mit Sie anzureden.

»Darf ich dich morgen Abend schick zum Essen ausführen?«, fragte er sie.

»Das darfst du, Dietmar.«

Er griff in seine Hosentasche. »Ach, ich hab noch was gefunden. Gehört bestimmt dir. Lag im Sand.« Er legte ihr das Lederband mit dem kleinen Mondstein daran in die Handfläche. Sie strahlte. »Die muss ich verloren haben, als ich aus dem Wasser kam. Danke, Dietmar.

Mit einer Taschenlampe war sie später, nachdem er sich verabschiedet hatte, in den kleinen Schuppen gegangen, der zur Fischerkate gehörte. Sie hatte bisher noch keinen Blick hineingeworfen, jetzt aber war sie richtig neugierig geworden.

Einen Moment brauchte sie, um die Tür zu öffnen, die offenbar lange verschlossen gewesen war. Sie ächzte und knarzte, als sie sehr langsam aufging.

Es gab ein kleines Fenster, das von innen mit Zeitungspapier zugeklebt war. Lilo riss es ab und leuchtete mit der Taschenlampe. Der Raum war staubig und muffig. Natürlich, schließlich war ganz offenbar lange niemand mehr hier drin gewesen.

Sie ging zu einem der beiden Regale und warf einen Blick auf die Farbtöpfe, die darin standen. Wenn man das ganze Zeug ausräumte, gründlich saubermachte und eine neue Holztür einbaute, wäre dieser Schuppen ein prima Ort, um Dinge zu lagern, die man nicht im Haus haben wollte.

Oder aber eine Töpferwerkstatt.

Sie seufzte leise und überlegte, ob sie hier aufräumen sollte. Oder würde sie ihre Tochter damit überfahren?

Ja, wahrscheinlich.

Sie konnte nicht gleich einschlafen, obwohl sie furchtbar müde war. Immer wieder tauchte Dietmars Gesicht vor ihr auf, und sie hatte seine angenehme dunkle Stimme im Ohr.

Schließlich stand sie auf und trank ein großes Glas Rotwein. Leo miaute vor der Haustür, und sie ließ ihn herein.

»Du darfst bei mir im Bett schlafen. Komm, wir machen es uns gemütlich.«

Als sie am nächsten Tag vom Einkaufen kam und die Gartenpforte aufschob, hörte sie das Telefon im Haus klingeln.

Sie stürmte durch die Tür, ahnte aber, dass es so sein würde, wie es meistens war: Das Klingeln hätte aufgehört, sobald sie den Hörer abnahm.

»Ja?«, sagte sie atemlos.

»Ich bin's.« Ihre Tochter.

»Wie schön, dass du anrufst.« Das Herz hämmerte ihr in der Brust. »Wie war deine Ausstellung?«

»Ziemlich gut.«

»Hast du ein paar Bilder verkaufen können?«

»Sieben. Ist mit dem Haus alles in Ordnung?«

»Es hat bisher nicht wieder geregnet, wenn du das meinst.«

Ihre Tochter lachte, und ihr ging das Herz auf. Sie würden das schaffen, ja, sie würden das hinbekommen. »Wann kommst du zurück?«

»Wahrscheinlich morgen.«

»Dann koche ich uns was. Und wir werden in aller Ruhe reden.«

»Ist gut. Ach, bevor ich's vergesse, ich bin heute Abend im Radio. Vielleicht hast du ja Lust reinzuhören.«

»Ob ich vielleicht Lust habe? Soll das ein Witz sein? Natürlich werde ich mir das anhören! Wann genau?«

»Um neunzehn Uhr.«

Da war sie mit Dietmar verabredet. Mist! Aber das würde sie schon irgendwie hinkriegen.

»Ich bin ehrlich gesagt ziemlich aufgeregt. Ich muss Schluss machen. Bis dann, Mama.«

Lilo stand noch eine ganze Weile da, den Hörer in der Hand.

Hatte sie sich verhört? Hatte ihre Tochter gerade Mama gesagt?

Sie ging in die Küche und sank auf einen Stuhl.

GRANATAPFELROT

Eigentlich hatte Theresa das Radiointerview gar nicht machen wollen, dann aber hatte sie doch zugesagt.

Als sie unterwegs ins Studio war, rief Ben an. »Hey, alles klar?«

»Bei mir schon. Und bei dir?«

»Alles bestens. Wo bist du gerade?«

»Auf dem Weg zum Radiosender. Sie wollen ein Interview mit mir machen.«

»Die berühmte Künstlerin, ich sag's ja.«

Sie hatte nicht damit gerechnet, dass die Stimmung zwischen ihnen so unbefangen sein würde. Sollte sie ihm auf die Nase binden, dass sie seinen Zwillingsbruder getroffen hatte?

Nein, lieber nicht, das würde ihr kleines Geheimnis bleiben.

»Ich wollte dir einen Vorschlag machen«, sagte er. »Was hältst du davon, wenn ich dich auf Hiddensee besuche und eine Reportage über dich und deine Bilder mache? Ich hab mit meiner Chefin gesprochen, und sie findet die Idee genial.«

Genial? Ja, das passte in seinen Wortschatz.

»Das klingt ziemlich gut, Ben.«

»Ich rufe dich ein paar Tage vorher an, okay?«

»Einverstanden.« Sie legte auf.

Es fühlte sich eigenartig und seltsam fremd an, plötzlich so gefragt zu sein. Die berühmte Malerin Theresa Weiland.

Nein, irgendwie passte das nicht zu ihr. Sie war und blieb Theresa, die gern und vielleicht sogar ganz passabel malte. Nicht mehr und nicht weniger. Berühmt hatte sie nie sein wollen.

Als man ihr im Studio den Kopfhörer aufgesetzt hatte, war sie davon überzeugt, nicht einen vernünftigen Satz herauszubekommen, möglicherweise nicht mal einen einzigen Ton. Doch als die ersten Minuten vergangen waren, stellte sie fest, wie unkompliziert alles verlief. Man ging freundlich und locker mit ihr um, und sie durfte sich anschließend ein Musikstück aussuchen.

»Dann würde ich mir ein Lied von Leonard Cohen wünschen.«

»Ihr Lieblingssänger?«, fragte die junge, dunkelhäutige Moderatorin.

»Nein, der meiner Mutter.«

»Eine schöne Geste. Möchten Sie Ihrer Mutter auch noch irgendetwas sagen?«

Ich möchte ihr so viel sagen, dass ich gar nicht weiß, wo ich anfangen soll, dachte sie, aber sie schüttelte den Kopf.

Während das Lied lief, kam ihr eine Idee. »Was halten Sie davon, wenn ich eins meiner Bilder verschenke?«

»Eine grandiose Idee.«

Grandios. Theresa lächelte. Sie hatte viel an ihre Mutter gedacht in den letzten beiden Tagen.

Die Moderatorin erzählte den Hörern unterdessen, dass die Malerin Theresa Weiland, die bei ihnen zu Gast war, eins ihrer Bilder verschenken würde.

Es dauerte nicht lange, und die ersten Knöpfe blinkten.

»Da sind jede Menge Leute in der Leitung«, rief ihr Kollege ihnen zu.

Eine Frau aus Stralsund war die erste Anruferin, und sie sollte das Bild bekommen. Sie jubelte so laut ins Telefon, dass es mehrere Rückkopplungen gab.

Theresa erhielt zum Abschied einen hübschen Kaffeebecher, ein T-Shirt mit Radiologo – das würde sie Ella schenken – und das Plüschmaskottchen des Senders. Perfekt für die kleine Mia.

Selm

Zurück auf Hiddensee, hatte Theresa es plötzlich sehr eilig, zu ihrem Häuschen zu kommen.

Als sie es von weitem sah, begann sie zu laufen. Immer schneller.

Das Erste, was sie entdeckte, war der kleine Kater. Er saß vor der Haustür und schien einen Schmetterling zu beobachten.

»Hallo, mein Kleiner!«, rief sie ihm zu.

Er drehte den Kopf, schien kurz zu überlegen, woher er sie kannte, und kam dann mit erhobenem Schwanz auf sie zu.

Sie öffnete die Gartenpforte und stutzte. Nanu, sie quietschte ja gar nicht mehr.

Sie hockte sich hin, um Leo zu streicheln. Dann blieb sie einen Moment stehen und betrachtete mit einem seligen Lächeln ihre Kate. Ihr Zuhause, ihr eigenes kleines Paradies.

Wie toll es sich anfühlte, nach Hause zu kommen!

»Ich bin wieder da!«, rief sie fröhlich, als sie in die Diele trat. Die Tage in Rostock hatten sie viele Dinge in einem anderen Licht sehen lassen. Der Abstand hatte ihr gutgetan.

Ihre Mutter kam aus der Küche, eine Schürze umgebunden und einen Kochlöffel in der Hand. »Da bist du ja.« Sie blieb vor ihr stehen und schien etwas verunsichert, ob sie sie umarmen sollte oder nicht.

Auch Theresa war ein wenig befangen. Sie hatte so viele grausame Dinge zu ihr gesagt. »Es tut mir leid, Lilo. Ich hab dir weh getan, das wollte ich nicht.«

Lilo legte ihr die Hand auf den Unterarm. »Lass uns später reden. Erst mal essen wir, ja?«

Ihre Mutter hatte eine klare Tomatensuppe gekocht und dazu ein köstliches Weißbrot mit Oliven gebacken.

Nach dem Essen legte Theresa die Serviette beiseite. »Ich habe mich unmöglich benommen. All das, was ich zu dir gesagt habe …«

»War ernst gemeint, ich weiß.«

»Nein. Ja. Eigentlich schon, aber ich hätte es nicht sagen sollen. Nicht so, meine ich. Es war hart und grausam.«

»Vielleicht war es gut, dass du das mal rausgelassen hast. Offenbar hat dich das all die Jahre gequält.«

»Aber ich wollte dir nicht weh tun, Lilo.«

Lilo lächelte. »Ich weiß, Luna. Theresa.«

Sie sahen sich an und lächelten beide.

»Du warst ehrlich. Und die Wahrheit ist manchmal hart. Wirklich getroffen hat mich, dass du dich nicht geliebt gefühlt hast. Dabei warst und bist du das Allerwichtigste für mich. Ich hab sehr darunter gelitten, dass du mich nicht sehen wolltest. Und ich bedaure, wie du mich all die Jahre gesehen hast. Vielleicht bin ich nicht die, für die du mich hältst, Luna. Theresa, entschuldige. Wir hätten uns öfter zuhören sollen. Ich wollte immer, dass es dir gutgeht, dass du glücklich bist.« Lilo grinste. »Ich erinnere mich, wie ich zu deinem Kunstlehrer gestürmt bin. Wie ein Tornado bin ich über ihn hergefallen.«

»Was?«

»Er hatte dir eine Vier für das Bild gegeben, an dem du Tage gearbeitet hattest. Weißt du das nicht mehr?«

Theresa schüttelte den Kopf. Sie hatte viele Kunstlehrer gehabt, die sie für vollkommen untalentiert gehalten hatten. »Das Bild war grandios, Luna. Ich war sprachlos, wie begabt du warst und wie viel Mühe du dir gemacht hattest. Und dann gibt dir dieser unfähige Blödmann eine Vier. Ich habe das Bild genommen und bin zu ihm gegangen.« Sie lachte kopfschüttelnd. »Und ich hab ihn in Grund und Boden gequatscht. Kennst mich ja.«

Theresa musste ebenfalls lachen. In diesem Augenblick wurde ihr nicht nur sehr deutlich, sondern auch schmerzlich bewusst, wie sehr sie ihre Mutter liebte. Und wie ungerecht sie zu ihr gewesen war.

»Ich hab ihn einen Aushilfskunstlehrer genannt.«

»Wie bitte?« Sie musste sich auf die Unterlippe beißen, um nicht loszuprusten.

Lilo schlug nach einer Fliege, die ihr immer wieder ins Gesicht flog. Ihre Armbänder klimperten leise.

Dieses Geräusch erzeugte eine so heftige Wehmut, dass sie aufsprang und Lilo fest umarmte. »Es tut mir so leid. Ich war so blöd, Mama.«

»Du hast schon wieder Mama gesagt«, murmelte Lilo an ihrer Schulter. »Ich hab dich so lieb, Theresa, und ich platze vor Stolz. Ich hätte immer so gern Anteil an deinem Leben genommen, aber du hast das nicht zugelassen.«

»Ich weiß.« Theresa schniefte.

»Wollen wir es einfach mal versuchen? Wollen wir versuchen, ein richtig tolles Mutter-Tochter-Gespann zu werden?«

»Sehr gerne.«

»Darauf stoßen wir an. Ich hab eine Limonade gemacht.« Lilo nahm die Glaskaraffe aus dem Kühlschrank und schenkte ihnen ein.

Theresa schwenkte die tiefrote Flüssigkeit in ihrem Glas hin und her. »Was ist das?«

»Granatapfel.« Lilo stieß mit ihr an. »Auf uns. Darf ich wenigstens hin und wieder noch Luna zu dir sagen?«

Sie hatten zusammen gegessen und anschließend mit einem Glas Wein vor der Haustür gesessen und geredet.

»Ich hab übrigens die Radiosendung gehört. Das mit dem Lied von Leonard Cohen war eine wunderschöne Idee von dir. Danke, Schatz. Ich hatte gestern Abend eigentlich eine Verabredung.«

»Eine Verabredung? Mit wem?«

»Mit dem Tischler.«

Theresa nahm die Rotweinflasche, die auf der Erde stand, und schenkte ihnen beiden erneut ein. »Mit welchem Tischler?«

»Der, der die Fenster ausgemessen hat. Reg dich jetzt nicht wieder auf, ja?« Sie hob die Hand. »Warte, lass mich das erklären, bevor wieder irgendwelche blöden Missverständnisse entstehen. Dietmar hatte mich zum Essen eingeladen. Nein, ich muss weiter ausholen. Wir haben uns zufällig unten am Strand getroffen, als ich schwimmen war. Wir haben uns sehr nett unterhalten und dabei gepicknickt, ganz spontan. Und dann hat er mich zum Essen eingeladen. Ich wollte aber unbedingt die Radiosendung hören und hab abgesagt.«

Theresa nippte an ihrem Wein. Sie wollte nicht gleich wieder in ihr altes Denkschema verfallen, nach dem Motto: *Meine Mutter will nur ihren Spaß und denkt nur von zwölf bis mittags.* Also hörte sie geduldig zu und versuchte unvoreingenommen zu sein. »Läuft da was zwischen euch?«

»Nein.« Lilo wurde plötzlich ernst. »Wir sind uns sympathisch, mehr nicht.« Sie runzelte die Stirn. »Nein, das stimmt nicht ganz. Ich bin ein bisschen durcheinander seinetwegen. Er gefällt mir, er ist … anders.«

»Anders?«

»Anders als die Männer, die ich sonst so kenne. Er ist still und aufmerksam. Und er hat eine Menge Humor. Wir haben unglaublich viel gelacht an diesem Abend. Es ist, als würden wir uns schon ewig kennen.« Sie schüttelte den Kopf. »Es kommt mir selbst ganz komisch vor, wenn ich darüber rede. So, als wäre das nicht mir, sondern jemand anderem passiert.«

Theresa hatte die ganze Zeit vor sich hin genickt. Sie glaubte sehr gut zu verstehen, was ihre Mutter meinte. Sie hatte zum ersten Mal einen Mann getroffen, bei dem sie nicht sicher war, was sich daraus entwickeln könnte.

Sie selbst dagegen war mit einem alten Schulfreund ins Bett gestiegen, dabei war sie überhaupt nicht der Typ für einen One-Night-Stand. Es schien, als hätten sie vorübergehend die Rollen getauscht.

Sollte sie ihrer Mutter von Ben erzählen?

»Mir ist auch was ziemlich Komisches passiert.« Sie nippte an ihrem Wein. »Ich hab in Rostock Ben wiedergetroffen. Er ist Journalist und wollte ein Interview mit mir machen. Wir haben … na ja …«

»Ihr hattet Sex.« Lilo nickte. »So was kommt vor.«

Sie musste lachen, und ihre Mutter fügte hinzu: »Ich meine, es kommt vor, dass sich zwei Menschen treffen, und es ist von vornherein klar, wo es enden wird.«

»Ja, seltsam, aber genau so war's. Als ich ihm gegenübersaß, wusste ich, dass wir in seiner Wohnung landen würden.«

»War's wenigstens schön?«

Theresa zuckte mit den Schultern. »Es war aufregend, irgendwie anders.«

»Als mit Cornelius?«

»Das auch, ja. Es war unverbindlich, und das hat mir gefallen.«

»Du genießt deine Freiheit, daran ist nichts Verwerfliches.«

»Dabei hätte ich eigentlich viel lieber jemanden, der zu mir gehört.«

Es blieb einen Augenblick still, dann sagte Lilo leise: »Ja, ich auch.«

Theresa hatte wunderbar geschlafen. Sie stand früh auf und hörte ihre Mutter unten im Garten leise singen.

Sie ging duschen, zog sich an und machte dann Frühstück.

Nachher würde sie zu Ella gehen und ihre Sachen holen.

Als sie Kaffee kochte, kam ihre Mutter herein. »Morgen, Schatz.«

»Morgen, Lilo. Gut geschlafen?«

»Wie ein Murmeltier. Ich glaube, ich werde heute auch eine Kleinigkeit frühstücken.«

Theresas Handy klingelte.

Es war Ella. Im Hintergrund schluchzte die kleine Mia, ganz offenbar aber mehr aus Wut als aus Traurigkeit.

»Was ist denn bei euch los, Ella?«

»Ich habe Mias Kuscheltier gewaschen, und sie hat gerade gesehen, wie ich es an den Ohren zum Trocknen aufgehängt habe.«

Theresa musste lachen. »Die Arme. Ich komme später vorbei und hole meine Sachen ab.«

»Heißt das, ihr habt euch versöhnt, du und deine Mutter?«

»Es sieht ganz gut aus«, erwiderte sie mit Blick auf Lilo, die dasaß und gedankenverloren eine Banane schälte.

»Das freut mich ja so für euch, Theresa! Wie toll! Ich hab eine Idee: Ich packe deine Sachen zusammen und komme mit Mia vorbei. Dann lerne ich endlich mal deine Mutter kennen. Ich bin so gespannt auf sie. Einverstanden?«

»Einverstanden. Bis später.« Sie legte das Smartphone beiseite. »Mama?«

Ihre Mutter drehte den Kopf und lächelte.

»Ella kommt gleich vorbei und bringt mir meine Sachen.«

»Das heißt, du kommst zurück? Du möchtest wieder hier wohnen?«

Sie nickte, und Lilo stand auf, um sie in die Arme zu

schließen. »Ich hab so viel falsch gemacht, Schatz, dabei wollte ich doch immer alles richtig machen.«

»Wir haben vor allem den Fehler gemacht, nicht immer alles ausgesprochen zu haben.«

Lilo nickte mit feierlicher Miene. »Aber das werden wir in Zukunft anders machen, ja?«

»Absolut. Kann ich dich was fragen?«

»Natürlich, du kannst mich alles fragen, Luna.«

»Was war damals mit meinem Vater?«

Lilo seufzte und schwieg einen Moment. »Ich hab dir nie die ganze Wahrheit erzählt. Er ist abgehauen, als ich ihm sagte, dass ich schwanger bin. Er hat sich keine Sekunde für dich interessiert. Vielleicht hab ich den Fehler gemacht, dass ich nicht versucht habe, ihn zu halten. Ich hab gedacht, wenn er dich nicht will, dann soll er verschwinden. Mit so einem Mann wollte ich nichts mehr zu tun haben.«

Theresa nahm ihre Hand und hielt sie fest. »Warum hast du mir das nie gesagt? Ich hab immer geglaubt, du hättest ihn … vertrieben.«

»Und genau das solltest du glauben. Wie hättest du ertragen sollen, dass dein Vater sich einen Dreck um dich schert?«

Einen Augenblick lang schwiegen sie, dann fragte Theresa mit leiser Stimme: »Wie war er so? Was für ein Mensch war er?«

»Ganz anders als ich. Er war manchmal so ernst, richtig melancholisch. Dann wieder hat er die Puppen tanzen lassen und nicht nach dem Morgen gefragt. Ich konnte ihn nie wirklich einschätzen. Er wollte keine Verpflichtungen eingehen, und ich hätte mir damals so gewünscht, dass wir eine richtige Familie sein könnten.«

»Hast du mal wieder was von ihm gehört?«

Lilo schüttelte den Kopf. »Ich hatte Angst, dass du darauf bestehen könntest, ihn kennenlernen zu wollen. Wie hätte ich dir diese Enttäuschung ersparen sollen?«

»Ich hab mich betrogen gefühlt und dir dafür die Schuld gegeben. Das tut mir leid, Lilo, unglaublich leid. Ich hab überhaupt nicht kapiert, wie sehr du selbst darunter gelitten hast.«

»Das stimmt nicht.« Lilo lächelte sie an. »Ich hatte doch dich. Meine kleine Luna. Du warst mein Sonnenschein, der Grund, weshalb ich Tag für Tag weitergemacht hab, auch wenn ich manchmal alles hinwerfen wollte.«

Wieder schwiegen sie, ihre Hände hatten sie miteinander verschränkt.

»Kann ich dich noch was fragen, Lilo?«

»Aber ja.«

»Wann fliegst du eigentlich wieder zurück? Nicht dass ich dich nicht mehr hierhaben will …«

Lilo wurde blass. Oder bildete sie sich das ein? »Tja, um ehrlich zu sein …«

»Das klingt, als wäre irgendwas passiert.«

»Oh, es ist eine Menge passiert, Theresa. Wo soll ich anfangen?«

»Am besten ganz vorne.«

»Ich glaube, ich wusste schon lange, dass ich gehen wollte«, sagte Lilo, als sie zu Ende erzählt hatte, »eigentlich bin ich Gerard dankbar.«

»Aber du hättest in Ruhe deine Sachen packen sollen, anstatt einfach so abzuhauen.«

»Das stimmt. Aber ich glaube, mir liegt so was mehr.«

»Ein dramatischer Abgang meinst du?«

Lilo lachte und nickte. »Ich sollte vielleicht meine Klappe halten. Du hättest sehen sollen, wie ich aus der Wohnung gerauscht bin, nachdem Cornelius und ich gestritten hatten.«

»Und es ist noch nicht lange her, da bist du aus dem Haus gestürmt, nachdem wir uns gestritten hatten.«

»Barfuß. Was ist mit den Sachen aus deiner Werkstatt?«

»Das passte nicht ins Handgepäck.« Lilo seufzte. »Nein, im Ernst, Luna, was hätte ich tun sollen? Ich hab alles zurückgelassen.« Sie sah plötzlich furchtbar niedergeschlagen aus.

Theresa wurde ganz schwer ums Herz. »Weißt du was? Warum fliegen wir nicht zusammen hin?«

»Nach La Caleta meinst du?«

»Die anderen werden alles verscherbeln, Mama. Denk an deine Möbel, dein Geschirr.«

Die Augen ihrer Mutter funkelten. »Wenn sie das nicht längst getan haben …«

»Dann sollten wir möglichst schnell hin und dafür sorgen, dass sie nicht alles verhökern.«

Später saßen die beiden mit Ella zusammen. Lilo mochte ihre Freundin, das war Theresa sofort klar. Sie hatte schon immer gespürt, wen ihre Mutter mochte und wen nicht.

»Wir werden nach Mallorca fliegen und uns um die Sachen meiner Mutter kümmern. Zwei oder drei Tage werden wir weg sein, denke ich. Ich bräuchte jemanden, der hier ist, Ella.«

»Damit meinst du vermutlich mich.«

»Würdest du das tun? Ich möchte, dass jemand da ist, wenn die Handwerker kommen.«

Ella nickte. »Das machen wir gerne, stimmt's, Mia?«

Ihre kleine Tochter saß auf dem Küchenboden und spielte mit ein paar Schachteln, die Lilo ihr hingelegt hatte. Dann hatte sie Leo entdeckt, der auf der Fensterbank saß und die Vögel im Garten beobachtete. »Da!«, rief sie verzückt und ging auf alle viere, um zu ihm zu krabbeln.

»Nächste Woche ist der Notartermin«, sagte Theresa, die vor wenigen Minuten mit Henriette Schmidt telefoniert hatte. »Dann ist es so richtig mein Haus.«

GOLDORANGE

La Caleta auf Mallorca

Lilo saß im Schneidersitz auf dem feuchten Gras, die Augen geschlossen. Sie war wie immer sehr früh aufgestanden, hatte ihre Tochter noch schlafen lassen und war zum Meditieren hinter die Finca gegangen. Dorthin, wo sie hoffentlich ihre Ruhe haben würde.

Unter anderen Umständen wäre sie überglücklich gewesen, Luna ihr Zuhause – ihr ehemaliges Zuhause – zeigen zu können. So aber war sie froh, wenn sie beide wieder verschwinden konnten.

Ihre Möbel standen noch genauso da, wie sie sie zurückgelassen hatte. Auch in ihrer Werkstatt war noch alles so, wie sie es verlassen hatte.

Heute wollten sie das Geschirr, das fertiggebrannt im Regal stand, auf dem Markt verkaufen. Genau wie die Töpferscheibe und den Brennofen. Und auf dem Trödelmarkt wollten sie versuchen, ihre alten Möbel zu verkaufen. Das alles mitzunehmen würde viel zu teuer werden.

Im Haus stritten sich lautstark Evelin und Fred.

Sie stand seufzend auf und streckte die Arme über dem Kopf. Es half nichts, auch heute würde sie hier nicht meditieren können.

Evelin kam aus der Finca und rannte sie beinahe um.

»Autsch, pass doch auf, Evelin.«

»Hast du Filou gesehen?«

Filou war ihre Perserkatze, ein furchtbar hässliches Tier.

»Nein, ist er wieder ausgebüxt?«

»Die ganze Nacht hab ich vorm Haus gesessen und auf ihn gewartet.« Evelin schluchzte. »Dann hab ich was geraucht und konnte endlich schlafen.«

»Vielleicht ist er in der Werkstatt. Hast du schon nachgesehen?«

»Nein, wieso sollte er in der Werkstatt sein, Lilo?«

»Weil er gerne dort ist«, gab sie zurück.

»Echt? Im Ernst?« Evelin hob die Augenbrauen. »Dann geh ich mal nachsehen.«

»Tu das. Sag mal, ist Gerard noch da?«

»Klar, wieso fragst du?«

Ja, wieso frage ich eigentlich …

»Nur so. Schon gut.«

»Hab gehört, was da zwischen euch war.«

Sie schaute Evelin irritiert an. »Was soll zwischen uns gewesen sein?«

»Na, er und du, du verstehst schon.« Evelin kicherte.

»Nee, ich verstehe nicht. Egal, was er euch erzählt hat, Evelin, es stimmt nicht.«

Evelin zuckte mit den Schultern. Ihr schien es egal zu sein, ob sie und Gerard nun … oder auch nicht …

»Henry kam mir eben entgegen.« Sie senkte die Stimme. »Gab heute Nacht richtig Zoff mit Brigitte. Ich glaube, das geht nicht mehr lange gut mit den beiden. Henry hängt noch immer viel zu sehr an dir.«

»Was? Wie kommst du denn darauf?«

Evelin verdrehte die Augen. »Du kannst fragen.« Damit lief sie an ihr vorbei in Richtung Werkstatt.

Lilo blickte ihr verwundert nach.

Als ob Henry sich je irgendwas aus mir gemacht hätte …

Er liebte die Abwechslung im Bett, mehr nicht. Immer nur Brigitte, das langweilte ihn zu Tode.

Leise schlüpfte sie ins Haus und wollte gerade die Tür zu ihrem Zimmer öffnen, als zwei Hände nach ihr griffen. Vor Schreck stieß sie einen spitzen Schrei aus. »Pfoten weg, Gerard!«

»He, ich bin's, entspann dich«, zischte Henry, »und hör auf, so rumzubrüllen. Wusste doch, dass du zurückkommst.«

»Ich bin nur hier, um meine Sachen abzuholen, Henry.«

»Natürlich.« Er zwinkerte ihr zu. »Und das mit Gerard … wir haben ihm ganz schön die Flötentöne beigebracht.«

»Ach ja? Das klang bei Evelin eben ganz anders.«

»Die war doch gar nicht dabei.« Er winkte ab. »Zieht deine Tochter auch mit ein?«

»Ich ziehe nicht wieder ein!«

»Jaja.«

»Ich mein's ernst, Henry. Wir sind nachher wieder weg.«

Er schien darüber nachzudenken. »Kann ich dann dein Zimmer haben?«

»Wie bitte?«

»Das mit mir und Brigitte, du weißt schon … Irgendwie ist bei uns die Luft raus.«

Sie huschte in ihr Zimmer und knallte die Tür zu. Hoffentlich hatte sie ihm die Finger eingeklemmt.

»Luna?«, raunte sie. Ihre Tochter schien noch fest zu schlafen. »Luna! Aufwachen! Lass uns sehen, dass wir von hier verschwinden. Mir reicht's.«

Plötzlich kam es ihr völlig unwirklich vor, dass sie jahrelang inmitten dieser verblassten Hippietruppe, diesem jämmerlichen Haufen Möchtegernaussteiger gelebt hatte.

Es war heiß, und die Sonne brannte vom Himmel.

Lilo hatte einen Strohhut aufgesetzt, und Theresa trug eine Baseballkappe. Der Trödelmarkt war gut besucht, vor allem Touristen kamen oft hierher.

Ein älterer Mann, der in weiblicher Begleitung da war, hatte sich vor die alte und ziemlich verschrammte Holztruhe gestellt, in der sie früher das gebrannte Geschirr aufbewahrt hatte. »Was soll die kosten?«

Aus den Augenwinkeln bekam sie mit, dass Theresa zu ihnen herübersah. »Zweihundertfünfzig.«

»Zweihundert.«

»Zweihundertvierzig.«

»Zweihundertdreißig.«

Sie schenkte dem Mann ein strahlendes Lächeln. »Abgemacht.«

»Kann ich sie gleich mitnehmen?«

»Natürlich.« Sie schaute verblüfft zu, wie er die schwere Truhe nahm und damit davonmarschierte. Seine Begleiterin folgte ihm.

Theresa reckte den Daumen, und sie quittierte es mit einem triumphierenden Gesichtsausdruck. Sie hatte bereits die meisten ihrer Möbel verkauft, viel war es ohnehin nicht. Sie hatte nie viel besessen.

Lilo kniete sich hin und nahm eine größere Schale und einen dazu passenden Kerzenständer aus der zweiten Truhe, an der sie dummerweise sehr hing. Sie stellte die Sachen auf den Deckel der Truhe.

Theresa kam herübergeschlendert und legte ihr den Arm

um die Taille. »Läuft doch ziemlich gut, oder?« Sie zeigte auf das Geschirr. »Hübsch. Sehr hübsch sogar. Willst du das auch verkaufen?«

»Ich muss, Luna. Ich brauche das Geld.«

»Aber das ist viel zu schade.«

»Das war die Truhe auch«, murmelte sie und seufzte. »Ich hab an dem alten Ding gehangen. Sie war das einzige Möbelstück, das immer mitgereist ist. Wo die schon überall war.« Wieder seufzte sie.

»Dann hättest du sie nicht verkaufen sollen, Mama.«

»Es ging nicht anders.« Lilo griff in die kleine Umhängetasche, die sie direkt am Körper unter ihrem weiten Kleid trug, und warf einen Blick hinein. »Sechshundertdreißig«, sagte sie.

»Das ist doch schon ganz ordentlich«, meinte ihre Tochter.

»Aber noch nicht genug.« Lilo nahm sie beiseite und raunte: »Ich hab ein bisschen was gespart, und ich möchte, dass du es nimmst. Zusammen mit den sechshundert Euro.«

»Aber …«

»Kein Aber, ich bestehe darauf.« Sie rieb sich die Hände. »So, weiter geht's. Ich gehe hier nicht eher weg, bevor alles verkauft ist.«

Bis auf die große Schale, die ihrer Tochter so gefiel, hatte Lilo tatsächlich alles verkaufen können. Der Brennofen und die Töpferscheibe waren als Erstes weggegangen.

Am späten Nachmittag, als alle wieder aus ihren Häusern gekrochen waren, hatte ein solcher Trubel auf dem Markt geherrscht, dass sie manchmal Angst gehabt hatte, den Überblick zu verlieren. Die Leute klauten wie die Raben, das hatte sie oft genug erlebt.

Als sie den kleinen Tisch zusammenklappten, war sie so aufgekratzt und glücklich, dass sie am liebsten laut gesungen hätte. Wie viel genau sie eingenommen hatte, wusste sie noch gar nicht. Vor allem ihr getöpfertes Geschirr war in Windeseile weg gewesen. Bis auf besagte Schale.

Die nahm sie jetzt und drückte sie ihrer Tochter in die Hand. »Ich schenke sie dir. Vielleicht ist es ein Symbol.«

Theresa umarmte sie. »Ja, ich finde auch, wir sollten sie als Symbol nehmen. Sie steht für unseren Neuanfang.«

Lilo hatte Tränen in den Augen, und sie heulte nicht oft.

»Ich bin so glücklich, Luna, dass ich schon wieder vergessen habe, dich Theresa zu nennen.«

Sie waren in die kleine Bucht gegangen und hatten sich auf einen der Felsen gesetzt und aufs Meer hinausgeschaut.

»Hierher bin ich immer gekommen, wenn ich allein sein wollte.«

»War das oft?«, fragte ihre Tochter sie.

»Ziemlich oft.« Sie seufzte. »Manchmal hab ich auch Gedichte geschrieben, wenn ich in Stimmung war.«

Ihre Tochter lachte. »Ich erinnere mich an eine Kurzgeschichte, die du mir damals vorgelesen hast. Ich muss vierzehn oder fünfzehn gewesen sein. Warte, worum ging's noch mal … Ah, ich glaube, um eine Fee, die mit einem Zauberstab Farben auf eine karge Landschaft verteilt.«

»Daran erinnere ich mich gar nicht mehr.« Sie griff in die ausgebeulte Tasche ihres Kleides und zog einen zerknitterten Zettel heraus. »Das hab ich vorhin zufällig in einer der Schubladen der alten Kommode gefunden. Gut, dass ich noch mal reingeschaut habe.« Sie faltete den Zettel auseinander und räusperte sich. »Wärme. Wärme auf der Haut, Wärme in mir. Wärme aus mir. Ganz warm wird mir. Warm von all der Wärme.«

Ihre Tochter sah sie an, als habe sie das Gedicht auf Russisch vorgetragen. »Ähm, schön …«

»Du findest es blöd.«

»Nein, ich finde es … ungewöhnlich.«

Sie lachte kopfschüttelnd. »Ungewöhnlich, aha. Wie sagt man doch: Ungewöhnlich und interessant sind die kleinen Schwestern von saublöd?«

»So ähnlich.« Ihre Tochter grinste.

»Vielleicht sollte ich doch lieber Horrorgeschichten schreiben. Ich hab vor ein paar Jahren eine Werwolf-Geschichte geschrieben und Evelin vorgelesen. Sie hat sich so gegruselt, dass sie die ganze Nacht nicht schlafen konnte.«

»Wir haben viel voneinander verpasst, Lilo.«

»Das ist wahr. Schon komisch, aber ich bin im Grunde obdachlos. Ich hab kein Zuhause mehr.«

Ihre Tochter sah sie verwundert an. »Obdachlos? Du wohnst erst mal bei mir.«

»Und wenn wir uns nicht vertragen? Ich möchte auf gar keinen Fall riskieren, dass ich dir wieder auf die Nerven gehe.«

»Das müssen wir ausprobieren, sonst werden wir das nie erfahren.«

»Meinst du wirklich?«

Ihre Tochter nickte ernst.

»Aber wovon soll ich leben? Hier auf Mallorca hab ich als Yogalehrerin gearbeitet und nebenbei meine getöpferten Sachen verkauft. Was soll ich auf Hiddensee machen?

Däumchen drehen? So gut dürftest du mich kennen, um zu wissen, dass ich dann unausstehlich bin.«

»Das wäre ich auch. Uns fällt schon was ein. Hiddensee nennt sich nicht umsonst Künstlerinsel.«

Sie hatten eine Flasche billigen Rotwein gekauft, um anzustoßen. Die Sonne ging unter, und es war wie meistens ein atemberaubender Anblick.

»Wird dir das alles nicht fehlen, Lilo?«

»Nein.« Sie schüttelte heftig den Kopf. »Ich hab was bekommen, was mir viel wichtiger ist und nach dem ich mich so lange gesehnt habe: meine Tochter.«

SAFRANGELB

Selm auf Hiddensee

Lilo war einkaufen, während ihre Tochter im Atelier war und arbeitete. Obwohl sie normalerweise nachts von der Muse geküsst wurde, wollte sie an diesem Nachmittag unbedingt malen. »Ich weiß auch schon, was«, hatte sie geheimnisvoll gesagt.

Etwas mehr als tausendeinhundert Euro hatten sie auf dem Markt eingenommen, eine hübsche Summe. Dafür besaß sie jetzt auch so gut wie nichts mehr, aber das war ihr egal.

Ihre Tochter hatte das Geld nicht annehmen wollen, aber sie hatte darauf bestanden.

Vielleicht würde es für die nötigsten Reparaturen reichen, denn dass Luna sich mit dem Kauf der Fischerkate hoffnungslos übernommen hatte, war ihr selbst mittlerweile klargeworden. Morgen war der Termin beim Notar, und heute Abend wollte sie mit Bille telefonieren, die mit ihr zusammen einen Finanzplan ausarbeiten wollte. »Ich traue den Leuten bei der Bank nicht«, hatte sie gemeint. »Ich verlasse mich voll und ganz auf Bille.«

Lilo hätte gern Safran gekauft, verkniff es sich aber und kaufte stattdessen drei Töpfe mit frischen Kräutern.

Würden sie in Zukunft viel selber anbauen und einkochen, dann könnten sie eine Menge Geld sparen.

Als sie zurückkam, saß ihre Tochter auf der Stufe vor der Haustür, Leo neben sich, der sich putzte.

»Es gibt frische Datteln im Speckmantel, dazu einen Salat«, sagte sie, als sie durch den Vorgarten ging.

Er stand in voller Blüte, es war eine wahre Augenweide.

Am Zaun wuchsen meterhohe Sonnenblumen, gleich davor Rittersporn und Sonnentau. »Ich liebe diesen Garten, Luna.«

»Ja, ich auch.«

»Wenn du möchtest, tobe ich mich ein bisschen darin aus.« Sie zeigte auf die Lavendelbüsche. »Ich hab dir noch gar nicht gesagt, dass ich den Lavendel beschnitten habe. Ich hoffe, das war in Ordnung?«

»Na klar, ich fänd's schön, wenn du dich um den Garten kümmern würdest.«

Sie setzte sich neben sie und schob den Einkaufskorb durch die offene Tür. »Konntest du ein bisschen arbeiten?«

Ihre Tochter lächelte. Und dieses Lächeln sah überaus zufrieden aus. »Möchtest du es sehen?«

»Wenn ich darf?«

Sie stand eine ganze Weile vor dem Bild, das noch längst nicht fertig war. »Das … bin ich«, flüsterte sie mit rauer Stimme. Meine Güte, träumte sie oder hatte ihre Tochter sie wirklich gemalt?

»Gefällt's dir?«

»Ob es mir gefällt?« Sie drehte sich zu ihr um. »Es ist grandios, Luna! Ich weiß gar nicht, was ich sagen soll. Du malst mich?«

»Ist mir heute Nacht eingefallen. Eine Galeristin aus Berlin hat mich gefragt, warum es keine Selbstporträts gibt. Ich hab ihr gesagt, dass ich mich selbst nicht malen möchte.« Theresa zuckte mit den Schultern. »Ich glaube, ich würde mich nicht so zeigen können, wie ich bin oder mich gerade fühle. Bei anderen Menschen gelingt mir das.«

Lilo stand noch immer da und betrachtete das Bild. »Was ist das für Farbe?«

»Pastellkreide.«

»Grandios«, flüsterte sie wieder. Sie musste sich regelrecht losreißen. »Ich koche uns was. Mir knurrt der Magen.«

»Würdest du gerne mit deiner Kunst reich werden?«, fragte sie ihre Tochter später beim Essen.

Ein angenehm kühler Wind war aufgekommen, und sie hatten alle Fenster im Haus weit geöffnet. Leo saß neben Theresas Stuhl und sah ihr beim Essen zu.

»Ich weiß nicht. Ich kann bisher einigermaßen davon leben.« Sie blickte sich um. »Aber große Sprünge kann ich nicht machen. Ich hab keine Ahnung, was ist, wenn der Winter kommt. Vielleicht müssen wir mit einer Heizdecke schlafen.«

»Wir?«

»Du und ich. Ich werde erst mal nur das Allernötigste machen können. Ich dumme, naive Nuss hab mir eingebildet, das komplette Haus sanieren zu können. Ich dachte, so teuer kann das nicht sein.« Sie rieb sich das Gesicht. »Ich hab viel zu impulsiv gehandelt, Mama. Ich hätte mir das in Ruhe überlegen müssen, anstatt Frau Schmidt die Hand zu reichen und ja zu sagen. Ich wollte dieses Haus unbedingt. Und wenn ich ehrlich bin, dann wollte ich es schon, als ich zum ersten Mal daran vorbeigegangen bin.«

Lilo lächelte. Das klang ganz nach ihr selbst. Ihre Tochter und sie waren sich in der Tat viel ähnlicher, als sie beide geglaubt hatten. »Warum sprichst du nicht mit Dietmar?«

»Den Tischler meinst du? Ich weiß nicht, ich hab ihn praktisch rausgeworfen«, erwiderte Theresa etwas kläglich.

»Eben. Du könntest dich entschuldigen«, schlug Lilo vor.

»Ach, und du hättest so eine Gelegenheit, ihn wiederzusehen.«

»Auch«, gab sie zu. Nachdem sie die Verabredung abgesagt hatte, hatte sie nichts mehr von ihm gehört. Natürlich nicht, bestimmt hielt er sie für leichtfertig. Sie würde ihn wirklich gern wiedersehen. »Er ist sehr sympathisch.«

»Sympathisch, aha. Ich dachte da eher an wahnsinnig aufregend, attraktiv und unwiderstehlich.«

Sie wusste nicht genau, wie ihre Tochter das meinte. Immerhin war das immer ein Thema gewesen, bei dem sie beide nicht auf einen Nenner gekommen waren. Ihre Tochter schätzte sie in dieser Hinsicht völlig falsch ein, aber wie sollte sie ihr das klarmachen?

»Du wirst lachen, Schatz, aber ich hab mich immer nach einem Mann gesehnt, mit dem ich alt werden möchte. Jetzt bin ich über fünfzig und warte noch immer, dass mir so einer begegnet.«

»Und dieser Dietmar wäre so einer?«

Sie zuckte mit den Schultern. »Ich mag ihn. Aber wir kennen uns ja kaum. Ich bin vorsichtiger geworden. Misstrauisch trifft's vielleicht auch.«

»Glaubst du, er wird meine Entschuldigung annehmen?«

»Sollte man nicht immer eine Entschuldigung annehmen?«

»Wenn sie ernst gemeint ist schon, finde ich.«

»Na siehst du.« Lilo griff nach einer Dattel und biss hinein. »Ich wollte nie reich werden. Hat mich nie interessiert. Ich wollte immer nur glücklich sein mit dem, was ich habe und was ich kann.«

Ihre Tochter machte »Hmm« und blickte nachdenklich aus dem Fenster. Sie trank einen Schluck Wein. »Und ich wollte immer so leben wie jetzt. In einem kleinen Haus mit einem Atelier, von dem aus man das Meer sehen kann.«

»Diesen Wunsch hast du dir erfüllt.« Lilo lächelte. »Es wird einen Weg geben, Luna. Es gibt immer einen Weg.«

»Früher fand ich deinen Optimismus manchmal unerträglich, dabei bin ich ja selbst eine hoffnungslose Optimistin. Ich bin fest davon überzeugt, dass das, was passiert, für irgendwas gut sein wird.« Theresa nahm sich ebenfalls eine Dattel. »Die sind unglaublich lecker.«

»O ja.« Sie nickte. »Und sie haben viel mehr Kalorien, als man ihnen zutraut. Aber darum musst du dir nun wirklich keine Gedanken machen, Luna.«

Ihre Tochter musterte sie mit einem breiten Grinsen. »Du aber auch nicht, Mama.«

AVOCADOGRÜN

»Hab ich doch vielleicht zu viel für das Haus bezahlt?«, fragte Theresa später Bille am Telefon. »Ich hab geglaubt, ein Schnäppchen gemacht zu haben.«

»Das hast du wahrscheinlich auch. Häuser in dieser Lage sind normalerweise fast unerschwinglich. Und Hiddensee ist ein kleines Paradies. Du hast bestimmt nicht zu viel bezahlt, Theresa. Wenn du das Haus saniert und umgebaut hast, würdest du es für das Drei- oder sogar Vierfache verkaufen können.«

»Ich will es aber gar nicht verkaufen.«

Bille lachte. »Weiß ich doch. Ich meinte ja auch nur. Was müsstest du als Erstes machen lassen?«

»Keine Ahnung, wahrscheinlich die Fenster.«

»Hast du keinen Gutachter, der sich das mal ansieht?«

»Ich hatte Georg gebeten. Wir kennen uns aus dem Kulturverein. Ella meinte, er würde sich ein bisschen mit alten Immobilien auskennen.«

»Und was hat er gesagt?«

»Nicht viel, Georg sagt nie besonders viel. Er hat von den alten Kassettentüren und dem Mosaikboden im Flur geschwärmt.«

»Toll«, erwiderte Bille wenig beeindruckt. »Und was ist mit dem Dach, den Wänden, den Leitungen?«

»Das Dach muss nur regelmäßig gesäubert werden, hat Frau Schmidt gesagt. Ihr Mann hat es noch vor wenigen

Jahren neu decken lassen. Und die Wände … tja. Die Leitungen sollten auch erneuert werden, meinte Georg.«

»Such dir einen Gutachter oder jemanden, der wirklich was davon versteht.«

»Aber Georg versteht was …«

»Von Kassettentüren und Fußböden, schon kapiert.«

Theresa schwieg und kaute auf ihrer Unterlippe.

»Bist du noch dran?«

»Klar«, sagte sie. »Und jetzt?«

»Ich schätze mal, du bist pleite, Theresa. Das Geld, das dein Opa dir hinterlassen hat, reicht, um das Haus zu kaufen und ein paar Fenster zu erneuern.«

»Ach, was für ein verdammter Mist! So ein Gutachter kostet doch auch was, oder?«

»Vielleicht kennst du jemanden. Außer Georg, meine ich.«

Hatte Ben nicht erzählt, dass sein Bruder Architektur studiert hat und sich mit alten Häusern auskennen würde?

»Vielleicht ist mir gerade jemand eingefallen, Bille.«

»Na also. Es gibt immer einen Weg, sagst du das nicht sonst immer?«

Frustriert war sie anschließend in die Küche gegangen.

Ihre Mutter hatte sich schon hingelegt, sie ging gern früh schlafen.

Theresa suchte in allen Schränken nach einer Flasche Schnaps. Irgendwo müsste sie noch eine angebrochene …

Ah, da war sie ja. Es war zwar kein Schnaps, aber Likör würde es auch tun.

Sie setzte sich an den Tisch, stützte das Kinn in die Hand und schenkte sich ein großes Glas ein.

Was für ein Desaster! Aber sie war ja selbst schuld. Sie hatte das Haus unbedingt haben wollen, und jetzt hatte sie den Salat. Ein bezauberndes Häuschen mit Reetdach und einem Garten, der einen in Verzückung geraten ließ, aber keinen Cent, um das Haus entsprechend sanieren zu lassen.

Sie blickte sich niedergeschlagen in der Küche um und trank den Kirschlikör. Zur Not würde sie im Winter frieren und bei Regen überall Eimer aufstellen, aber sie würde ihr Haus nicht wieder hergeben. Niemals!

Offenbar war sie eingedöst, den Kopf auf der Tischplatte, denn sie schreckte irgendwann hoch, als sie ein Geräusch hinter sich hörte. Sie wirbelte herum und fiel dabei fast vom Stuhl.

»Wer ist da?«

»Ich, Schatz.« Lilo legte ihr die Hand auf die Schulter. »Ich wollte dich nicht erschrecken. Wieso sitzt du ganz allein hier und trinkst dir einen an?«

»Ich hab mit Bille telefoniert, Mama, ich bin pleite. So pleite, wie man nur sein kann. Bille meint, ich müsste ungefähr noch mal genauso viel in die Sanierung und den Umbau stecken, wie das Haus bereits gekostet hat.«

»Was? Du lieber Himmel, das ist aber eine Menge Geld!«

Theresa schniefte und machte eine ausladende Handbewegung. Dabei erwischte sie die Likörflasche, die laut polternd vom Tisch fiel und auf dem Fußboden landete. »Mist!«

»Ich mach das schon«, sagte Lilo sanft und begann, die rote klebrige Flüssigkeit mit einem Lappen aufzuwischen. »Geh ins Bett, Schatz. Ruh dich ein bisschen aus.«

»Es gibt für alles einen Weg, jaja«, lallte sie und stand vorsichtig auf. Tatsächlich war sie ein wenig angesäuselt.

»Stimmt doch, oder?«

»Absolut«, erwiderte Lilo. »Manchmal sieht man ihn nur nicht. Was ist mit dem Geld, das ich dir gegeben habe?«

»Und das du viel besser selbst gebrauchen kannst.«

Lilo verdrehte die Augen. »Das Thema hatten wir schon, Schätzchen.«

Theresa ging zu ihr und legte ihr beide Hände auf die Schultern. Dann schmiegte sie sich an sie und seufzte. »Das tut gut, Mama. Ich hätte mich viel öfter mal einfach an dich lehnen sollen.«

»Wir finden einen Weg, Luna, glaub mir. Lass uns morgen in aller Ruhe noch mal reden, vielleicht fällt uns dann was ein.«

Lilo hatte Frühstück gemacht, als Theresa am nächsten Morgen in die Küche kam. Ihr Kopf dröhnte fürchterlich. Sie blieb am Tisch stehen und runzelte die Stirn. »Hab ich heute Geburtstag?«

Ihre Mutter lächelte. »Nein, ich hatte Lust auf ein gemütliches Frühstück.« Sie zeigte auf die kobaltblaue Schale, die sie aus La Caleta mitgebracht hatten. »Sieh mal, sie hat ihre Bestimmung gefunden.«

In der Schale war etwas, das Theresa entfernt an einen Obstsalat erinnerte. Was mochte das sein?

»Das ist ein Avocadosalat«, erklärte Lilo ihr, »ich bin süchtig nach den Dingern. Wenn ich könnte, würde ich eine eigene Avocadoplantage anlegen.«

»Auf Mallorca wäre das doch bestimmt möglich gewesen.« Theresa zog sich einen Stuhl heran und stöhnte leise wegen des lauten Geräuschs, das er dabei machte.

»Hast du eigentlich mal darüber nachgedacht, einen ganz normalen Kredit aufzunehmen?« Ihre Mutter reichte ihr den Salat, und sie lehnte dankend ab.

»Natürlich. Aber ich werde keinen kriegen, Mama.«

»Und wieso nicht?«

»Weil ich freischaffende Künstlerin bin und nicht rein zufällig von Picasso oder irgendeinem berühmten Modefuzzi abstamme. Ich hab mit Bille darüber gesprochen, sie meinte, ich solle es versuchen, mir aber nicht viel Hoffnung machen.«

»Aber das Haus wäre doch eine ... wie nennt man das?«

»Oase?« Sie gähnte.

Ihre Mutter lachte. »Das sowieso, aber das meinte ich nicht. Wenn die Bank dir Geld gibt, damit du das Haus sanieren kannst, wäre es doch viel mehr wert.«

Sie nickte missmutig. Sie hatte miserabel geschlafen und war im Traum vor einem Unsichtbaren weggerannt.

Als sie aufgewacht war, hatte sie sich gefühlt, als habe sie einen Triathlon hinter sich.

»Sicherheit«, sagte Lilo und nickte zufrieden.

»Sicherheit?«, fragte sie zurück.

»Die Bank hätte das Haus als Sicherheit.«

»Ach so. Das würde aber bedeuten, dass sie mir das Haus wieder wegnehmen, wenn ich die Raten nicht mehr zahlen kann. Und genau deswegen werde ich es irgendwie anders hinkriegen.«

Ihre Mutter strich ihr über die Hand.

»Hast du noch mal darüber nachgedacht, mit Dietmar zu sprechen?«

Sie nickte. »Ich hoffe, er nimmt meine Entschuldigung an.«

Als sie am frühen Abend vom Notar zurückkam, kaufte sie eine Flasche Sekt. Sie wollte mit ihrer Mutter auf ihr Haus anstoßen. Das nun auch ganz offiziell ihr gehörte.

Wie phantastisch sich das anfühlte! Komme, was wolle, sie würde dieses Häuschen nie wieder hergeben!

Während sie den schmalen Weg nach Selm entlanglief, klingelte ihr Handy. Vielleicht war das Bille, und ihr war noch etwas eingefallen.

Nein, es war Ben.

»Hallo, Ben.«

»Gut, dass ich dich erreiche. Ich komme morgen nach Hiddensee.«

»Morgen schon?«

»Das klingt nicht gerade begeistert. Passt es dir nicht? Ich hab gestern schon mal angerufen, aber dein Handy war aus.«

Das war sicher, als sie am Küchentisch gesessen und Kirschlikör getrunken hatte.

»Doch, doch«, sagte sie hastig, »ich freue mich, Ben. Es kommt nur etwas plötzlich.«

Und sie bereitete sich grundsätzlich gern vor, aber das müsste sie ihm nicht unbedingt auf die Nase binden.

»Dann bin ich so gegen Mittag da. Einverstanden?«

»Ja, super. Ach, da fällt mir noch was ein. Du sagtest, dein Bruder ist Architekt und kennt sich mit alten Häusern aus?«

»Stimmt.«

»Würdest du mir seine Nummer geben?«

Plötzlich freute sie sich darauf, mit Jan zu sprechen, seine Stimme zu hören, ihn vielleicht sogar bald wiederzusehen.

»Klar, ich simse sie dir gleich. Bis morgen, Theresa.«

Lilo stand im Garten, einen Spaten in der Hand.

Leo lag auf der alten Holzbank vor dem Haus und schlief.

Sie öffnete die Gartenpforte und huschte durch den Vorgarten.

Ihre Mutter hatte sie offenbar noch gar nicht bemerkt.

Leise schlich sie zu ihr und stellte sich hinter sie. »Warum bist du eigentlich nicht Gärtnerin geworden?«

Lilo wirbelte herum. »Hast du mich erschreckt! Ich hab damals geglaubt, wenn ich was zu meinem Beruf mache, das ich mit Hingabe und Leidenschaft tue, verliere ich vielleicht die Freude daran. Findest du das blöd?«

Sie lächelte. »Nein, überhaupt nicht. Ich bin trotzdem Malerin geworden. Vielleicht auch, weil ich nichts anderes kann.«

»Als hättest du sonst keine Talente.« Lilo lachte und schüttelte den Kopf.

»Ach ja? Und welche?«

»Du bist phantasievoll und kreativ. Wenn ich eine Kurzgeschichte geschrieben habe – was manchmal ewig und drei Tage gedauert hat –, hast du dir mal eben auf die Schnelle eine Geschichte ausgedacht. Ich hätte schwören können, dass du mal Schriftstellerin wirst.«

»Ich war acht oder neun damals, Mama.«

»Na und?«

Sie musste lachen. »Ich glaube, ich habe mir den richtigen Beruf für mich ausgesucht.«

»Das glaube ich auch, Schatz. So, und jetzt erzähl mal. Hast du unterschrieben?«

»Ja! Es ist jetzt mein Haus! Ganz offiziell und schwarz auf weiß.«

Lilo nahm ihre Hände und tanzte mit ihr durch den Garten. Beide kicherten und kreischten wie die Kinder.

Als sie stehen blieben, um zu Atem zu kommen, sagte ihre Mutter: »Ich hab uns Sekt kalt gestellt.«

»Und ich hab eine Flasche mitgebracht.«

Sie blickten sich an und kicherten wieder.

»Ben kommt morgen. Er will eine Reportage über mich und meine Bilder schreiben.«

»Ben? Ist das der Ben, mit dem du …«

»Genau der. Und er hat mir die Telefonnummer seines Bruders gegeben. Jan hat Architektur studiert und soll was von alten Häusern verstehen. Bille meint, ich bräuchte jemanden, der sich das alles hier in Ruhe ansieht.« Sie legte die Hand über die Augen, weil sie jemanden den Weg entlangkommen sah. »Da kommen Ella und Mia.«

»Wie gut, dass wir zwei Flaschen Sekt haben.«

Ella war lange geblieben. Mia war längst auf der alten Couch eingeschlafen, das Radiomaskottchen, das Theresa ihr geschenkt hatte, im Arm.

Es war bereits dunkel, als Ella meinte, jetzt sollte sie aber wirklich mal nach Hause.

»Warum bleibst du nicht hier?«, fragte Theresa sie. »Platz ist genug, und eine Isomatte hab ich auch noch irgendwo.«

»Da legen wir Mia drauf. Ich hab Angst, dass sie vom Sofa plumpst.«

Theresa stand auf und gähnte. Sie war urplötzlich hundemüde und fragte sich, wie sie es die paar Schritte bis in ihr Zimmer schaffen sollte. »Wo hab ich bloß die Isomatte?«

»Ich glaube, sie ist im Schuppen.« Ihre Mutter zeigte nach draußen. »Soll ich sie holen? Du siehst ganz müde aus.«

»Ich *bin* ganz müde, Lilo.«

Sie schlief wie ein Murmeltier und wachte erholt und frisch am nächsten Morgen auf.

Offenbar waren die anderen schon aufgestanden, denn leises Lachen und Gemurmel waren zu hören.

O Gott, Ben wollte heute kommen! Gegen Mittag hatte er gesagt.

Sie sah auf den kleinen Wecker, der neben ihrer Isomatte auf dem Fußboden stand. Schon so spät!

Am Ende war er da und sie noch im Schlafanzug. Na großartig!

Sie rannte nach unten, wo die anderen am Küchentisch versammelt waren und plauderten.

»Ben kommt heute, und ich bin noch nicht mal angezogen«, begrüßte sie die drei.

»Zeit für einen Kaffee wirst du wohl noch haben. Außerdem ist es gerade mal halb neun.«

»Halb neun? Das kann nicht sein. Auf meinem Wecker ist es kurz nach halb elf.«

»Dann ist er stehen geblieben.« Ihre Mutter reichte ihr einen vollen Kaffeebecher. »Hast du gut geschlafen?«

»Wie ein Baby.«

Mia kam angekrabbelt und zog sich an Theresas Stuhl hoch. Sie hob die Kleine auf den Schoß.

»Steht dir gut«, fand ihre Mutter und zwinkerte ihr zu.

»Sag bloß, du bist ganz wild darauf, Oma zu werden«, neckte Theresa sie.

»Ich wäre nicht abgeneigt.« Sie reichte ihr einen Teller mit einem Honigbrötchen.

»Danke, du sorgst ja heute wie eine Mutter für mich.«

Sie lächelten sich an, und Theresa war froh, dass Lilo ihre Bemerkung nicht in den falschen Hals bekommen hatte.

Sie hatte eigentlich bei der Tischlerei anrufen wollen, dann aber beschloss sie, direkt hinzugehen, auch wenn ihr das ziemlich schwerfiel.

Dort traf sie auf eine Frau etwa im Alter ihrer Mutter, die sie freundlich anlächelte, als sie hereinkam. »Womit kann ich Ihnen helfen?«

»Mein Name ist Theresa Weiland, ich würde gern mit Dietmar Fink sprechen.«

»Tut mir leid, der ist unterwegs.«

»Es geht um die kleine Fischerkate in Selm …«

»Ah, das Haus der alten Henny.«

»Genau, ich habe es gekauft und möchte es sanieren und umbauen lassen. Herr Fink war bereits da und hat die Fenster ausgemessen. Ich hab mich ein wenig, ähm, blöd benommen und möchte mich dafür entschuldigen. Würden Sie ihm das ausrichten?«

Die Frau lächelte noch immer freundlich. »Selbstverständlich.«

»Wenn er möchte, würde ich ihm gerne den Auftrag für die Fenstererneuerung geben. Allerdings bin ich im Moment etwas … knapp bei Kasse. Ich bräuchte also erst mal einen Kostenvoranschlag.«

»In Ordnung. Wir machen ihn fertig, und Sie bekommen ihn dann per Post.«

Theresa nickte, dann hatte sie eine Idee. »Nein, warten Sie. Wann wäre er in etwa fertig?«

»Morgen, denke ich.«

Sie nickte wieder, diesmal sehr zufrieden. »Meine Mutter hat morgen hier im Ort zu tun. Kann sie den Kostenvoranschlag abholen?«

»Natürlich. Wie heißt Ihre Mutter? Nur damit ich den Namen notieren kann.«

»Lilo Weiland.«

Mit einem sehr guten Gefühl machte sie anschließend noch ein paar Besorgungen, dann ging sie zurück nach Selm.

Ben war wahrscheinlich bereits da. Sie war erstaunt, wie wenig aufgeregt sie war. Es hatte diese eine stürmische Nacht in Rostock gegeben, mehr würde es aber nicht geben, das war ihr schon lange klar. Sie eignete sich einfach nicht für eine lockere Affäre. Und inzwischen war sie erwachsen genug, um sich selbst einschätzen zu können und sich nichts mehr vorzumachen.

»Ich hab mich gefreut, als ich gehört habe, dass du den Kostenvoranschlag abholen wirst«, sagte Dietmar Fink, als Lilo am nächsten Tag vor ihm stand. Sie hatte nicht damit gerechnet, dass er hier sein würde, entsprechend nervös war sie gerade.

»Ich, ähm, tut mir leid, dass ich unsere Verabredung einfach so abgesagt habe, aber es war wirklich wichtig. Es ging um meine Tochter.«

Er gab ihr den Umschlag. »Kein Problem. Vielleicht holen wir das einfach nach?«

Ihr Herz machte einen Satz, und sie fragte sich verwirrt, was um alles in der Welt mit ihr los war. »Sehr gerne.«

»Und wann?«, fragte er.

»Heute Abend?«, schlug sie vor. »Wir könnten wieder am Strand picknicken.«

Er grinste. »Dachte mir schon, dass du lieber im Sand als in einem schnieken Restaurant sitzt.«

Sie musste lachen. »Ehrlich gesagt ja.«

»Geht mir auch so.«

»Ach, wirklich?«

Sie lächelten sich an.

»Sagen wir um halb acht am Strand? Dort, wo wir schon mal gepicknickt haben?«, fragte sie nach und hoffte, dass ihre Stimme fest klang. »Ich bringe was zu essen mit und du die Getränke. Einverstanden?«

Theresa saß mit Ben in der Küche und redete laut und sehr angeregt mit ihm. Stritten die beiden?

»Störe ich?«, fragte Lilo, als sie hereinkam.

»Überhaupt nicht.«

Theresa hatte sie gestern einander vorgestellt, und sie hatte gedacht, wie attraktiv dieser junge Mann war. Kein Wunder, dass ihre Tochter schwach geworden war. Sie fragte sich, ob er wohl bei ihr übernachtet hatte.

»Der Kostenvoranschlag.« Sie legte den Umschlag auf den Tisch.

Ihre Tochter faltete ihn auseinander und las eine Weile. Ihr Gesicht verriet nicht das Geringste.

»Und?«, fragte Lilo schließlich gespannt.

»Die unteren Fenster kann ich erneuern lassen, vielleicht auch das in meinem Atelier. Das wäre wichtiger als das im Schlafzimmer.«

Lilo räumte die Einkäufe weg, die sie für das abendliche Picknick besorgt hatte. »Ich bin heute Abend übrigens nicht da.«

»Aha?« Theresa schmunzelte. »Lass mich raten: Du gehst mit Dietmar Fink aus.«

»Wir machen ein Picknick am Strand«, sagte Lilo zur Kühlschranktür. Ihr Gesicht glühte geradezu. Ihre Tochter würde sich wer weiß was denken.

»Ein Picknick, wie romantisch.« Theresa war aufgestanden und legte den Arm um sie. »Ich freue mich so für dich, Mama«, raunte sie ihr ins Ohr. »Ich hab mir außerdem was überlegt«, sagte sie dann laut. »Warum richtest du dir im Schuppen keine Werkstatt ein?«

Lilo blieb die Spucke weg. Hatte sie richtig gehört? »Im Ernst?«

»Klar. Ben hat sich den Schuppen vorhin angesehen und meint, da könnte man richtig was draus machen. Und ich finde, du solltest wieder eine Werkstatt haben.« Theresa zwinkerte ihr zu. »Und Geschirr töpfern.«

»Potthässliches? Und das dann durchgeknallten Leuten auf dem Markt andrehen?« Lilo musste so lachen, dass sie einen Schluckauf bekam.

Theresa hatte erst ein wenig erschrocken ausgesehen, jetzt aber lachte sie fröhlich mit.

»Du würdest mir wirklich den Schuppen zur Verfügung stellen?«

»Klar.«

»Ich weiß gar nicht, was ich sagen soll.«

»Danke?«

»Das Kleid steht dir unglaublich gut, Mama«, meinte Theresa, als sie später mit dem Picknickkorb im Arm aus der Küche kam.

»Ich dachte eigentlich immer, mir steht kein Blau.« Sie war nervös, sehr nervös. »Glaubst du, ich könnte hier auf der Insel als Yogalehrerin arbeiten?«

»Wie kommst du jetzt darauf? Ich dachte, deine Gedanken wären voll und ganz bei eurem romantischen Picknick.«

»Das sind sie auch«, erwiderte sie zerstreut, »ich versuche nur gerade, mich ein bisschen abzulenken.«

»Du magst ihn wirklich. Und um deine Frage zu beantworten: Ja, warum nicht?«

»Welche Frage? Ach so, die.« Sie nickte wieder und schüttelte gleich darauf den Kopf. »Meine Güte, wie kann es sein, dass mich ein Mann so durcheinanderbringt?«

»Ich schätze, das wirst du rausfinden, Lilo.«

Dietmar wartete bereits auf sie, und je näher sie kam, desto kribbeliger wurde sie.

Sie begrüßte ihn mit einem strahlenden, wenn auch etwas scheuen Lächeln und begann, den Picknickkorb auszupacken.

»Oh, das sieht ja ganz köstlich aus«, murmelte er, als er alles betrachtete, was sie auf die Decke gestellt hatte.

Dann blickte er in den Himmel und runzelte die Stirn. »Hoffentlich hält das Wetter.«

»Das hoffe ich auch.« Sie ließ sich neben ihm nieder, die Beine untergeschlagen.

»Ich hab uns einen Rotwein mitgebracht. Du magst hoffentlich Rotwein.«

Sie hielt ihm ihr Glas hin. »Und ob.«

Später lagen sie beide auf die Ellbogen aufgestützt auf der Decke und redeten.

»Ich wollte nie weg von hier, nicht mal als ganz junger Mann. Verrückt, was? Eigentlich will man dann doch was von der Welt sehen.«

»Ich hab viel von der Welt gesehen«, erwiderte sie leise, »und hab mir immer gewünscht, sesshaft zu werden.«

»Warum bist du's nie geworden?«, fragte er.

Sie zuckte mit den Schultern. »Es gab keinen Ort, dem ich mich so richtig verbunden gefühlt habe. Weißt du, was ich meine? Dort, wo ich gelebt habe, war es schön, ich habe mich wohlgefühlt, aber nie so wohl, dass ich für immer dableiben wollte.« … *Was auch daran lag, dass es nie jemanden gab, mit dem ich mein Leben hätte teilen wollen.* Das sagte sie aber nicht laut.

»Verstehe.« Er nickte. »Und jetzt?«

»Jetzt bin ich angekommen.« Es klang verblüfft, so als habe sie es gerade selbst erst festgestellt. »Ich hab mich mit meiner Tochter ausgesöhnt. Das bedeutet mir so viel, dass ich es nicht in Worten ausdrücken könnte, verstehst du?«

»O ja.«

Sie schwiegen einen Moment, dann begann Lilo ein Lied zu summen.

»Warte, das kenne ich.« Dietmar hatte den Finger gehoben und schien nachzudenken. »Das ist doch von diesem Burschen … warte, wie heißt er gleich? Joe Cocker?«

»Nein, von Leonard Cohen.«

»Ach ja, richtig.« Er grinste und summte mit. »Ich wette, du tanzt allein für dich durchs Haus.«

»Sehr oft, ja.«

»Dachte ich mir.«

Sie blickte in die Ferne und kaute an einer Weintraube. »Es ist eigenartig, aber mir kommt's vor, als würden wir uns schon lange kennen. Geht dir das auch so?«

»Und ob. Ist mir vorher noch nie passiert.«

Sie sah ihn an und wurde von einem plötzlichen, sehr heftigen Glücksgefühl durchflutet. Wie toll es war, hier mit diesem Mann auf der Picknickdecke zu liegen und sich dennoch frei wie ein Vogel zu fühlen.

Er räusperte sich. »Ähm, dann gehst du also nicht wieder nach Mallorca zurück?«

Sie schüttelte den Kopf.

Er nickte, dann lachte er leise. »Schon verrückt, was mir gerade durch den Kopf geht.«

»Lässt du mich an deinen Verrücktheiten teilhaben? Ich liebe Verrücktheiten.«

Er grinste übers ganze Gesicht. »Mir ist gerade durch den Kopf gegangen, dass wir beide ziemlich gut zueinanderpassen. Ich war so lange allein, ich hab's satt, jeden Morgen wieder aufzuwachen und zu denken: Geht das jetzt so weiter, bis ich alt und grau bin?«

»Du warst verheiratet«, erinnerte sie ihn. Seine Worte waren ihr durch und durch gegangen.

»Wir sind zusammen zur Schule gegangen, wir mochten uns. Die große Liebe war's nicht, aber es hat uns gereicht. Bis dann dieser Manfred kam.«

»Manfred?«

»Der Bursche, in den sie sich Hals über Kopf verguckt hatte. Und weg war sie. Hat keine zwei Wochen gedauert.«

»Du lieber Himmel.«

»Ja, manchmal geht's schnell.« Er seufzte. »Aber ich gönn's ihr. Unser Junge ist längst erwachsen, warum soll sie also nicht glücklich sein?«

»Mit dreißig oder vierzig hätte ich nicht genau gewusst, was mich glücklich macht«, meinte sie versonnen.

»Ich bin auch gerne alt.« Er lachte, als sie ihn verdattert ansah. »Wirst dich bestimmt noch an meinen komischen Humor gewöhnen.«

Als er zögernd ihre Hand nahm, hielt sie den Atem an.

Bis das erste Donnergrollen zu hören war, saßen sie so da, Hand in Hand und schweigend. Der Moment war einfach zu kostbar, zu intensiv, um ihn mit Geplapper zu verderben.

»Tust du mir einen Gefallen, Dietmar?«, flüsterte sie irgendwann.

»Jeden, wenn ich kann.«

Das rührte sie zutiefst, und sie musste tief Luft holen. »Halt die Zeit an, ja?«

Selbst wenn sie fest daran geglaubt hatte, dass ihr irgendwann, eines schönen Tages, der Mann über den Weg laufen würde, mit dem sie sich ein Altwerden vorstellen konnte, so hätte sie nicht im Traum daran gedacht, dass das ausgerechnet jetzt und hier passieren würde.

Das Gewitter war ganz plötzlich über sie hereingebrochen.

Der Wind peitschte ihnen Sand und Regen ins Gesicht, und sie hatten ihr Tun, die Sachen im Picknickkorb zu verstauen.

Binnen weniger Minuten war Lilo nass bis auf die Haut.

Auch Dietmar sah aus, als habe er gerade ein Bad in der Ostsee genommen. Sie lachten, als sie sich gegenseitig betrachteten.

»Wir sollten uns was Trockenes anziehen«, schlug er vor.

»Wenn du immer so grandiose Ideen hast, werde ich aus dem Staunen gar nicht mehr rauskommen«, erwiderte sie.

Er zeigte auf sein Fahrrad, das er ganz in der Nähe abgestellt hatte. »Wir könnten zu mir fahren und noch ein Glas Wein trinken. Im Trockenen. Ich hab noch einen ziemlich guten Spätburgunder im Kühlschrank. Wenn du aber lieber nach Hause möchtest, begleite ich dich.«

»Ich liebe Spätburgunder.«

Er schmunzelte. »Na, dann … komm her.« Er hob sie auf die Stange seines Rades. »Und gut festhalten.«

Sie kreischte, als er in die Pedale trat. »Fahr bitte nicht so schnell, ja?«

»Das kann ich dir nicht versprechen.«

Immergrün

Zur gleichen Zeit saßen Theresa und Ben in der Küche und tranken ein Glas von dem Chianti, den er mitgebracht hatte.

Er war einen Tag länger geblieben, als er vorgehabt hatte. Es gab so viel zu besprechen, und mit der Fotoreportage über eine Malerin von Hiddensee erhoffte er sich einen kleinen Karrieresprung.

Theresa hatte ihm erzählt, dass sie und ihre Mutter ständig umhergezogen waren und sie darunter gelitten hatte.

»Ich würde das positiv sehen«, sagte er und drehte das Weinglas in der Hand. »Du hast immer die Möglichkeit gehabt, deinen Horizont zu erweitern, über den Tellerrand zu schauen. Das können nicht viele in dem Alter. Das hat dich geprägt, oder etwa nicht?«

»Das stimmt, ich hab das aber nie positiv gesehen.«

»Jetzt schon?«

Sie nickte langsam. »Ich hab viel nachgedacht in den letzten Wochen.«

»Das kann nie schaden.« Er lächelte eigenartig und wirkte abwesend.

»Ich hab meine Freundinnen, wenn ich denn mal welche hatte, immer beneidet. Sie hatten all das, was ich mir so sehr gewünscht hatte.«

»Und ich wette, dass sie dich beneidet haben.« Wenn er wirklich abwesend gewesen war, so hatte er doch zugehört.

»Warum sollten sie?«

»Weil man sich als Kind immer das wünscht, was man nicht hat. Einzelkinder beneiden diejenigen, die Geschwister haben, und umgekehrt ist es genauso. Diejenigen, deren Eltern Jahr für Jahr an die Nordsee zum Campen fahren, beneiden die, deren Eltern lieber Urlaub im Drei-Sterne-Hotel machen, weil sie sich das wahnsinnig aufregend vorstellen. Dabei würden diese Kinder vielleicht lieber irgendwo campen, weil sie Hotelurlaub todlangweilig finden.«

»Wie ist das Verhältnis zu deinen Eltern?«, wollte sie wissen.

»Ziemlich gut. Was ist mit deinem Vater?«

»Ich hab ihn nie kennengelernt.«

»Aber du würdest ihn gerne kennenlernen.«

Sie zuckte mit den Schultern. »Ehrlich gesagt, weiß ich das nicht mehr. Früher hätte ich alles dafür getan, aber jetzt, wo ich weiß, dass er einfach abgehauen ist, weil ich ihm völlig egal war …«

»Manchmal ändert man eben seine Sichtweise.«

»Nicht immer ganz freiwillig.« Sie lächelte vor sich hin. »Aber es ist gut, dass ich weiß, was für ein Mensch er war. Ich dachte immer, er hätte es nicht mit meiner Mutter ausgehalten. Dabei wollte er nur nichts von mir wissen. Ich bin froh, dass ich das nicht früher erfahren habe. Es hätte mich unglaublich getroffen, heute verletzt es mich nicht mehr.«

»Dann hat deine Mutter doch alles richtig gemacht, es dir erst jetzt zu sagen.«

»Ja, du hast recht, Ben.«

»Hast du meinen Bruder eigentlich schon erreicht?«

»Ich hab's noch gar nicht versucht. Ich musste erst mal ein paar andere Dinge regeln.« Sie sah ihm dabei zu, wie er ihr Glas erneut füllte. Er reichte es ihr und berührte dabei ihre Finger. Absichtlich, das hätte sie geschworen.

Hatte er etwa vor, den ganz besonderen Zauber, der in Rostock zwischen ihnen gewesen war, wiederzubeleben?

»Hör mal, Ben, ich …«, begann sie.

Am besten, sie würden das gleich klären – ohne Umschweife und absolut ehrlich.

»Nein, vielleicht hörst du mir erst mal zu, Theresa.« Er drehte wieder das Glas in seiner Hand. »Ich hab dir nicht die Wahrheit gesagt.«

»Welche Wahrheit?«

Er lehnte sich zurück. »Dass mir diese eine Nacht nichts bedeutet hat.«

Sie trank schnell einen Schluck Wein. Als hätte sie es geahnt! Auch das noch!

Er räusperte sich und blickte sie an. »Ich hatte einige Beziehungen und eigentlich ziemlich die Nase voll. Aber dann … Als ich dich in der Galerie sah …«

»Ben, bitte, wir sollten …«

Er redete einfach weiter. »Unsere Nacht war einzigartig. Findest du nicht? Es war irgendwie … magisch. Und mir kam's vor, als wäre eine Art Knoten geplatzt, verstehst du?«

»Nein, ehrlich gesagt …«

Er betrachtete seinen Wein, so als gäbe es etwas Hochinteressantes darin zu sehen. »Ich hab immer geglaubt, ich wäre kein Typ für eine Beziehung. Also eine feste Beziehung, meine ich.«

O Gott, er sprach doch nicht wirklich gerade von Liebe?

Er machte eine längere Pause, eine Pause, in der sie beharrlich und mit einem äußerst unguten Gefühl schwieg. Sie wagte es nicht mal, ihn anzusehen.

»Ich glaube, ich hab mich in dich verliebt, Theresa. Seit dieser Nacht muss ich ständig an dich denken, und ich …«

Sie beugte sich hastig vor und legte ihm den Finger auf die Lippen. »Nein, Ben, bitte lass das.«

»Aber wieso? Ich hab doch gespürt, dass ich dir auch nicht egal bin.«

»Ich glaube, du verrennst dich da in irgendwas. In ein Gefühl, das vielleicht für kurze Zeit da war, aber …«

»Ich verrenne mich in ein Gefühl?«, fragte er ungläubig. »Was ist das denn für eine Küchenpsychologie?«

Sie wusste selbst, dass sie Blödsinn dahergeredet hatte. »Ich weiß nicht, wie ich das anders ausdrücken soll, Ben. Das mit uns …«

»Ja?« Er sah sie gespannt an.

»Ich finde, wir sollten es dabei belassen«, erklärte sie. »Tut mir wirklich leid, aber ich empfinde nichts für dich.« Sofort verbesserte sie sich. »Nein, ich meine, du bist mir natürlich nicht völlig egal.«

Er lächelte, und sie tat so, als hätte sie es nicht gesehen. »Und das spüre ich, Theresa.«

Sie schüttelte den Kopf. »Das, was du spürst, ist Freundschaft, Ben, reine Freundschaft. Zuneigung, mehr nicht.«

Er lachte. »Zuneigung? Und was bitte ist Liebe? Etwa keine Zuneigung?«

»Komm schon, du wirst doch nicht Liebe mit Zuneigung verwechseln.« Vielleicht war das sein Problem?

»Glaub mir, ich kann verdammt gut unterscheiden, was Liebe ist und was nicht.« Er schenkte sich nach und trank einen großen Schluck.

Ach verdammt, jetzt war sie dahin, die angenehme, unbeschwerte Stimmung und ihre noch so frische, bis eben noch unkomplizierte Freundschaft. Musste Liebe eigentlich immer alles kaputtmachen? Konnte es nicht einfach mal so bleiben, wie es war?

»Ist es, weil du deinen Exfreund noch nicht ganz hinter dir gelassen hast?«, fragte er sie.

»Was? Nein! Cornelius hat überhaupt nichts damit zu tun.«

»Bist du sicher?«

Jetzt musste sie lachen. »Absolut, Ben.«

»Ich würde dich jetzt so gerne küssen.«

So langsam wurde ihr mulmig. Plötzlich fühlte es sich eigenartig an, allein hier mit ihm in diesem Haus zu sein, das so weit abseits lag.

Hast du sie noch alle? Glaubst du, er fällt jeden Moment über dich her …?

Er stand ziemlich abrupt auf, jedenfalls kam es ihr so vor. Vielleicht war sie deshalb ebenfalls aufgesprungen und zur Tür gelaufen.

Mach dich nicht lächerlich …

Und wenn schon. Dann machte sie sich eben lächerlich. Immer noch besser, als in eine Situation zu geraten, die heikel war oder noch werden konnte.

»Ich glaube, ich muss an die frische Luft.«

Theresa huschte durch den Garten und hielt kurz inne, als sie das Gefühl hatte, jemand – nein, Ben! – sei hinter ihr.

Du hast zu viele Krimis gesehen …

Sie versteckte sich hinter dem Gerätehaus und spähte um die Ecke. Es hatte angefangen zu regnen, vielmehr schüttete es wie aus Kübeln. Innerhalb weniger Sekunden war sie nass bis auf die Haut. Außerdem blitzte und donnerte es, und sie stand hier draußen im Garten. Klasse! Wäre es nicht so blöd, könnte sie darüber lachen.

Sie verrenkte sich den Hals, um zur Haustür sehen zu können. Ob er ihr nachgelaufen war? Nein, dann müsste sie ihn jetzt hier irgendwo entdecken.

»Theresa?«

Sie zuckte zusammen und stieß sich den Kopf an der Holzwand.

»Wo steckst du? Es regnet! Komm schon, sei nicht albern! Ich tue dir doch nichts!«, rief er von irgendwoher. »Du rennst nicht wirklich bei Gewitter durch die Gegend!«

Sie zitterte, vielleicht vor Anspannung, vielleicht aber auch weil sie klatschnass war.

»Komm schon, Theresa!«

Sie drückte sich an die Holzwand und hielt die Luft an.

Es war hanebüchen und bescheuert, hier zu hocken, sie machte sich wirklich lächerlich. Dummerweise fühlte es sich genauso bescheuert an, mit einem liebeskranken Kerl in der Küche zu sitzen und so zu tun, als sei alles in bester Ordnung.

Vielleicht war sie gestört? Beziehungsgestört?

Cornelius hatte irgendwann so etwas behauptet.

»Ich würde gern schlafen gehen!«, rief sie und hörte, wie er gleich darauf laut lachte.

»Dann komm wieder ins Haus!«

»Du hast doch nicht wirklich gemeint, was du vorhin gesagt hast?«, rief sie.

»Wollen wir darüber wirklich hier draußen diskutieren?«

»Ja!«

Wieder lachte er. »Na schön, ich hab nur Spaß gemacht.«

»Ich glaub dir kein Wort!«

»Doch, komm schon, Theresa! Ich und verliebt!«

Er nahm sie hoch, ganz klar. Bei seinem Liebesgeständnis hatte er völlig ernst ausgesehen.

Aber wollte sie wirklich noch die halbe Nacht hier am Gerätehaus verbringen, in halbgeduckter Haltung, patschnass und bibbernd? Nein.

»Okay, ich komme!«, rief sie ihm zu und kam aus ihrer Deckung.

Er stand vor der Haustür, die Arme verschränkt und grinste übers ganze Gesicht. Schön, dass wenigstens einer von ihnen beiden Spaß hatte.

»Grins nicht so blöd!«, fauchte sie ihn an, als sie sich an ihm vorbeischob.

»Entschuldige, aber ich find's echt zum Brüllen, dass du vor mir wegläufst.«

»Ich bin nicht vor dir weggerannt!«

»Bist du doch.«

»Bin ich nicht!« Sie stand in der Diele, triefend und zitternd, die Fäuste geballt. Das nasse Haar klebte ihr im Gesicht. »Ich gehe jetzt duschen. Und wehe, du kommst hinterher!«

Er saß am Küchentisch, als sie wenig später hereinkam. Sie hatte sich extra etwas angezogen, das keinerlei Spielraum für Phantasien bot. Sogar ihr Shirt hatte lange Ärmel.

»Hast du keinen Mantel?« Er grinste schon wieder. Oder noch immer.

»Sehr witzig«, knurrte sie. »Du hast mich überfahren, Ben, ist dir das überhaupt nicht klar?«

»Nun übertreib mal nicht. Ich hab dir gesagt, dass ich mich in dich verknallt habe.« Er schob ihr ein Glas Wein zu.

»Nein, du hast gesagt, du seiest verliebt, das ist was völlig anderes.«

»Ach ja?«, fragte er verwundert. »Inwiefern?«

»Verknallt ist man öfter mal.« Sie trank einen Schluck.

Er hob die Hand. »Vorsicht! Ich könnte was reingetan haben.«

Sie redete einfach weiter: »Als Teenager war ich zum Beispiel ständig in irgendwen verknallt. Du etwa nicht?«

»Nein.«

»Dann bist du nicht normal.«

Jetzt lachte er. »Schon möglich. Du bist nicht die Erste, die das behauptet.«

Sie schwieg und trank ihren Wein aus. »Ich wollte wirklich nur an die frische Luft. Du hast mich überfordert.«

»Überfahren oder überfordert?«

»Beides.«

»Okay, das war blöd von mir. Ich entschuldige mich in aller Form.«

»Schon gut.«

»Nein, nein.« Er zog sein Smartphone aus der Tasche. »Und als Wiedergutmachung rufe ich jetzt meinen Bruder an.«

»Um diese Zeit?«

»Wieso, wie spät ist es denn?«

»Nach Mitternacht.«

Er winkte ab. »Jan geht meistens erst sehr spät schlafen.«

Er drückte eine Taste und wartete.

Und wartete.

»Jan? Warum lässt du's so lange klingeln? Oh, tut mir leid, das wusste ich nicht. Ich dachte, du gehst immer erst sehr spät … Ah, verstehe. Nein, doch, es ist eigentlich schon wichtig. Es geht um Theresa. Ja, ich hab dir von ihr erzählt …«

Sie lauschte ungeniert. Warum auch nicht? Was mochte er wohl von ihr und über sie erzählt haben? Das interessierte sie schon brennend. Aber das würde sie wohl nie erfahren.

»Ja, sie bräuchte so was wie einen Gutachter. Ja, genau, jemand, der sich das alles mal ganz genau ansieht. Echt? Das wäre klasse. Alles klar. Bis dann.«

»Und?«

»Er kommt.«

»Super. Und wann?«

»Das konnte er noch nicht genau sagen.« Er tippte auf seinem Smartphone herum. »Ich schicke ihm deine Adresse und Handynummer.«

Sie war plötzlich ganz kribbelig. Jan würde hierherkommen!

Sie trank ihren Wein aus und erhob sich. »Ich bin hundemüde.«

»Ich auch.« Er stand ebenfalls auf. »Kriege ich noch einen Gutenachtkuss?«

Sie wich sofort einen Schritt zurück, und er brüllte vor Lachen. »Tut mir leid, Theresa. Ich wollte nur …«

»Lass das gefälligst, Ben!«, zischte sie. »Ich finde das überhaupt nicht lustig.«

»Wäre ich gar nicht draufgekommen.«

»Ich mein's ernst, Ben. Lass uns einfach Freunde bleiben, verdammt noch mal!« O Gott, wie oft sie früher diesen Satz gehört hatte! Und jedes Mal hatte sie gedacht: *Ich falle auf der Stelle tot um, wenn ich jemals so einen Schwachsinn von mir geben sollte.*

Dafür stand sie gerade erstaunlich sicher.

»Nacht, Theresa.« Er legte ihr ganz kurz die Hand auf den Arm. »Tut mir leid, kommt nicht wieder vor.«

»Versprich nichts, was du nicht halten kannst.«

Kornblumenblau

Die Fahrt bis zu Dietmars Haus war holprig und abenteuerlich gewesen, und sie hatten einen Riesenspaß gehabt, auch wenn sie beide klatschnass geworden waren.

Als sie vor einem hübschen Einfamilienhaus zum Stehen kamen, half er Lilo vom Rad. »Da wären wir.« Er nahm ihre Hand und ging mit ihr zur Haustür. »Fühl dich wie zu Hause.«

»In Spanien sagt man: *Mi casa es su casa.*« Sie lächelte.

»Klingt irgendwie schöner als *Fühl dich wie zu Hause.*«

Sie musste lachen. »Hat aber quasi dieselbe Bedeutung.«

»Das Bad ist oben.« Er zeigte zu einer wunderschönen hellen Holztreppe mit einem geschwungenen Geländer. »Zweite Tür links.«

»Hast du die Treppe selbst gebaut?«, fragte sie ihn.

»Na klar. Ach übrigens: Die Treppe im Haus deiner Tochter ist alt, aber wirklich schön und gut in Schuss. Sie soll sie bloß nicht ausbauen lassen.«

Lilo hob die Augenbrauen. »Ich dachte, du berätst sie? Sie wollte dich doch anheuern.«

Er schmunzelte. »Das mach ich auch, keine Sorge.« Er kratzte sich am Kinn. »Sie sagte, sie wäre im Moment etwas knapp. Von mir aus kann sie auch in Raten bezahlen.«

»Das würdest du tun, Dietmar?« Lilo umarmte ihn stürmisch. Wie gut er roch.

Er hielt sie fest. »Na sicher. Bin doch kein Unmensch.«

Sie wollte ihm einen Kuss auf die Wange geben, aber er drehte den Kopf, und ihr Kuss landete auf seinen warmen, erstaunlich weichen Lippen.

»Ähm, ich wollte eigentlich ins Bad«, murmelte sie, machte sich los und lief die Treppe hinauf.

»Handtücher sind im Regal!«, rief er ihr noch nach.

Sie öffnete die erstbeste Tür und fand einen kleinen Raum mit Plüschsofa, eine Art Chaiselongue vor, in dem außerdem ein Sekretär, ein größerer Schreibtisch und ein dunkles Regal standen. Oh, falsches Zimmer. Ach ja, zweite Tür links hatte er gesagt.

War das hier sein Arbeitszimmer? Ruhte er sich hier auch aus, wenn er von der Arbeit kam?

Lächelnd schloss sie die Tür, erfüllt von einem wunderbar zärtlichen Gefühl, das sie gleichzeitig verwirrte und glücklich machte.

Sie tranken den Spätburgunder – Dietmar im weißen Frotteebademantel und sie in ein kornblumenblaues Frottiertuch gewickelt –, und sie erzählte ihm, wie es damals für sie gewesen war, als sie mit Theresa schwanger war.

Sie hatte sich auf das Baby gefreut, ihr Baby. Endlich würde sie eine eigene kleine Familie haben, wenn auch nicht klassisch mit Vater, Mutter, Kind, da Theresas Vater längst das Weite gesucht hatte.

Sie erzählte von ihren ständigen Umzügen und dass Theresa mehrmals die Schule hatte wechseln müssen und sich mehr und mehr von ihr zurückgezogen hatte. »Und ich dumme Nuss dachte, das liegt an ihrer Pubertät. Ich hab sie nie daran gehindert, selbständig und erwachsen zu werden, im Gegenteil, ich hab sie immer ermuntert, ihren eigenen Weg zu gehen, sich auszuprobieren und Erfahrungen zu sammeln. Heute frage ich mich, ob ich ihr zu wenig mütterliche Fürsorge und Liebe geschenkt habe.« Sie seufzte. »Für ihr Empfinden offenbar schon.«

Sie tranken den Wein und sahen sich immer wieder an.

Irgendwann stand Dietmar auf, nahm ihre Hand und ging mit ihr nach oben ins Schlafzimmer. Es war viel moderner eingerichtet, als sie gedacht hatte.

Er zog die Vorhänge zu und drehte sich langsam zu ihr um.

Dann kam er zu ihr und küsste sie. Behutsam, fast bedächtig wickelte er sie aus dem großen Handtuch und betrachtete sie neugierig und eingehend. »Donnerwetter, was bist du für eine schöne Frau«, murmelte er.

Sie öffnete seinen Bademantel und stellte fest, wie muskulös und drahtig er war. Er sah nicht aus wie ein Mann Ende fünfzig, sondern eher wie ein Jungspund.

Sie musste lachen, und er hob ihr Kinn an. »Was?«

»Ich hab nur gerade gedacht, wie knackig du aussiehst.«

Er grinste, nahm ihre Hand und zog sie mit sich aufs Bett.

Wobei seine Knie laut knackten.

»So viel zum Thema knackig«, sagte er, während er sie erneut küsste.

»Ein großer Vorteil des Älterwerdens ist, dass man nicht mehr unnötig Zeit verschwendet«, sagte er am nächsten Morgen beim Frühstück, »weil man sich das nicht mehr leisten kann.«

»Mit vierzig hatte ich Angst vor dem Älterwerden, ach

was Angst, es war der blanke Horror. Mit Ende vierzig hab ich mich darauf gefreut, fünfzig zu werden, und jetzt…«, Lilo lächelte strahlend, »jetzt liebe ich es.«

Er wurde plötzlich sehr ernst. »Ich möchte auch keine dreißig mehr sein. Aber ich möchte noch jede Menge Zeit mir dir verbringen, Lilo.«

VANILLEGELB

Theresa hatte kurz darüber nachgedacht, ob sie ihre Zimmertür abschließen sollte. Dann hatte sie sich eine Idiotin genannt und war kopfschüttelnd auf die Isomatte gekrochen und gleich darauf eingeschlafen.

Als sie wach wurde, schien die Sonne hell und warm ins Zimmer.

Ihr Handy klingelte irgendwo.

Sie folgte dem Geräusch und fand es in der Diele. Hatte sie es gestern Abend, besser gesagt heute Nacht, dorthin gelegt?

Es war ihre Mutter.

»Hallo, Mama.«

»Alles in Ordnung, Luna?«

»Ja, warum fragst du?«

»Ach nur so, ich hatte vorhin so eine Eingebung. Vergiss es einfach, hat nichts zu bedeuten.«

»Mutterinstinkt?«

Sie grinste vor sich hin, das Handy am Ohr, während sie in Richtung Bad ging.

Wo das Fenster weit offen stand. Ach du Schreck!

»O nein!«

»Was ist passiert?«

»Das Fenster! Ich hab es heute Nacht offenbar nicht richtig zugemacht. Und der Wind hat … Ach, verdammt! Ich rufe dich später wieder an.«

Sie lief zum Fenster und schloss es.

Was vollkommen lächerlich war, denn der Fußboden war bereits hoffnungslos überschwemmt.

Das merkte sie aber erst, als sie wegrutschte und der Länge nach hinfiel. Genau neben das kleine Holzregal, das wie ein leckgeschlagenes Boot auf einem See dahindümpelte. Zwei Handtücher waren herausgefallen und lagen durchweicht auf der Erde. Leider war sie nicht darauf gefallen, die Landung wäre wesentlich weicher gewesen.

So aber hatte sie sich vielleicht sogar etwas gebrochen, zumindest fühlte es sich so an.

Vorsichtig stand sie auf. Dabei stieß sie mit dem Ellbogen an das ohnehin schon leicht geneigte Regal und brachte es zum Kippen. Sie konnte nicht mehr rechtzeitig zur Seite springen, und so krachte es ihr auf den Kopf.

Wenige Sekunden später stand Ben in der Tür. »Theresa? Ach du liebe Zeit, was ist denn hier passiert?« Er kam zu ihr, wobei er deutlich vorsichtiger als sie war.

Er stellte das Regal in die Badewanne, legte die Sachen, die herausgefallen waren, daneben und half ihr schließlich wieder auf die Beine.

»Ich hatte das Fenster wohl nicht richtig zugemacht.«

»Sieht ganz so aus. Hast du dir weh getan?«

»Nein. Ja, ein bisschen vielleicht. Mein Knie brennt scheußlich, und mein Handgelenk …« Sie bewegte es vorsichtig. Das fehlte noch! Nicht auszudenken, wenn es gebrochen oder auch nur angebrochen wäre.

Ben nahm ihre Hand und strich vorsichtig über das Gelenk. »Tut das weh?«

Sie nickte.

»Das auch?« Er bewegte das Handgelenk leicht zur Seite.

Sie schüttelte den Kopf.

»Dann ist es nur eine Prellung.«

»Gott sei Dank! Hast du Medizin studiert? Ganz nebenbei?«

»Nein, aber ich habe mir beim Sport so oft was angeknackst, dass ich das kaum noch zählen kann.« Er schaute sich um. »Vielleicht sollten wir das hier erst mal trockenlegen.«

Sie hatten alles auf dem Boden verteilt, was sie an Lappen und Tüchern gefunden hatten. Auch ihre besten, schönsten und flauschigsten Handtücher.

Als sie endlich fertig waren, knurrten ihre Mägen so laut, dass man es hören konnte.

»Frühstück?«, fragte sie und pustete sich eine Haarsträhne aus dem Gesicht.

»Frühstück.«

Nach dem Frühstück wollte sie ihre Mutter anrufen. Aber wo? Von wo hatte Lilo überhaupt angerufen?

Ben war aufgestanden und hatte seine Sachen zusammengesucht. »Hast du meine Sonnenbrille gesehen?«

»Nein«, antwortete sie zerstreut.

»Ich könnte schwören, dass ich sie auf den Tisch …« Er kroch unter den Tisch und stieß dabei leicht gegen ihr Bein. »'tschuldigung. Vielleicht hat der Kater sie verschleppt.«

»Na klar, Ben, Katzen sind ganz wild darauf, Sonnenbrillen in ihr Nest zu schleppen, um sie ihren Jungen zu zeigen.«

Er kam wieder hoch und grinste. »Wenn man sie mit einer Elster kreuzt, bestimmt.«

Sie musste lachen. »Ich mag deinen Humor.« Oh, war das jetzt zu verfänglich?

Er hob die Augenbrauen. »Schön, dass du wenigstens etwas an mir magst.«

Sie musterte ihn misstrauisch. Wie hatte er das nun gemeint?

»War ein Scherz, Theresa.« Er nahm seine Tasche. »Tu mir einen Gefallen und grübel jetzt nicht bei jedem Satz, den ich sage, ob ich den vielleicht anders gemeint haben könnte.«

»Okay«, sagte sie gedehnt.

»Versuch's wenigstens.« Er blickte sich suchend um.

»Suchst du was?«

»Ja, noch immer meine Sonnenbrille.«

Sie stand auf. »Ach ja, stimmt. Warte, ich sehe mal im Bad nach.«

»Du meinst, ich hab sie vorhin aufgesetzt, als wir das Zimmer trockenlegen mussten?«

»Wäre doch möglich. Coolness war dir schließlich immer sehr wichtig.« Sie sah ihn an und freute sich über sein verdattertes Gesicht. Treffer, versenkt. »Kleiner Scherz, Ben.«

Er hob einen Finger. »Nicht schlecht, Theresa. Jetzt steht's unentschieden, würde ich sagen.«

Ihre Mutter rief wieder an, nachdem Ben sich verabschiedet hatte. »Was war das vorhin mit dem Fenster?«

»Ich hatte es nicht richtig zugemacht. Der Wind hat es aufgedrückt, und es hat hübsch reingeregnet.«

»Brauchst du Hilfe?«

»Das ist lieb von dir, aber Ben hat mir geholfen. Wo

steckst du eigentlich? Nein, lass mich raten: bei Dietmar, dem Mann, der dich kopf- und sprachlos macht.«

»Stimmt haargenau. Alles.«

»Hoffentlich geht das gut, Mama.«

Lilo lachte ihr so typisches, fröhliches Lachen. »Es wird gutgehen, das hab ich so im Gefühl.«

»Wann kommst du nach Hause?«

»Nach Hause, wie das klingt. Am späten Nachmittag, schätze ich.«

»Bis dahin werde ich versuchen, ein bisschen zu arbeiten. Wenn ich das mit meinem Handgelenk überhaupt hinkriege.«

Sie ging in ihr Atelier und stellte sich vor die Staffelei.

Hallo, Muse. Wo steckst du?

Das Haus fühlte sich mit einem Mal eigenartig leer ohne ihre Mutter an.

Sie stellte sich ans Fenster und blickte hinaus.

Ich hab mich übernommen. Was mache ich denn jetzt bloß?

Sollte sie doch versuchen, einen Kredit zu beantragen? Aber was, wenn sie die Raten irgendwann nicht mehr zahlen konnte?

Sie sah Leo durch den Vorgarten springen, offensichtlich versuchte er, einen Schmetterling zu fangen.

Sie musste lachen, als er in die Luft sprang, die Vorderpfoten ausgestreckt, um das Tagpfauenauge zu erwischen. Dabei rutschte er weg und landete in den Lavendelbüschen.

Sie mochte dieses ganz besondere Licht, wenn der Sommer sich ganz allmählich dem Ende neigte. Die Ernte auf den Feldern ist eingebracht, die ersten Astern blühen, die

Jungvögel zwitschern in den Hecken, und die Sonne geht jeden Abend ein klein wenig früher unter.

Hallo, sagte ihre Muse in diesem Augenblick, *da bin ich. Tut mir leid, es ging nicht früher.*

Macht nichts, ich glaube, ich war auch noch nicht so weit …

Sie ging zurück zur Staffelei und beschloss, an dem Porträt von Marianne Heitkamp weiterzuarbeiten.

Theresa war so vertieft, dass sie nicht bemerkt hatte, wie ihre Mutter sich neben sie gestellt hatte. »Hat sie wirklich so traumhaft schönes Haar?«

Sie fuhr zusammen. »Du hast mich erschreckt, Mama.« Sie nickte. »Ja. Freut mich, dass du es siehst.«

»Na, hör mal, ich brauche vielleicht manchmal eine Brille …«

»Das meinte ich nicht. Ich freue mich, dass mir ganz offenbar gelungen ist, ihr schönes Haar zu zeigen.«

»Und ob.«

Sie malte zufrieden weiter. »Wie war eigentlich euer Picknick?« Sie lächelte vielsagend. »Und das, was danach kam?«

»Wir sind mitten in das Gewitter geraten und patschnass geworden. Dietmar war mit dem Fahrrad da, und wir sind zu ihm gefahren, um noch ein Glas Wein zu trinken.«

»Und?«

»Es war sehr schön, Luna.«

»Sehr schön?«

»Möchtest du Details?«

»Nein, ich glaube nicht.« Sie legte die Kreide auf die Ablage. Ihre Mutter gab ihr eine Rose, die sie vermutlich aus dem Vorgarten stibitzt hatte. »Ist die nicht himmlisch?«

Sie roch daran. »Es sind alte Sorten, meinte Frau Schmidt. Ich hab mal irgendwo gelesen, dass alte Rosensorten viel mehr duften als neue, hochgezüchtete.«

Ihre Mutter zuckte mit den Schultern. »Wie das manchmal so ist mit alten Dingen. Sie haben oft mehr Pep als neue.« Sie grinste. »Mit Menschen ist das hin und wieder genauso.«

Theresa lachte. »Ich vermute mal, du sprichst aus Erfahrung.«

Lilo knuffte sie. »Na klar.«

Theresa zeigte auf die Rose, die eine ungewöhnliche gelbe Farbe hatte. »Vanillegelb.«

»Du hast schon als Kind den Farben Namen gegeben.«

»Ach ja?«

»Heidelbeerblau, Topfkuchengelb, Eidechsengrün …«

»Topfkuchengelb?« Sie musste lachen.

»Ich sag ja, du hattest schon immer eine Menge Phantasie.«

Sie legte den Arm um ihre Mutter und gab ihr einen Kuss auf die Stirn. »Danke, Mama.«

»Wofür?«

»Einfach nur so. Hast du Lust auf einen Tee? Aber vorher zeige ich dir dein Porträt.«

Sie hatte es hinter einem anderen Bild versteckt, damit ihre Mutter es nicht gleich sah.

»Wow, ich bin sprachlos. Und ziemlich gerührt, Schatz.«

»Erkennst du dich darauf wieder?«

»Ja, doch, ich glaube schon.«

»Das bist du. Lilo Weiland durch und durch.«

Ihre Mutter schniefte leise. Sie würde doch nicht zu heulen anfangen?

»Ich möchte es dir schenken.«

Es blieb eine Weile still. Ob ihre Mutter ihr nicht zugehört hatte? »Mama?«

»Hmm …«

»Ich schenke dir das Bild.«

»Was? Nein, das geht doch nicht!«

»Wieso geht das nicht?«

»Aber das … ich … du …«

»Ich hab noch nie erlebt, dass du so stammelst.«

»Ich glaube, ich muss gleich heulen, Schatz.«

»Bitte nicht. Weil ich dann nämlich auch heulen muss.«

Sie umarmten und hielten sich lange.

»Danke, Luna.«

»Sehr gerne, Mama.« Sie machte sich wieder los. »Ähm, würdest du es dir noch mal ansehen?«

»Warum? Hast du mir eine kleine Warze auf die Nase gemalt?«

Sie lachte kopfschüttelnd. »Nein, aber das wäre vielleicht eine ganz hübsche Idee gewesen.«

Ihre Mutter stand vor dem Porträt, den Kopf zur Seite geneigt. Dann tippte sie mit dem Finger auf die Signatur. »Du hast mit Luna signiert!«

Sie lächelte. »Na endlich. Ich hab nicht mal drüber nachgedacht, es ist einfach so passiert. Das erste Bild, das ich mit Luna signiert habe.«

»Ben hat mir gestanden, dass er sich verliebt hat«, erzählte sie später ihrer Mutter, als sie mit einem Becher Tee vor der Haustür saßen, Leo zu ihren Füßen.

»In wen?«

Sie ließ den Becher sinken. »In mich.«

»Wirklich?«

»Findest du das so abwegig, Lilo?«

Lilo schüttelte den Kopf. »Natürlich nicht, entschuldige, ich glaube, ich bin noch immer ziemlich durcheinander. Er hat dir also seine Liebe gestanden.«

»Wie altmodisch das klingt.«

»Es ist doch aber so, oder?«

Theresa zuckte mit den Schultern. »Keine Ahnung. Ich glaube nicht, dass Ben weiß, was Liebe ist.«

»Weißt du es denn?«

Sie sah ihre Mutter verblüfft an. »Ich … tja, ich glaube schon. Und du?«

Lilo seufzte. »Ich glaube, ich bin gerade dabei, das rauszufinden.«

»Findest du eigentlich auch, dass es einen Unterschied zwischen verknallt und verliebt gibt?«

»Na klar. Du nicht?«

»Doch, aber Ben findet das albern.«

»Männer.«

Die beiden sahen sich an und kicherten.

»Was wird jetzt aus eurer Freundschaft, Theresa?«

»Ich hoffe, es bleibt eine.«

»Was ist eigentlich aus seiner Reportage geworden?«

»Er hat sich meine Bilder angesehen und ein paar Fotos gemacht. Er hofft, dass er in Zukunft auch im Ausland Reportagen machen kann. Und ich hoffe, dass vielleicht der eine oder andere nach Hiddensee kommt und meine Bilder ansehen möchte.« Sie zeigte auf den Schuppen. »Wollen wir uns gleich morgen dranmachen, ihn aufzuräumen?«

»Warst du mal auf dem Speicher?« Lilo zeigte zum Dach der Kate.

»Nein. Ehrlich gesagt, finde ich Speicher gruselig. Außerdem hat Frau Schmidt doch bestimmt alles ausgeräumt.«

Lilo sprang auf. »Ach komm schon, auf einem alten Speicher findet sich doch immer irgendwas. Vielleicht eine Truhe mit alten Klamotten.«

Theresa stand zögernd auf. »Na schön, dann musst du heute Nacht aber bei mir im Zimmer schlafen.«

Lilo war als Erste die wackelige Auszugsleiter hochgeklettert. Sie streckte die Hand aus, um Theresa zu helfen und blickte sich dann gespannt um. Dann stieß sie einen Schrei aus und zeigte nach rechts. »Sieh dir das an! Eine alte Truhe, ich wusste es.«

»Vorsicht, Mama! Pass bloß auf!«

»Worauf denn?« Lilo war stehen geblieben.

»Vielleicht ist der Boden morsch. Am Ende landest du noch in meinem Atelier. Oder im Bad.«

Auf dem Speicher stand nicht nur eine Truhe, weitere Möbelstücke waren mit hellen Laken abgedeckt worden. Hatte Henriette Schmidt sie einfach vergessen?

Langsam ging ihre Mutter weiter und lupfte das erste Tuch. Achtlos warf sie es auf den staubigen Boden und nahm das nächste Laken herunter. »Sieh mal, Luna!«

Sie kamen aus dem Staunen nicht mehr heraus. Hier oben standen kleine Schätze – alte, wunderschöne Möbelstücke, die ihr Dasein fristeten und den Holzwürmern überlassen worden waren. Dafür waren sie aber noch erstaunlich gut in Schuss.

Theresa begutachtete ein schmales Küchenbüfett, das vermutlich etliche Jahrzehnte auf dem Buckel hatte. Wie viel genau wusste sie nicht, sie verstand zu wenig davon. Sie würde Georg bitten, herzukommen und sich die Möbel anzusehen. Wer von Kassettentüren etwas verstand, kannte sich bestimmt auch mit alten Möbeln aus.

»Ist das zu fassen.« Lilo blickte sich kopfschüttelnd um. »Hast du die alte Kommode gesehen? Die ist bestimmt hundert Jahre alt.«

»Meinst du wirklich?«

Lilo zuckte mit den Schultern. »Viel verstehe ich ja nicht davon.« Sie zeigte auf zwei Stühle mit Binsengeflecht. »Die sehen doch noch tipptopp aus, oder?«

Theresa setzte sich vorsichtig auf einen der beiden. Er wackelte nicht mal. »Der kommt in die Küche.« Sie hielt inne. »Moment mal, gehören mir die Möbel überhaupt?«

»Dir gehört das Haus und damit auch das, was sich darin befindet.«

»Bist du sicher?«

»Nein.« Wieder zuckte ihre Mutter mit den Schultern. »Aber das kann man in Erfahrung bringen.« Sie ging zur Truhe und öffnete mit einem ehrfürchtigen »Oh« den Deckel. Die Truhe war bildschön, viel zu schön, um hier auf dem Speicher zu verstauben.

Theresa war näher gekommen und blickte ihr über die Schulter. »Meine Güte, was ist das alles?«

»Alte Kleider«, flüsterte Lilo und rümpfte die Nase. »Stinkt nach Mottenkugeln, igitt.« Sie wühlte in der Truhe und machte »Ah« und »Oh«. »Hier sind alte Bücher und warte … Was ist das denn?« Sie nahm etwas heraus und betrachtete es. »Ich brauche meine Brille.«

Theresa hielt sie an der Schulter fest. »Du lässt mich jetzt aber nicht allein hier oben, oder?«

Ihre Mutter kicherte wie ein kleines Mädchen. »Wie spannend, Luna! Und wie herrlich gruselig!«

»Wenn du runtergehst, komme ich mit.«

»Vorschlag: Du holst meine Brille, und ich warte hier.«

»Allein?«

Lilo blickte sich um. »Tja, wer weiß schon, ob man immer allein irgendwo ist.«

Theresa zwickte sie. »Hör damit auf, Mama. Ich kann heute Nacht kein Auge zumachen.« Sie wedelte mit der Hand. »Na gut, ich hole die Brille.«

Sie stieg Stufe um Stufe nach unten und versuchte, ihr wild klopfendes Herz zu beruhigen.

Komm schon, du benimmst dich total albern. Du hast eine Fischerkate gekauft, kein Spukhaus …

Sie fand die Brille ihrer Mutter auf Anhieb, und als sie sie gerade vom Tisch nahm, hörte sie von oben einen gellenden Schrei.

Um Gottes willen!

Sie rannte zur Leiter. »Mama? Was ist passiert?«

Nichts. Keine Antwort. Nur Stille.

»Lilo?«, wisperte sie und blickte ängstlich nach oben.

Langsam stieg sie die erste Sprosse hoch, dann die nächste.

Plötzlich erschien oben das Gesicht ihrer Mutter. »Kuckuck!«

Vor Schreck stolperte sie und schlug sich das Schienbein an. »Spinnst du, Lilo!«

Ihre Mutter lachte so, dass ihr die Tränen kamen. »Du gruselst dich ja wirklich. Wie herrlich!« Sie streckte die

Hand aus. »Komm, ich helfe dir. Ich wollte dich nur ein bisschen erschrecken. Hier oben ist niemand außer mir, einigen Mäuseköttеln und all diesen wundervollen Möbeln.« Sie zeigte nach links. »Da drüben unter dem Tuch ist ein riesiger Spiegel. Als ich reingesehen habe, stand plötzlich eine Frau hinter mir. Sie sah ganz traurig aus, und ihre Augen glühten irgendwie.«

Theresa knuffte sie wieder. »Mama!«

»Ich grusele mich eben schrecklich gern.«

»Ich mich nicht. Ich bin ein fürchterlicher Angsthase.«

»Wie schade.«

»Was machen wir jetzt mit den ganzen Sachen?«

»Wir sollten sehen, dass wir sie nach unten schaffen. Allein kriegen wir das wohl nicht hin.« Lilo strahlte plötzlich. »Aber Dietmar hilft uns bestimmt.«

»Ich muss Frau Schmidt fragen, ob sie die Sachen nicht haben möchte.«

»Wenn sie sie hätte haben wollen, hätte sie sie mitgenommen oder etwa nicht?«

»Vielleicht hat sie's einfach vergessen.«

»Und ihre Tochter hat auch nicht dran gedacht? Nein, Schatz, sie hat die Möbel hiergelassen.« Lilo lächelte geheimnisvoll. »Vielleicht wollte sie, dass du sie bekommst.«

»Jetzt kommt wieder irgendeine Gruselgeschichte.«

Lilo kicherte. »Wer weiß. Ich habe mal …«

In diesem Moment war unten eine laute männliche Stimme zu hören: »Hallo? Jemand zu Hause?«

Beide stießen einen spitzen Schrei aus und hielten sich aneinander fest.

BONBONROSA

Theresa hatte die Stimme sofort erkannt.

Mit einem Satz war sie an der Luke. »Ben? Du hast uns zu Tode erschreckt! Bist du völlig plemplem!«

»'tschuldigung, ich …«

Ihre Mutter zupfte sie am Ärmel. »Moment mal, du meinst, er hat *dich* zu Tode erschreckt.«

»Ach ja? Und wer hat mir dann gerade ins Ohr geschrien, dass mir fast das Trommelfell geplatzt ist?« Sie wandte sich wieder Ben zu. »Was machst du denn hier? Ich dachte, du bist längst wieder in Rostock.«

»Die Haustür stand offen, und ich …«

»Das ist keine Antwort auf meine Frage«, murmelte sie. »Warte, ich komme runter.« Sie stieg die Leiter hinunter und sprang die letzten beiden Sprossen herunter. »Oder bist du extra wegen deiner Sonnenbrille wieder zurückgekommen?«

Er blinzelte verwirrt, und sie starrte auf die Sonnenbrille auf seinem Kopf. Und auf die helle Jeans und das weißgestreifte Hemd.

Dann begriff sie endlich. Vor ihr stand nicht Ben, sondern Jan.

Ob er es gleich auflösen würde? Oder würde er sie wieder an der Nase herumführen oder es wenigstens versuchen?

Ben hatte gesagt, Jan sei derjenige gewesen, der das Rate-mal-wer-ich-bin-Spiel am liebsten gespielt hatte.

»Da ist ja deine Brille«, stellte sie fröhlich fest und lachte.

Ihre Mutter sprang sogar die letzten drei Stufen herunter und kam direkt vor ihnen zum Stehen. »Hallo, Ben, so schnell sieht man sich wieder.«

Er räusperte sich. »Ähm, ich muss da wohl schleunigst was aufklären. Ich bin nicht Ben.«

Lilo lachte lauthals. »Natürlich nicht. Hab ich mir gleich gedacht. Du bist sein Klon, stimmt's?«

»Nein, sein Zwillingsbruder.«

»Oh!«

Theresa lächelte. Sie war erleichtert. Aber wieso eigentlich?

»Komme ich ungelegen?«, fragte er sie, und sie beeilte sich, heftig den Kopf zu schütteln.

»Ben sagte, du brauchst jemanden, der sich das Haus ansieht.«

Jetzt nickte sie genauso heftig.

Er sah umwerfend aus. Das Hemd stand ihm wahnsinnig gut, und sein Lächeln wirkte so ganz anders als Bens. Es war natürlicher, echter. Bens Lächeln war immer etwas süffisant, fast schon arrogant.

»Lasst uns in die Küche gehen«, sagte sie betont heiter, »mir nach. Ich brauche was zu trinken.«

Während sie am Tisch saßen und eiskalte Limonade tranken, musterte sie ihn verstohlen.

Hatten er und Ben überhaupt irgendetwas gemeinsam? Außer ihr Aussehen? Selbst darin unterschieden sie sich ein wenig, wie Theresa jetzt feststellte, Jans Haare waren etwas kürzer. Wie hatte sie ihn bloß mit Ben verwechseln können?

»Seit meiner Schulzeit versuche ich möglichst immer gleich klarzustellen, dass ich nicht mein Bruder bin.« Er lächelte sie entschuldigend an.

»Ach ja?«, sagte sie ein wenig spitz. »Das hab ich aber anders in Erinnerung.« Sie hatte noch eine spöttische Bemerkung machen wollen, ließ es aber bleiben, als sie seinen irritierten Blick sah.

Er hatte schöne Augen, sie waren von einem intensiven Graublau.

Sie ertappte sich dabei, wie sie sich vorstellte, mit dem Finger die Konturen seines Gesichts nachzuziehen, ihn auf seine Lippen zu legen, seine Lider zu berühren …

Spinnst du! Lass das!

Sie schob die Hände tief in die Taschen ihrer Shorts, damit sie kein Eigenleben entwickelten und sein Gesicht womöglich tatsächlich streicheln würden.

»Möchtest du noch was trinken?«, fragte sie verwirrt.

Gleichzeitig hatte ihre Mutter den Stuhl zurückgeschoben. »Ich muss los. Ich hab, ähm, was Wichtiges zu tun.«

»Und was?«, wollte Theresa erstaunt wissen.

»Dies und das.«

Aha, Lilo wollte sich aus dem Staub machen, um sie mit Jan allein zu lassen.

»Ich bringe dich zur Tür, Mama.«

»Nicht nötig, Luna.«

»Doch, das ist *sehr* nötig.« Sie schob ihre Mutter vor sich her bis zur Haustür. »Du willst uns allein lassen, oder?«, raunte sie ihr zu.

»Hast du bemerkt, wie er dich ansieht?«

»Nein.«

Lilo kicherte leise. »Natürlich hast du das bemerkt. Er

hat dich keine einzige Sekunde aus den Augen gelassen, seitdem er hier ist.«

»Du spinnst doch.«

»Vielleicht, aber er hat's trotzdem getan.«

»Das bildest du dir nur ein.«

»Warum sollte ich mir das einbilden?«

»Weil … weil du ihn nett findest.«

»Und du?« Lilo kicherte wieder. »Du findest ihn todlangweilig und völlig uninteressant, oder? Sieht man.« Sie stupste mit dem Finger auf Theresas Nasenspitze. »Niedlich, wie rot du gerade wirst.«

»Ich werde nicht rot!«

»Doch, knallrot sogar.«

»Das stimmt doch gar nicht!«

»Soll ich einen Spiegel holen?«

Sie musste lachen. »Schon gut. Ja, ich geb's ja zu, ich finde ihn … spannend.«

»Spannend?«

»Nein, Quatsch, das ist nicht das richtige Wort. Er sieht toll aus, ist unglaublich attraktiv und …«

»Ja?«

… und mein Herz schlägt gerade einen Purzelbaum nach dem anderen …

»Das war's.«

»Ich rufe dich an, Luna. Vielleicht sind dir ja bis dahin noch ein paar passende Beschreibungen für diesen hübschen jungen Mann eingefallen.« Lilo öffnete die Tür.

»Ist gut. Moment, was?«

Lilo lachte.

»Mama?«

Im Laufen drehte ihre Mutter sich zu ihr um.

»Ich hab dich lieb.«

Jetzt blieb Lilo stehen, machte kehrt und nahm sie in die Arme. »Ich dich auch, Schatz. Wir machen das schon ziemlich gut, findest du nicht?«

Jan trank lieber Tee als Kaffee. Noch etwas, das ihn von seinem Bruder unterschied.

»Gibt's noch mehr, was ihr nicht gemeinsam habt?«, fragte sie ihn, während sie das Wasser durchs Teesieb goss.

»Eine Menge.«

Sie musste sich nicht umdrehen, auch so wusste sie, dass er geschmunzelt hatte.

»Wir sind uns in Rostock begegnet.« Sie stellte die Teekanne auf den Tisch.

»Ich weiß. Ich wollte es gleich aufklären, Theresa. Aber du hast mir keine Gelegenheit dazu gegeben. Sauer?«

Sie musste ihn anlächeln, sie konnte nicht anders. »Nein, ist schon okay. Ich hab sofort gemerkt, dass du nicht Ben bist.«

Er legte den Kopf schief. »Woran?«

Sie wurde rot und ärgerte sich darüber. »Ben macht immer ein bisschen auf cool und lässig.« Sie errötete noch mehr. »'tschuldigung, das klang jetzt blöd. Ich wollte damit nicht sagen, dass du nicht …«

»Schon gut, Theresa. Ich bin erwachsen. Coolness und Lässigkeit haben wir doch eigentlich hinter uns, oder?«

Ben nicht, dachte sie. Aber sie nickte.

Sie rührte in ihrem Tee, obwohl sie gar keinen Zucker nahm. Sie war nervös. »Er hat gesagt, du seiest immer derjenige gewesen, der mit den anderen Spielchen spielen wollte.« Hatte sie Ben jetzt verpetzt?

»Ach ja? Hat er das wirklich behauptet?«

Irgendetwas hatte er auf dem Herzen, das spürte sie.

»Kann ich dich was fragen, Theresa?«

»Klar.«

»Läuft da was zwischen euch?«

Na also, er ließ die Katze gleich aus dem Sack. Das gefiel ihr, er schien kein großer Freund von Geheimniskrämerei und Zeitschinderei zu sein.

»Nein.«

»Nein? Ben hat da so merkwürdige Andeutungen gemacht.«

Sie seufzte. »Na schön, es gab eine einzige Nacht, als ich in Rostock war.«

Er nickte. »Nach deiner Ausstellung.«

»Er hat dir davon erzählt?«

»Keine Details, keine Sorge.«

Das fehlte auch noch, schoss es ihr durch den Kopf.

Es war ihr wichtig, dass er keinen falschen Eindruck von ihr bekam und sie womöglich für flatterhaft hielt. »Ich bin eigentlich überhaupt kein Typ für einen One-Night-Stand. Ich hatte eine längere Beziehung hinter mir, und mein Leben war gerade ziemlich konfus. Also nicht nur wegen der Trennung, meine ich.«

Hatte sie jetzt zu viel ausgeplaudert?

»Verstehe.« Er blickte sich in der Küche um.

»Ich fürchte, ich ahne, was du gerade denkst: Das Haus ist eine Ruine.«

Er schüttelte den Kopf. »Nein, das hab ich nicht gedacht. Ich finde nicht, dass es eine Ruine ist, ganz im Gegenteil.«

Sie schenkte ihm ein Lächeln. Dann wurde sie ernst. »Ich glaube, ich hab mich total übernommen. Ohne groß darüber nachzudenken, wie und ob ich das alles stemmen kann, hab ich es gekauft.« Sie zeigte auf das Fenster, das gekippt war. »Es regnet durch die Fenster, die Leitungen sind alt, die Heizungsanlage genauso. Das Bad muss gemacht werden, die Küche braucht neue Fliesen …«

»Die Fenster zu ersetzen ist in jedem Fall sinnvoll. Alles andere kann man nach und nach angehen. Vieles kannst du auch selbst machen, wenn du einigermaßen geschickt bist. Türen abschleifen und lackieren zum Beispiel. Für Holzfußböden kann man sich eine Schleifmaschine ausleihen, das braucht nur etwas Übung. Am besten, du nimmst dir ein Zimmer vor, wo es nicht ganz genau drauf ankommt.«

Sie war aufgesprungen, denn sie wollte ihm unbedingt das ganze Haus zeigen, es brannte ihr geradezu unter den Nägeln. »Komm.«

Er folgte ihr in das erste Zimmer, die kleine Stube, in der ihre Mutter zurzeit schlief.

Er tastete die Außenwand ab. »Scheint trocken zu sein. Gab's mal einen Wasserschaden? Feuchtigkeit irgendwo?«

»Nein, aber ehrlich gesagt, hab ich auch nicht danach gefragt.« Nach und nach war ihr bewusst geworden, wie naiv sie gewesen war. Aber hätte Henriette Schmidt nicht mit offenen Karten gespielt? Hätte die alte Dame ihr eine Bruchbude verkauft?

Nein, nie im Leben.

»Du hast dem Verkäufer vertraut.« Er sah sie an und schmunzelte, so als habe er ihre Gedanken gelesen.

Sie nickte. »Eine ganz bezaubernde alte Dame. Sie hätte mich nie übers Ohr gehauen.«

Er ging weiter, von Raum zu Raum. Als sie im Bad ankamen, lachte er. »Die Badewanne hat Charakter.«

»Sie soll unbedingt bleiben.«

»Die würde ich auch nicht eintauschen.« Er blickte sich genauer um. »Der Fliesenspiegel ist alt und nicht gerade eine Augenweide, aber heil.« Er zuckte mit den Schultern. »Das hätte auch Zeit, was meinst du?«

Sie zuckte ebenfalls mit den Schultern.

»Die Toilette würde ich austauschen, den Spülkasten auch. Da würde ich einen energiesparenden nehmen. Diese alten Dinger ziehen ständig Wasser und tröpfeln vor sich hin.«

Sie nickte zustimmend. O ja, davon hatte sie sich bereits überzeugen dürfen.

Er zeigte nach links. »In der Ecke könntest du eine Dusche einbauen lassen. Platz wäre genug. Gibt's nur das eine Bad?«

»Es gibt noch ein etwas größeres oben.«

Er lief die Treppe hinauf, und sie folgte ihm. Wobei sie die Gelegenheit nutzte und ihn genauer betrachtete. Seine Kehrseite konnte sich durchaus sehen lassen. Sie fragte sich wieder, wie sie ihn jemals auch nur kurzfristig mit Ben hatte verwechseln können.

Er öffnete die Tür zu ihrem momentanen Atelier. »Wow!« Er pfiff durch die Zähne und ging zur Staffelei. »Ich darf doch?«

»Ja, klar.«

Er betrachtete das Porträt ihrer Mutter. »Wahnsinn. Du bist wirklich talentiert.«

»Vielen Dank.« War sie rot geworden?

»Ich versteh nicht viel von Kunst, ich weiß nur, was mir gefällt und was nicht.« Er zeigte auf die Bilder, die auf dem Boden standen. »Die sind toll, alle.«

Sie musste sich räuspern. »Freut mich, dass sie dir gefallen.«

»Kannst du davon leben?«

»Einigermaßen. Für große Kängurusprünge reicht's nicht.«

»Das kann sich ja noch ändern. Soll dieser Raum dein Atelier bleiben?« Ob er ahnte, dass sie es nur vorübergehend nutzte?

»Nein, der Raum nebenan ist ein bisschen größer.«

Er ging in das nächste Zimmer. »Du könntest die Wand rausnehmen lassen, dann hättest du ein großes helles Atelier. Vorausgesetzt, es ist keine tragende Wand.«

»Wird das nicht zu teuer?«

»Eine Wand rauszureißen kostet nicht die Welt. Hast du Pläne vom Haus?«

Sie nickte erleichtert, weil sie sich endlich nicht mehr ganz so dämlich vorkam. Immerhin hatte sie sich die Pläne vom Haus geben lassen. Sie war fast ein bisschen stolz auf sich.

»Hast du dir schon Gedanken über die Heizung gemacht?«

Sie schüttelte vage den Kopf.

»Man könnte das Haus sehr gut mit einem Pelletofen beheizen. Am besten, man würde ihn in die Diele bauen. Von dort aus würde er das ganze Haus heizen.«

Er wusste wirklich sehr gut Bescheid. Ein Segen, dass er gekommen war.

»Bleibt das Dach.« Er zeigte auf die Bodenleiter, die noch ausgeklappt dastand. »Soll ich vorangehen?«

»O bitte, ja.«

»Das Dach ist erst vor ein paar Jahren neu gedeckt worden«, erzählte sie ihm kurz darauf, als sie auf dem Speicher standen. »Frau Schmidt meinte, ich müsse es nur regelmäßig säubern lassen und darauf achten, dass die Bäume nicht zu dicht stehen.«

»Genau. Die Dachbalken sehen sehr gut aus. Du hast ein echt schönes, solides Haus gekauft, Theresa.«

»Findest du wirklich?« Die Erleichterung und Freude waren ihr wahrscheinlich anzuhören.

»Hast du schon Kostenvoranschläge eingeholt?«

»Nur von einer Tischlerei.«

»Wie viel Spielraum hast du?«

»Finanziell meinst du?« Sie schnaubte leise. »Keinen. Eine Freundin drückte es anders aus: Ich bin pleite.«

Er machte »Hmm« und schien über etwas nachzudenken.

»Warum gehen wir nicht wieder nach unten, und ich koche uns eine Kleinigkeit?«, schlug sie vor. »Oder hast du keinen Hunger?«

»Das klingt ziemlich gut.«

Sie wollte wahnsinnig gern, dass er noch etwas blieb.

»Was wirst du mit den Möbeln machen, die auf dem Speicher stehen?«, fragte er sie, als sie später zusammen vor dem Haus saßen, ein Glas Wein in der Hand.

Sie musste lachen. »Die haben wir vorhin erst entdeckt. Meine Mutter liebt alte Speicher. Und sie ist ganz verrückt nach Gruselgeschichten.«

Er lächelte sie an, und ihr wurde ganz flau im Magen. »Du könntest die Möbel aufarbeiten lassen«, schlug er vor.

»Ja«, sie seufzte, »mit dem nötigen Geld könnte ich das.«

»Ach, das würde dich kaum was kosten.«

»Guter Witz, Jan. Oder kennst du jemanden, der alte Möbel restauriert?«

Er nickte und tippte sich auf die Brust. »Mich.«

»Du?«

»Ein Hobby.«

Sie betrachtete ihn erneut verstohlen und wurde auch nicht zum ersten Mal von einem eigenartigen Kribbeln durchflutet.

Jan gefiel ihr, sehr sogar, aber nicht so wie ihr Ben gefallen hatte, als sie sich in Rostock begegnet waren. Er berührte etwas tief in ihrem Innern. Es tat ihr gut, hier neben ihm zu sitzen, zu reden, zu schweigen, zu lachen und zu philosophieren. Sie hatte das Gefühl, sich nicht verstellen zu müssen.

»Ich bin froh, dass du gekommen bist«, sagte sie geradeheraus. Der Rotwein hatte ihre Zunge gelockert.

»Ich auch«, erwiderte er, »als wir uns in Rostock über den Weg gelaufen sind, wusste ich, dass ich dich unbedingt wiedersehen will.« Er hielt kurz inne. »Ich wusste nur nicht, was zwischen dir und meinem Bruder war.« Er berührte ihre Hand, und es war, als würde ein Stromstoß durch ihren Körper jagen.

»Meine Güte, du bist so vollkommen anders als er.«

Er lachte. »Ja, das höre ich hin und wieder.«

OBSIDIANSCHWARZ

Sie bereitete einen italienischen Brotsalat zu, und während sie das Olivenöl in die große Schale goss, ging ihr durch den Kopf, dass sie unbedingt einen Gemüse- und Kräutergarten haben wollte. Vielleicht könnte sie sogar ein kleines Gewächshaus anschaffen. Es könnte gleich vorn in der Ecke stehen, wo es den ganzen Tag Sonne bekommen würde.

»Theresa?«

Sie zuckte zusammen, als Jan hereinkam. »Hast du Weißwein da?«

»Im Kühlschrank müsste noch eine angebrochene Flasche sein.« Sie sah ihm dabei zu, wie er die Flasche nahm und den Korken herauszog. »Wie lange bleibst du?«

Er hob den Kopf. »Bis morgen, wenn ich darf. Heute ist es zu spät, um noch aufs Festland rüberzufahren. Ich schlafe auf der Isomatte deiner Mutter, wenn das okay ist.«

Auf Lilos Isomatte, ja, das war gut. Das war sehr gut.

Nur nichts überstürzen. Diesmal würde sie es langsam angehen lassen, sehr langsam. Und mit Bedacht.

Sie saßen im Schneidersitz auf dem Rasen und aßen den Brotsalat.

»Ein Picknick im eigenen Garten.« Jan zeigte in den Himmel. »Sieh mal, was für eigenartige Wolken.«

Die Wolken hatte eine seltsame dunkle Farbe, eine Mischung aus schwarz und grau.

»Es wird regnen«, unkte sie.

»So eine Wolkenfarbe habe ich noch nie gesehen. Sieht richtig bedrohlich aus.« Er stellte sein leeres Glas auf dem Rasen ab. »Hast du eigentlich auch Phasen, in denen du nur ganz bestimmte Farben verwendest?«

»Früher schon.«

»Hast du ein Vorbild? Entschuldige, ich möchte dich nicht ausfragen, ich würde nur gern noch viel mehr über dich wissen.«

»Ein Vorbild? Nein, eigentlich nicht. Eine Zeitlang mochte ich Picasso sehr. Seine Art zu malen hat mich inspiriert.«

»Mein Fall ist er nicht, auch wenn du jetzt sagst, ich wäre ein Banause. Mein Vater hat mal gesagt, die meisten kleinen Kinder könnten wie er malen. Ein Auge schief, die Nase dreieckig, die Haare mit wenigen Strichen angedeutet …«

Sie lachte. »Dazu sage ich jetzt besser nichts. Oh, ich glaube, ich habe gerade einen Regentropfen abbekommen.«

»Ja, ich auch. Lass uns lieber wieder ins Haus gehen.«

Sie seufzte. »Wo es im Zweifel nicht trockener sein wird.«

Es regnete junge Hunde, und die beiden liefen durchs Haus und verteilten Lappen auf den Fensterbänken.

Als sie sich schließlich in der Diele begegneten und beinahe zusammenstießen, blieben sie etwas atemlos voreinander stehen und sahen sich in die Augen. Theresa streckte die Hand aus und berührte zögernd Jans Gesicht.

Im selben Moment hatte er sie an sich gezogen und geküsst.

Als sie sich wieder losmachte, strich sie ihm erneut

übers Gesicht. »Jan.« Mehr sagte sie nicht, weil sie wusste, wenn sie weitersprechen würde, würde es schnulzig und abgedroschen klingen. Und das wollte sie auf keinen Fall.

Ihre Gefühle fuhren gerade Achterbahn mit dreifachem Looping, und sie saß nicht angeschnallt in der Gondel, beide Arme in der Luft, und schrie aus Leibeskräften: *Mehr! Mehr! Schneller! Höher!*

»Was?«, fragte er leise.

»Nichts. Ich will lieber nichts sagen, ich bin viel zu aufgewühlt.«

»Geht mir auch so. Vielleicht sollten wir es langsam angehen lassen.«

Nein! Bloß nicht!

Doch, es war besser so. Vernünftiger. Auch wenn sie gerade alles andere als vernünftig sein wollte. Sie wollte mit ihm in ihr Zimmer rennen, ihm die Kleider vom Leib zerren, ihn küssen, berühren, halten, seinen Duft einatmen.

Aber es würde sich vielleicht wie mit Ben anfühlen, und davor hatte sie eine unerklärliche Angst.

Nein, sie wollte es wirklich ruhiger angehen, sanfter, liebevoller.

Sie hatten alle Zeit der Welt.

Am Morgen hatte sich das Wetter wieder beruhigt.

Sie hatte unruhig geschlafen, weil sie die ganze Zeit daran denken musste, dass Jan, der Mann, nach dem sie sich verzehrte, nur eine Tür weiter lag und schlief.

Sie war in aller Herrgottsfrühe aufgestanden, hatte ein bisschen aufgeräumt und beschloss dann, schwimmen zu gehen.

Jan würde bestimmt noch länger schlafen.

Als sie später in ein großes Handtuch gewickelt zurückkam, tanzte und hüpfte sie den Weg entlang. Sie würde den Tisch mit ihrem hübschesten Geschirr decken und ein opulentes Frühstück machen. Hatte sie überhaupt genug da? War noch was von der Kirschmarmelade im Kühlschrank? Und Orangensaft? Frisches Obst? Käse? Milch? O Gott, hatte sie noch Butter im Haus?

Sie könnte Rühreier mit Schinken machen.

Im Vorgarten schnitt sie ein paar kleine Sonnenblumen ab, die würden sich hervorragend in der schlichten Glasvase machen.

Leise öffnete sie die Haustür und huschte über die Diele.

Sie war erstaunt, dass das Radio lief, und schob die Küchentür auf.

Jan lag auf dem Rücken unter der Küchenspüle, nur seine langen Beine waren zu sehen.

»Guten Morgen.«

Er fuhr zusammen und schlug sich den Kopf am Abflussrohr an.

»Oh, entschuldige. Ich dachte, du hättest mich gehört.«

Er kam unter der Spüle hervor, das Haar feucht und wirr vom Kopf abstehend. »Ich habe ihn repariert.« Er wischte sich die schmutzigen Hände an den Hosenbeinen ab und zeigte auf die Spüle. »Das Wasser läuft wieder ab.«

»Toll, danke, Jan.«

»Gern geschehen. Ich wünsche dir übrigens auch einen guten Morgen.«

In diesem Moment wusste sie, dass sie jeden Morgen mit ihm frühstücken wollte. Sie wollte ihn jeden Tag ansehen, mit ihm reden und ihm zuhören.

Erst jetzt fiel ihr auf, dass Leo gar nicht da war. Sonst

saß er um diese Zeit neben ihrem Stuhl und wartete darauf, dass er etwas zu fressen bekam. »Hast du Leo gesehen?«

»Du meinst den hübschen roten Kater? Nein.«

»Ich sehe mal im Garten nach.« Vielleicht hatte er sich irgendwo versteckt.

Sie rief seinen Namen und sah im Schuppen nach.

Nichts. Keine Spur von ihm.

»Leo?«

Ein leises Rascheln.

»Leo? Wo steckst du denn, mein kleiner Löwe?«

Wieder ein Rascheln, dann ein Miauen, das ziemlich kläglich klang.

Sie ging in die Hocke, um unter den Büschen nachzusehen, und tatsächlich, unter einer der Hortensien, die in voller Blüte stand, lag zusammengekauert der kleine Kater.

Sie streckte die Hand nach ihm aus, und er wich zurück.

»Was hast du denn, Leo?« Dann erst sah sie, dass seine Pfote blutete. »Ach herrje, du blutest ja, mein Kleiner.«

Vorsichtig hob sie ihn hoch und trug ihn ins Haus. Er blickte sie mit großen Augen an und leckte ihr die Hand. »Kannst du mir helfen, Jan?«, rief sie.

Er kam aus der Küche. »Was ist passiert?«

»Er blutet an der Pfote.«

»Leg ihn da drüben auf den Stuhl. Ich sehe mir das mal an.«

»Bist du etwa auch noch Tierarzt nebenbei?«

»Nein, auch wenn ich als kleiner Junge unbedingt Arzt werden wollte. Halt ihn gut fest, ich will mir die Pfote anschauen.«

Der Kater zuckte zusammen, als Jan nach seiner Pfote

griff, und fauchte wütend. »Schsch, schon gut, Kleiner«, beruhigte er ihn.

»Du bist ein Katzenflüsterer«, raunte sie.

Er tupfte das Blut ab, das bereits angetrocknet war, und sagte dann: »Ah ja.«

»Und?«

»Er ist in ein Stückchen Muschel getreten. Sie steckt noch in der Pfote.«

»Und jetzt?«, fragte sie.

»Ziehe ich sie raus. Und du musst ihn gut festhalten. Er wird das nicht lustig finden, und ich möchte nicht, dass er mich beißt.«

»Das möchte ich auch nicht.«

Sie sahen sich kurz an und lächelten.

»Hast du eine Pinzette?«

»Oben im Bad.«

Sie hörte ihn oben herumhantieren und schließlich wieder seine Schritte auf der Holztreppe. Er hockte sich vor den kleinen Kater hin. »So, mein Kleiner, gleich ist es vorbei.«

Leo fauchte, dann begann er kläglich zu miauen und versuchte, nach ihm zu schlagen. Theresa hatte Mühe, ihn festzuhalten.

Nach einem kurzen Augenblick hatte Jan offenbar das Muschelstück erwischt. »Da haben wir den Übeltäter.« Er tupfte das frische Blut von der Pfote. Verbandszeug hatte er aus dem Bad mitgebracht. Er umwickelte die Pfote mit einer Mullbinde und verknotete sie. »Er wird es hassen und versuchen sie abzureißen.«

Leo schleckte an der Mullbinde und zog mit den Zähnen daran.

»Sag ich ja. Macht aber nichts, es soll nur den Blutfluss stoppen. Katzen lecken sich ihre Wunden sauber.«

»Du weißt ziemlich gut Bescheid.«

»Über Katzen meinst du? Das ist kein großes Wissen. Wir hatten zu Hause immer Katzen.«

Sie nahm sein Gesicht in beide Hände und küsste ihn.

Atemlos sagte er anschließend: »Na, das war mal ein Lohn.«

Brombeerrot

»Was hältst du von einer spanischen Zarzuela?«, schlug Lilo Dietmar am Morgen vor.

»Ich habe keine Ahnung, was das ist, aber es klingt interessant«, erwiderte er. Er hatte ein paar Brote geschmiert und packte sie in eine Brotdose. »Was ist da alles drin?«

»Thunfisch, Sardellen, Seelachs …«

»Schon überredet.« Er nahm seine Tasche und ging zur Tür. »Wenn ich heute am späten Nachmittag nach Hause komme, wirst du dann noch da sein?«

Sie musste schlucken, so wunderbar hörte sich das an. »Wenn du das möchtest, werde ich noch da sein, Dietmar.«

Zum Abschied küssten sie sich an der Haustür. Lilo stand da und winkte so lange, bis er nicht mehr zu sehen war.

Der Regen hatte den gesamten Garten überschwemmt.

Sie zog Gummistiefel an, die ihr viel zu groß waren, und holte eine Harke aus dem kleinen Gartenhaus. Sie würde sich um die armen halbertrunkenen Pflanzen kümmern.

Sie hatte ein paar Brombeersträucher entdeckt und so viel genascht, dass ihr schlecht geworden war.

Da komme ich hierher, weil mir mein ganzes Leben um die Ohren geflogen ist und bin meiner Tochter so nah wie nie zuvor. Und ich lerne auch noch den Mann kennen, mit dem ich mir vorstellen kann, alt zu werden …

Hatte sie so viel Glück überhaupt verdient?

Sie hatte sogar wieder eine eigene kleine Werkstatt.

Im Moment war sie vor allem eins: so glücklich, dass sie platzen konnte.

Am frühen Nachmittag machte sie sich barfuß auf den Weg nach Selm. Es wehte ein leiser, sehr angenehmer Wind.

Unterwegs begegneten ihr Ella und deren kleine Tochter Mia.

»Lilo, wie schön, dich hier zu sehen.« Ella war stehen geblieben. »Wie geht's dir?«

»Wunderbar.« Sie strich Mia übers Haar und lächelte. Sie könnte auch irgendwann mal eine so süße kleine Enkelin haben. Der Gedanke, Großmutter zu werden, gefiel ihr zunehmend. »Und euch zwei?«

»Uns geht's auch gut. Stimmt's, Mia?«

Die Kleine quietschte und zeigte irgendwohin, wo sie ganz offenbar etwas entdeckt hatte. Wahrscheinlich meinte sie einen der zahlreichen Drachen, die am Himmel aufgestiegen waren.

»Dara!«, rief sie ganz verzückt.

»Mit Dara meint sie die Drachen«, erklärte Ella und setzte sich ihre Tochter auf die Schulter, wo sie sofort fröhlich auf und ab wippte, so dass Lilo angst und bange wurde. »Wie geht's Theresa?«

»Ich bin auf dem Weg zu ihr. Sie hat Besuch.«

»Ach ja?«

»Ein gewisser Jan.«

»Jan? Nie gehört.«

»Sie wird dir von ihm erzählen«, meinte Lilo zuversichtlich und zwinkerte Ella zu.

»Ah, verstehe.« Ella lachte. »Ja, dann werde ich wohl noch von ihm hören.«

»Darauf möchte ich wetten. Ich muss weiter, Ella.«

Sie winkten sich zu, bis sie sich nicht mehr sehen konnten.

Lilo fühlte sich so aufgehoben wie seit einer Ewigkeit nicht mehr. Hatte sie sich überhaupt schon mal so gefühlt?

Sie hatte das Gefühl, angekommen zu sein, was zu einem großen Teil daran lag, dass sie sich endlich mit ihrer Tochter ausgesöhnt hatte. So viel Nähe, wie nun zwischen ihnen bestand, hatte Theresa früher nie zugelassen. Und sie als Mutter hatte nie versucht, ihre Tochter zu etwas zu bewegen, wozu sie ganz offensichtlich nicht fähig oder bereit gewesen war.

Jetzt aber war ein starkes Band zwischen ihnen, das hoffentlich Bestand haben würde, auch wenn es mal wieder Meinungsverschiedenheiten oder Probleme geben sollte.

Ja, sie war wirklich angekommen, auf ganzer Linie.

Es lag aber auch daran, dass sie Dietmar kennengelernt hatte, einen Mann, der auf den allerersten Blick vielleicht gar nicht zu ihr passen wollte. Er gab ihr all das, wonach sie sich immer insgeheim gesehnt hatte.

Sie brauchte keinen Mann, der ihr etwas bot, sie schick ausführte und ihr Geschenke machte. Sie brauchte einen Mann, der zu ihr stand und sie so nahm, wie sie nun mal war, und niemanden, bei dem sie den Eindruck hatte, sich ständig verbiegen und ihr Fähnchen in den Wind hängen zu müssen. Dietmar war loyal, bodenständig und phantasievoll, und er hatte genauso viel Lust auf das Leben wie sie.

Heute war das Meer ziemlich unruhig, und die Wellen türmten sich auf und donnerten krachend und zischend ans Ufer. Sie schaute ein paar Kindern zu, die kreischend und lachend mit Eimern in der Hand hin und her rannten.

Als ihre Tochter klein gewesen war, hatte sie Sandburgen mit ihr gebaut. Burgen, die von gewaltigen Festungen umgeben waren, die sie mit Muscheln und kleinen Steinchen verziert hatte, »damit sie nicht so böse aussehen«.

Lilo spazierte weiter und blieb immer wieder stehen.

Was für ein wundervolles Fleckchen Erde! Endlich, mit Mitte fünfzig, konnte sie sich vorstellen, sesshaft zu werden.

Aber würde es funktionieren, sie und ihre Tochter auf so engem Raum zusammen? Wäre es nicht besser und vor allem vernünftiger, erst mal nur die Werkstatt an der Kate zu nutzen?

Auch Dietmar hatte heute beim Frühstück angedeutet, dass er sich vorstellen könnte, mit ihr zusammenzuleben. War es nicht noch viel zu früh für solche Pläne?

Sie setzte sich auf einen großen Stein, der am Weg lag.

Es war ein Risiko, jetzt gleich mit ihm zusammenzuziehen. Sie würde in seinem Haus wohnen und Tag für Tag mit ihm zusammen sein. Da wäre kaum noch Raum für ein eigenes selbstbestimmtes Leben, ein Stückchen Unabhängigkeit. Wollte sie das?

Ihre Unabhängigkeit war ihr immer wichtig gewesen, genauso wie die Möglichkeit, von jetzt auf gleich entscheiden zu können.

Sie hatte sich in Dietmar verliebt, aber würde sie dafür alles andere aufgeben wollen? War es überhaupt so, dass sie etwas aufgab?

Das will ich erst mal herausfinden, sagte sie sich, als sie wieder aufstand und weiterging.

Ihr war in diesem Moment auch klargeworden, dass sie

nicht zu ihrer Tochter ziehen würde. Das wäre ein Fehler. Sie hatten sich gerade angenähert, und Luna empfand endlich so etwas wie Tochtergefühle.

Das würde sie um keinen Preis aufs Spiel setzen.

Theresa und Jan saßen im Garten unter einem der Obstbäume und unterhielten sich angeregt miteinander. Die beiden schienen nicht mal zu hören, wie sie die Pforte öffnete und durch den Vorgarten kam. Der Einzige, der sie sah und hörte, war Leo. Er hatte einen kleinen Verband an der Vorderpfote.

»Was hast du denn gemacht?« Sie hockte sich hin und kraulte ihn hinterm Ohr.

»Hallo, Mama!«, rief Theresa. »Hast du dich angeschlichen?«

Lilo lachte. »Ganz im Gegenteil, ich habe laut gesungen, kennst mich ja.« Sie ging zu den beiden. »Aber ihr wart so in euer Gespräch vertieft.« Sie setzte sich neben die beiden ins Gras. »Es ist wundervoll hier. Was für ein Paradies!«

Theresa lächelte. Sie sah überaus zufrieden und glücklich aus. »Jan hat sich das Haus genauer angeschaut. Er meint, ich hätte keinen Fehler gemacht, es zu kaufen.«

»Wunderbar. Und was passiert mit den Möbeln, die auf dem Speicher stehen?«, wollte Lilo wissen.

»Du würdest sie gern haben, oder? Ich schenke sie dir.«

Sie schnappte nach Luft. »Kommt nicht in Frage! Das hatte ich mit meiner Frage auch gar nicht gemeint.« So gut sollte ihre Tochter sie nun wirklich kennen.

»Aber sie haben dir doch so gut gefallen.«

»Ja, dir aber auch.« Sie zwinkerte ihrer Tochter zu. »Sie würden grandios in dein Haus passen, Luna.«

»Luna?« Jan lächelte.

»Meine Mutter hat mir den Namen Luna-Suani gegeben.«

»Und wieso sage ich dann dauernd Theresa zu dir?«, fragte er und lachte.

»Weil ich diesen Namen früher schöner fand.«

Lilo horchte auf. Früher?

»Ich finde, Luna passt hervorragend zu dir«, meinte er.

Die beiden tauschten einen so intensiven Blick miteinander, dass Lilo sich mit einem Mal wie ein Störenfried und Eindringling vorkam.

Theresa stand auf. »Ich setze Teewasser auf.«

Sie verschwand im Haus, und Lilo überkam das eigenartige Bedürfnis, Jan auf Herz und Nieren prüfen zu wollen. Sie unterdrückte diesen Wunsch eisern. So weit käme es noch, dass sie ihren potentiellen Schwiegersohn in die Mangel nehmen würde, um herauszufinden, ob er gut genug für ihre Tochter war. Das waren ja ganz neue Sitten.

»Sie richten sich den Schuppen als Werkstatt ein, hat Theresa mir erzählt«, sagte er zu ihr.

Sie nickte. »Nenn mich doch bitte Lilo. Vielleicht kann ich hier auch wieder als Yogalehrerin arbeiten.«

»Ich würde mich glatt zu einem Kurs anmelden.«

»Ist schon notiert.«

»Was ist notiert?«, fragte Theresa, die mit drei Teebechern und einer Packung Kekse zurückkam.

»Ich mache einen Yogakurs bei deiner Mutter.«

»Wisst ihr was, ich auch. Ich wollte schon immer mal ausprobieren, ob ich mich wie eine Brezel verbiegen kann.«

Nachdenklich, aber äußerst zufrieden schlenderte Lilo später zurück nach Neuendorf.

Sie hatte eine Entscheidung getroffen. Fürs Erste würde sie sich eine eigene kleine Wohnung nehmen und die Zeit mit ihrer Tochter und auch mit Dietmar genießen.

Und sie würde versuchen, beruflich Fuß zu fassen.

Sie war gespannt, was Dietmar dazu sagen würde.

»Meine Tochter scheint sehr glücklich zu sein«, erzählte sie ihm beim Abendessen. Wie versprochen, hatte sie eine Zarzuela gekocht, die himmlisch schmeckte.

Dietmar aß bereits eine dritte Portion, und es sah nicht danach aus, als würde er keinen Nachschlag mehr wollen.

»Und wenn sie glücklich ist, bist du's auch«, sagte er und reichte ihr seinen leeren Teller. »Ist noch was von dem köstlichen Eintopf da?«

»Ich habe so viel gekocht, dass es eigentlich noch für morgen reichen sollte.«

»Das werden wir sehen.«

Sie musste lachen, dann wurde sie ernst. »Ja, du hast recht, Dietmar, wenn sie glücklich ist, bin ich es auch. Jan scheint ihr gutzutun.«

»Dann sind die beiden ein Paar? So lange kennen sie sich doch noch gar nicht.«

Sie hob die Augenbrauen. »Sagt der, der mit einer Frau am Tisch sitzt, die er erst seit ein paar Tagen kennt.«

Er machte »Hmm« und aß einen Moment still weiter. Dann legte er den Löffel beiseite. »Weißt du, Lilo, ich sag dir, wie's ist: Ich bin ein alter Brummbär, hatte mich ans Alleinsein irgendwie gewöhnt, aber seitdem du da bist … Ich weiß nicht, aber mir gefällt die Vorstellung ganz gut, mit dir zusammen durchs Leben zu gehen. Ich bin sechzig geworden und …«

»So alt bist du schon?«, unterbrach sie ihn grinsend.

Er grinste ebenfalls. »Als junger Hüpfer hat man alle Zeit der Welt. Glaubt man zumindest, weil es sich so anfühlt. Ich hab nicht mehr so viel Zeit, um ewig und drei Tage zu überlegen, was sein könnte und was nicht. Lass es uns einfach versuchen, Lilo. Ich hab ein gutes Gefühl.«

Sie schenkte ihm ein strahlendes Lächeln. »Ich auch.«

Jetzt ist der beste Zeitpunkt, es ihm zu sagen, dachte sie.

»Ich hab den ganzen Nachmittag darüber nachgedacht, ich werde mir erst mal eine kleine Wohnung nehmen. Auch wenn wir keine jungen Hüpfer mehr sind, finde ich, wir sollten nichts überstürzen.«

Er schwieg einen Moment, und sie befürchtete, ihn nun enttäuscht zu haben. Dann aber nickte er. »Die Wohnung über der Konditorei Büchner wird demnächst wieder frei.«

»Dann bist du mir nicht böse?«

»Böse? Nein, wieso?«

»Oder enttäuscht?«

»Enttäuscht? Nein, ich glaube, es ist ganz vernünftig, wenn wir's so machen.«

»Vernünftig, ja, allerdings. Und warum soll ich nicht mal was Vernünftiges tun?«

PARADIESGRÜN

Selm im Herbst, acht Wochen später

Theresa war an diesem Morgen zum Strand hinuntergegangen und hatte einen langen Spaziergang gemacht.

Täglich telefonierte sie mit Jan, manchmal sogar mehrmals.

Es war nicht nur ein aufregendes Verliebtsein, sie liebte ihn, das wusste sie längst.

Ihre Mutter wohnte vorübergehend wieder in der Fischerkate, würde aber demnächst in die kleine Wohnung über der Konditorei Büchner ziehen. Die Wohnung war hübsch, sie hatte sogar einen Balkon, von dem aus man das Meer rauschen hören konnte. Sie würde sich dort pudelwohl fühlen, das hatte sie mehrfach beteuert.

Den Schuppen hatten sie bereits mit Dietmars Hilfe ausgeräumt.

Er war auch schon fast fertig, um als Werkstatt genutzt werden zu können. Lilo hatte einen gebrauchten Brennofen und eine Töpferscheibe angeschafft, außerdem ein weiteres Regal für das fertige Geschirr.

Theresa fand den Gedanken, dass sie tagsüber ganz in der Nähe war, ausgesprochen schön. Sie würden zusammen zu Mittag essen und sich vom Fenster aus zuwinken können.

An diesem Tag war Dietmar mit einem Kollegen dabei, die unteren Fenster in der Kate auszubauen.

Sie hatte vor Aufregung kaum schlafen können. Endlich würde etwas in Gang kommen.

Den Spaziergang hatte sie sich selbst verordnet, damit sie nicht im Weg stand und wenigstens vorübergehend auf andere Gedanken kommen würde.

An Arbeiten war ohnehin zurzeit nicht zu denken. Die Handwerker machten einen Höllenlärm. Sogar Leo hatte sich unter einem der Büsche verkrochen.

Heute Vormittag war Marianne Heitkamp gekommen, um das fertige Porträt abzuholen.

»Normalerweise brauche ich nicht so lange für ein Porträt. Aber es ist so viel passiert in meinem Leben.« Sie hatte ihr kurz erzählt, dass sie sich endlich mit ihrer Mutter ausgesprochen und versöhnt hatte.

»Kein Grund, sich zu entschuldigen, Theresa. Dass Sie und Ihre Mutter endlich zueinanderfinden, war viel wichtiger.«

Sie hatte vor dem Porträt gestanden und eine ganze Weile kein einziges Wort gesagt.

»Gefällt es Ihnen nicht?«

Frau Heitkamp hatte sich zu ihr umgedreht. »Ob es mir nicht gefällt? Es ist unglaublich, Theresa. Eduard wird tot umfallen.« Sie hatte sich ein paar Freudentränen aus den Augenwinkeln gewischt.

»Dann hätte ich Sie vielleicht doch besser nicht in Ihrem Lieblingskleid und Ihr schönes Haar ein bisschen struppiger malen sollen«, hatte Theresa erwidert.

Marianne Heitkamp hatte sie verwundert angesehen und dann laut gelacht. »Ach, Sie sind mir eine, Theresa.« Sie hatte sogar darauf bestanden, noch etwas mehr zu zahlen, als sie vereinbart hatten.

»Obwohl Sie so lange auf das Bild warten mussten und ich mich bei Ihnen ausweinen durfte?«

»Sie können im Moment jeden Cent gebrauchen, oder etwa nicht? Ach, wie ich mich schon auf das Kulturzentrum freue! Ich werde es überall herumerzählen und all meine Freundinnen hierher einladen.«

»Ich freue mich auch schon wie verrückt und kann es kaum noch erwarten. Es geht endlich los, Marianne.«

Vor Freude hatte die Frau sie in den Arm gekniffen. Dann hatte sie ihr Bild genommen, das Theresa gut eingepackt hatte, und sich verabschiedet.

Theresa setzte sich in den Sand. Selten hatte sie sich so gut, so ausgeglichen gefühlt.

Selbst wenn sie im Winter mit einer dicken Jacke, Schal und Wollsocken im Haus herumlaufen müsste, würde sie die Entscheidung, die Kate gekauft zu haben, nicht bereuen. Niemals.

Ein kleines Mädchen lief an ihr vorbei, in der Hand einen pinkfarbenen Eimer, den es fröhlich hin und her schwenkte.

»Sieh mal, Omi, der Eimer ist bald voll!«, rief sie der älteren Dame zu, die ganz in der Nähe war.

Das Mädchen hatte blonde Zöpfe, die sich drollig ringelten, und hinreißende Sommersprossen auf Nase und Wangen. Theresa erinnerte sich an ein Foto, das ihre Mutter damals von ihr gemacht hatte, als sie sieben oder acht gewesen war. Auf diesem Foto hatte sie ebenfalls blonde Ringelzöpfe gehabt.

Das Mädchen bückte sich gleich neben ihr und hob eine hübsche, größere Muschel auf, die noch halb vom nassen Sand bedeckt gewesen war.

»Die kommt von ganz weit her«, sagte sie zu dem Mädchen.

»Und woher?«, fragte die Kleine mit großen Augen.

»Hmm«, machte Theresa und tat so, als würde sie darüber nachdenken, »vielleicht aus Afrika. Kennst du Afrika?«

»Ich war mit Mama und Papa dort.« Die Kleine nickte, und Theresa hätte kaum erstaunter sein können.

»Du warst wirklich schon in Afrika?«

»Ja, wir haben Elefanten gesehen. Und ein Nashorn. Mama hat Angst gehabt und wollte nicht aussteigen. Ich schon.« Das Mädchen reckte das Kinn.

»Ich war noch nie in Afrika«, musste Theresa zugeben. »Aber ich glaube, ich möchte sehr gerne mal hin.«

»Dann musst du mal deine Mama fragen.«

Sie musste lachen und versuchte, das zu verbergen.

Die Großmutter des Mädchens gesellte sich zu ihnen. »Matilda, sei so gut und lauf mir nicht immer davon.«

»Aber hier sind überall Muscheln, Omi, die muss ich alle mitnehmen.«

»Die werden dir nicht weglaufen.«

»Weil sie nämlich keine Beine haben«, erwiderte das Mädchen.

»Genau.« Die ältere Dame schmunzelte. Dann sah sie Theresa an. »Sind Sie nicht die Malerin Theresa Heiland?«

»Theresa Weiland, ja.«

»Oh, verzeihen Sie. Marianne hat mir von Ihnen erzählt. Und sie hat mir das Bild gezeigt, das Sie gemalt haben. Sie hat mir auch ein Foto von Ihnen gezeigt. Ich hab Sie gleich erkannt.«

»Ein Foto?«

»In einer Illustrierten war ein großer Artikel über Sie. Marianne hat ihn ausgeschnitten.«

Ah, Bens Reportage. Er hatte eine hübsche Stange Geld dafür bekommen. Nicht nur das, wenig später hatte er ein Angebot für eine Reportage in London erhalten. Ein Angebot, das er nicht ablehnen konnte, wie er ihr am Telefon erzählt hatte. »Außerdem hab ich so eine Gelegenheit, über dich hinwegzukommen«, hatte er noch gesagt und gelacht. »Immerhin bist du ja jetzt so was wie meine Schwägerin.«

»Entschuldigung, wenn ich Sie einfach so anspreche …«

»Das ist schon in Ordnung.«

»Ich habe noch eine Enkelin, Annika, sie ist gerade achtzehn geworden. Das Mädchen ist sehr talentiert. Und das sage ich nicht als stolze Oma, jeder sagt das.«

»Auch ihre Lehrer?«

»Was? Ja, warum fragen Sie?«

Theresa winkte ab. »Schon gut. Ich musste nur daran denken, dass meine Kunstlehrer von meinem Talent damals nicht sehr überzeugt waren.«

»Tatsächlich? Dann müssen Sie aber seltsame Lehrer gehabt haben.«

»Ja, das sagt meine Mutter auch. Aber Sie wollten mir von Ihrer Enkelin erzählen.« Plötzlich war sie gespannt auf das, was die alte Dame ihr sagen wollte.

»Stimmt. Ich habe mich schon oft gefragt, wie man sie fördern könnte. Sie würde so gerne mal einem Maler, einer Malerin über die Schulter blicken. Kann man Ihnen bei der Arbeit zusehen?«, fragte sie dann ganz unvermittelt.

»Tja, ehrlich gesagt hab ich darüber noch gar nicht nachgedacht. Aber warum eigentlich nicht?« Theresa stand auf und klopfte sich den Sand ab.

In dieser Sekunde schoss ihr eine Idee, ein überaus inspirierender Gedanke durch den Kopf. »Wissen Sie was, Frau …«

»Beyer. Gerlinde Beyer.«

»Frau Beyer, ich glaube, Sie haben mich gerade auf eine Idee gebracht.«

»Ach, wirklich?«

Sie umarmte die Frau spontan. »Ich muss schnell nach Hause. Danke, vielen Dank!«

Sie lief los, aber nicht zu ihrer Kate, sondern direkt zu ihrer Mutter. Sie musste das, was ihr durch den Kopf gegangen war, unbedingt mit jemandem teilen.

Unterwegs, sie war so gerannt, dass sie Seitenstechen bekommen hatte, rief sie Bille an. »Stör ich gerade?«

»Theresa? Was ist los, du klingst so aufgedreht.«

Sie musste stehen bleiben und zu Atem kommen. »Ich *bin* aufgedreht, Bille. Mir ist nämlich eben eine Idee gekommen. Was wäre, wenn ich aus der Kate eine Art Künstlerzentrum machen würde?«

»Künstlerzentrum? Ich dachte, es gibt auf der Insel einen Kulturverein?«

»Gibt's auch. Nein, was ich meine, ist Folgendes …«

Ihre Mutter war nicht in Neuendorf bei Dietmar, sie war nach Selm gegangen, um die Werkstatt fertig einzurichten.

Wäre Theresa nicht so aus der Puste, hätte sie laut gelacht. Sie lief nach Neuendorf, dabei war ihre Mutter ganz in der Nähe gewesen.

Also ging sie den ganzen Weg wieder zurück, und als sie die Gartenpforte aufschob und das Summen der Hummeln und Bienen und gleich darauf auch das Hämmern der Tischler hörte, musste sie einen Moment innehalten.

Ihr kleines Paradies, ihre Oase!

Und vielleicht hatte sie sogar endlich die Lösung aller Geldprobleme gefunden.

Sie stolperte über eine Holzlatte, die auf dem Weg lag. »'tschuldigung!«, rief jemand aus einem der Fenster.

Sie hob den Kopf und winkte dem Mann zu. Es war Dietmars Bruder und das ganz unverkennbar. »Kein Problem!«

»Haben Sie sich weh getan?«

Sie schüttelte den Kopf und lief weiter. »Mama?« Sie stieß die Tür zur Werkstatt auf, wo ihre Mutter herumwirbelte.

»Musst du mich so erschrecken, Luna!«

»Entschuldigung. Ich hab *die* Idee, Mama! Ich hab eine ganz großartige Idee!«

Ihre Mutter hatte Holzspäne im Haar, und Theresa wischte sie fahrig weg. »Ich mache aus der Kate ein Künstlerzentrum! Hier kann man sich treffen, austauschen, bei der Arbeit zusehen, ausstellen …« Sie holte tief Luft, weil sie so schnell gesprochen hatte. »Aber, was das Wichtigste ist, es soll für alle Menschen zugänglich sein. Sie können uns über die Schulter sehen, Fragen stellen, vielleicht auch selbst was ausprobieren. Wir könnten Kurse geben und Nachwuchs fördern. Man könnte eine Art Stiftung gründen und Kunststipendien vergeben.« Bei jedem weiteren Wort war sie noch kribbeliger geworden.

Als sie fertig war, umarmte ihre Mutter sie stürmisch. Aber sie machte sich gleich wieder los, sie war viel zu aufgeregt. »Was sagst du, Mama? Nun sag doch mal was!«

Lilo lachte. »Du lässt mich ja nicht.«

»Wie findest du die Idee?«

»Grandios.«

»Wirklich?« Sie nahm Lilos Hände und hüpfte mit ihr durch die Werkstatt. »Ich hab schon mit Bille telefoniert. Sie findet es auch toll. Und sie meint, ich könnte Fördergelder beantragen und einen Zuschuss für die Sanierung bekommen.«

»Das hört sich wirklich umwerfend an.«

»Ich müsste natürlich Zimmer, also Gästezimmer, zur Verfügung stellen, weil ich die Kate dann ja nicht mehr rein privat nutzen kann. Das macht aber nichts. Ich könnte einen Bereich abteilen und …« Sie wedelte mit der Hand. »Egal, das wird man dann sehen.«

»Du solltest nur aufpassen, dass deine Oase, dein kleines Idyll nicht dadurch gestört wird, dass sich die Leute ständig die Klinke in die Hand geben.«

»Ich werde mit Jan sprechen, der hat bestimmt eine Idee, wie man das lösen kann.«

»Zum Beispiel ein kleiner Anbau«, meinte Dietmar, der plötzlich hinter ihnen stand. »'tschuldigung, wollte nicht lauschen. Aber ihr wart so laut und …«

Lilo ging zu ihm, stellte sich auf die Zehenspitzen und gab ihm einen Kuss. »Du gehörst zur Familie, da darf man auch mal was sagen, wenn man nicht gefragt wurde.«

Er grinste. »Ach, so läuft das bei euch?«

Beide Frauen nickten. »Ja, so läuft das bei uns.«

Bis in die Nacht saß sie mit ihrer Mutter zusammen, und sie schmiedeten Pläne. Sie hatte Jan angerufen, und er war Feuer und Flamme von ihrer Idee. Er hatte sich angewöhnt, sie hin und wieder Luna zu nennen. Er mochte den Namen wirklich.

Dietmar war auf seinem Fahrrad nach Hause gefahren, um sich aufs Ohr zu legen.

Es war spät geworden, doch die beiden Frauen saßen noch immer vor dem Haus.

»Ich werde kein Auge zubekommen.« Ihre Mutter gähnte.

»Ich auch nicht.« Sie hatte ein paar Kerzen aufgestellt, die im Wind leicht flackerten. »Ich hab mir übrigens noch was überlegt.«

»Noch was? Ich glaube, mehr verkrafte ich heute nicht.«

Sie lächelte und lehnte den Kopf an Lilos Schulter. »Ich würde dich gern in das Konzept einbinden, Mama.«

»Wie einbinden?«

»Du könntest Töpfer- und Yogakurse geben. Und du könntest gleich hier vor Ort dein Geschirr verkaufen.«

Lilo sagte kein Wort. Offenbar hatte es ihr zur Abwechslung mal die Sprache verschlagen.

»Du sagst ja gar nichts.«

»Ich bin sprachlos.«

»Findest du die Idee gut?«

»Nein, ich finde sie grandios.«

Sie hatten sich doch noch für ein paar Stündchen hingelegt, und Theresa war sogar irgendwann eingeschlafen.

Als sie wach wurde, hörte sie Vogelgezwitscher.

Die Sonne war gerade aufgegangen, wie sie mit einem Blick aus dem Fenster feststellte. Sie setzte sich auf und streckte sich, dann schlüpfte sie in die Sachen, die sie gestern getragen hatte, und lief barfuß nach unten.

Ihre Mutter hatte Kaffee gekocht und saß am Küchentisch.

»Morgen, Lilo.«

»Morgen, Luna. Konntest du ein bisschen schlafen?«

»Ich hab kurz, aber erstaunlich gut geschlafen.«

»Manchmal ist das sogar mehr wert.« Sie zog den Stuhl neben sich so weit zurück, dass Theresa sich setzen konnte. »Und wie findest du deine Idee heute?«

»Mindestens genauso gut.«

»Gott sei Dank. Manchmal wirft man irgendwelche Ideen oder Gedanken wieder über den Haufen, wenn man eine Nacht drüber geschlafen hat. Mir ist übrigens auch was eingefallen.«

»Schieß los!«

»Wir könnten selbstgebackenen Kuchen verkaufen. Es gibt so viel Obst in deinem Garten. Vielleicht kann man sogar Marmelade anbieten.«

»Das ist großartig, Mama!«

»Apfelkuchen vom Blech.« Ihre Mutter lächelte versonnen. »Stachel- und Johannisbeertorte mit Baiser.«

»Sag bloß, du kannst backen?«

»Ziemlich gut sogar.« Lilo knuffte sie.

»Ich bin sehr beeindruckt.«

»Jeder kann backen, das ist nun wirklich keine Kunst. Du hast sogar einen Birnenbaum. Birnen-Marzipankuchen. Den hab ich ewig nicht gegessen. Kleine runde Tische im Garten, bunte Holzstühle, Skulpturen ringsherum …«

»Das klingt wirklich toll. Wir könnten dein Geschirr nehmen«, schlug sie vor.

»Darauf hätte ich auch selbst kommen können.«

»Bist du aber nicht«, neckte Theresa sie.

»Ich bin vor allem eins, Schätzchen.«

»Und was genau?«

»Froh und unglaublich glücklich, dass wir beide es geschafft haben, endlich das Mutter-Tochter-Gespann zu werden, das ich mir immer gewünscht habe.«

KROKUSLILA

Selm im März des darauffolgenden Jahres

Die Insel zeigte sich an diesem Morgen in einem wunderschönen Licht, das fast ein bisschen in den Augen blendete. Die Sonne war gerade glutrot aufgegangen.

Das Wasser der Ostsee war noch eisig, wie Theresa vor ein paar Minuten hatte feststellen können.

Das Meer hatte ein großes Stück Treibholz, das sehr skurril aussah, ans Ufer gespült. Sie hatte es sich genauer ansehen wollen, war ausgerutscht und hingefallen.

Neuerdings stand sie frühmorgens auf und ging zum Strand hinunter, um den Tag zu begrüßen. Meistens nahm sie ihren Skizzenblock mit, es gab immer irgendetwas, das sich zu zeichnen lohnte. Manchmal wurde daraus später ein Aquarell.

Sie hatte sich angewöhnt, ihre Bilder mit »Luna« zu signieren.

Gerade hatte sie ein Bild abgegeben, auf dem ein paar Kinder einen Drachen steigen ließen. Es war eine Auftragsarbeit, die ihr Konto erheblich aufbesserte.

Gemeinsam mit Bille hatte sie Ende des vergangenen Jahres ein Konzept für ein Kulturzentrum mit angegliedertem Café erstellt und eingereicht.

Und sie hatte tatsächlich einen speziellen Kredit bekommen.

Weihnachten hatte sie zusammen mit ihrer Mutter, Dietmar, Ella und Mia gefeiert. Und mit Jan natürlich.

Es war das schönste Weihnachtsfest ihres Lebens gewesen.

Sie hatten einen riesigen Tannenbaum besorgt, den sie in die Diele gestellt hatten. Ella und Mia hatten wie die Weltmeister Strohsterne gebastelt und aufgehängt, und zusammen mit Lilo hatten sie das ganze Haus geschmückt.

Im Januar hatten dann mehrere Zeitungen über ihr Kulturzentrum berichtet, und nach und nach waren die ersten Anfragen eingetrudelt. Dabei hatte mit dem Umbau erst Anfang März begonnen werden sollen.

Der Tag, an dem die Zimmerleute und Maurer vor der Tür gestanden hatten, war einer der aufregendsten in ihrem Leben gewesen. Die Nacht zuvor hatte sie kein Auge zubekommen. Immer wieder war sie aufgestanden und hatte in die Dunkelheit hinausgeblickt.

Jetzt schlüpfte sie aus den nassen Schuhen und zog auch gleich die Socken aus, die ebenfalls nicht mehr ganz trocken waren.

Zwei Möwen kreisten über dem Wasser und landeten schließlich.

Das Handy vibrierte in der Tasche ihrer Strickjacke, und sie zog es heraus. Sie lächelte. »Jan, wie schön, dass du anrufst.«

»Ich wollte deine Stimme hören. Du fehlst mir.«

»Du fehlst mir auch.«

»Was machst du gerade? Nein, warte, lass mich raten: Du sitzt am Strand und malst.«

»Wie gut du mich inzwischen kennst.«

»Wann sehen wir uns?«

»Heute?« Sie lachte hoffnungsvoll.

»Schön wär's. Am Wochenende? Ich könnte Freitagnachmittag da sein und bis Montag bleiben.«

Sie seufzte. »Das sind drei Tage, Jan. Traumhaft.«

»Und drei Nächte.«

»O ja.«

»Mit dem Umbau ist alles in Ordnung?«

»Ja, es ist ein Höllenlärm, aber ich liebe es.«

Er lachte.

»Dann bis übermorgen.«

Sie steckte das Handy zurück in die Jackentasche.

Sie liebte ihn, so wie sie sich immer gewünscht hatte, einen Mann lieben zu können: aufrichtig und bedingungslos.

Jan und sie passten wunderbar zusammen, es war, als seien sie aus demselben Holz geschnitzt.

Und sie ergänzten sich.

Wenn sie mal wieder ungeduldig und impulsiv war, brachte er sie auf den Teppich zurück. Sie steckte ihn mit ihrem Tatendrang und ihrer Euphorie an, und er erdete sie, wenn sie übers Ziel hinausschoss. Was nicht selten vorkam.

Jan war der Mann ihres Lebens, das hatte sie bereits nach wenigen Wochen gewusst.

Trotzdem wusste sie nicht, was in einem Jahr sein würde.

Lebten sie dann zusammen? Würden sie heiraten, eine Familie gründen?

Es gab keine Pläne, bis jetzt hatten sie noch nicht über ihre Zukunft gesprochen. Vielleicht hatten sie beide Angst davor sich festzulegen, weil sie ihrem Glück noch nicht ganz trauen mochten. Sie schlichen um dieses Thema herum wie die Katze um den heißen Brei.

Sie würde gern jeden Morgen neben ihm aufwachen und abends neben ihm einschlafen. Jede Minute wollte sie ihn um sich haben, weil sie wusste, dass er ihr nie zu viel werden und sie ihn niemals satthaben würde.

Aber sie traute sich nicht, dieses Thema anzuschneiden, aus Angst, er könnte etwas sagen, das sie enttäuschen würde.

Oder aber er würde sich womöglich verpflichtet fühlen und ihr etwas sagen, von dem er glaubte, dass sie es hören wollte.

Sie stand auf und streckte sich.

Ihr taten die Schultern weh, sie sollte wirklich einen Yogakurs bei ihrer Mutter machen.

Zur gleichen Zeit saßen Lilo und Dietmar am Küchentisch in seinem Haus. Sie war oft hier bei ihm, genauso wie er häufig in ihrer Wohnung war.

Trotzdem brauchte sie ihren Rückzugsort, es war wichtig zu wissen, dass sie jederzeit einen Tapetenwechsel haben konnte.

»Ich hab furchtbar geschlafen«, brummte Dietmar. »Und mir tut das Kreuz weh. Ich glaube, ich werde alt.«

Sie musste lachen. »Nicht du, Dietmar, deine Matratze ist alt.«

Er stöhnte auf. »Da magst du recht haben. Hast du wenigstens besser geschlafen?«

»Ich habe himmlisch geschlafen.«

Er nickte, so als würde ihn das zufriedenstellen, und warf einen Blick auf die Wanduhr. »Schon wieder so spät, verflixt und zugenäht. Wird jeden Tag später.«

»Weil du jeden Tag ein paar Minuten später aufstehst.«

Er erhob sich und gab ihr einen Kuss. »Weil es so verflucht schön ist, neben dir zu liegen.«

»Du alter Charmeur.«

Er packte seine Brotdose ein. »Was machst du heute so?«

»Ich bin nachher in der Werkstatt. Eine Frau hat mich neulich angesprochen und gefragt, ob ich Geschirr verkaufe. Sie kennt Ella, und die beiden hatten sich darüber unterhalten. Hab ich dir das gar nicht erzählt?«

Er schüttelte den Kopf und ging zur Tür. »Sehen wir uns heute Abend?«

»Luna und ich kochen heute Abend zusammen.«

»Ach ja.« Er schmunzelte. »Euer Mutter-Tochter-Abend.«

Sie brachte ihn zur Haustür.

In diesen Momenten fühlte sie sich immer wie seine Ehefrau. Merkwürdig. Sie hatte schon oft darüber grinsen müssen.

»Ich wünsche dir einen schönen Tag, Dietmar.«

Er küsste sie wieder. »Ich dir auch, Lilo.«

Sie räumte das Geschirr in den Geschirrspüler, lüftete und goss die Pflanzen. Dann machte sie das Bett, weil sie wusste, dass er das mochte. In ihrer Wohnung war das Bett selten gemacht. Es störte sie nicht.

Danach ging sie ins Bad und zog sich anschließend an.

Als sie die Haustür hinter sich zuzog, dachte sie, dass sie sich auch in diesem Haus wohlfühlen würde.

Hannah, die Konditorin, war gerade dabei, eine Schokoladen-Sahne-Torte in die Auslage zu stellen. »Hallo, Frau Weiland.«

Lilo schenkte ihr ein strahlendes Lächeln. »Wie es hier wieder duftet. Einfach himmlisch.«

»Markus hat frische Karamelltorte gemacht. Wollen Sie ein Stück mitnehmen?«

»Zwei. Ich gehe gleich zu meiner Tochter.«

Im Hausflur stand der Kinderwagen, und wie immer warf sie einen Blick hinein. Sie wusste, dass dieser Blick wahrscheinlich wieder sehnsüchtig war, weil Luna ihr das mehr als einmal gesagt hatte. »Du scheinst ganz wild darauf zu sein, Oma zu werden«, hatte sie gemeint.

Hannahs kleine Tochter schlief. Sie strich ihr sacht übers dunkle Haar. Was für ein bezauberndes kleines Mädchen.

Hannah war ganz vernarrt in ihre Tochter, am schlimmsten aber sei ihr Mann, wie sie ihr erzählt hatte. »Er steht manchmal nachts auf, um zu sehen, wie sie schläft. Können Sie sich das vorstellen?«

Ja, das konnte sie sich vorstellen, weil sie es damals, als Luna geboren worden war, genauso gemacht hatte.

Theresa hatte ein paar Dinge fürs Abendessen eingekauft.

Während sie die Regale entlanggeschlendert war, hatte sie gegrübelt, wie sie es anstellen könnte, Jan das zu sagen, was ihr seit längerem durch den Kopf ging.

Dass sie ihn bei sich haben wollte, für immer, wenn möglich. Und dass sie keine Wochenendbeziehung mehr führen wollte und sie ihn sogar heiraten würde. Früher hatte sie nie über eine Heirat nachgedacht, dieses Thema hatte sie immer weit von sich geschoben. Aber die Dinge hatten sich geändert.

Ihr Leben hatte sich verändert. Sie wollte Jan nicht nur mit Haut und Haar, Leib und Seele, sondern auch für den

Rest ihres Lebens. Und es würde gutgehen, davon war sie mittlerweile überzeugt.

Aber was, wenn er das alles nicht wollte? Wenn er sie zwar liebte, ihm seine eigenen vier Wände und seine Freiheit und Unabhängigkeit aber noch wichtiger waren? Wenn er das Gespräch bisher aus genau diesem Grund gescheut hatte? Weil er sie nicht verletzen und enttäuschen wollte?

Was dann? Würde sie das verkraften? Würde sie schulterzuckend sagen: *Ach, warum auch nicht, Jan? Lassen wir's so, wie es ist.*

Sie drehte sich im Kreis, befand sich in einer Spirale, die sie entweder hoch in die Luft katapultierte oder aber steil nach unten schleuderte, je nachdem, in welcher Verfassung sie gerade war.

Als sie den Supermarkt verließ, stieß sie in der Tür mit Cornelius zusammen. »Oh, entschuldige.«

»Theresa, wie schön, dich mal wiederzusehen.«

Fand er das wirklich?

Sie standen voreinander und schienen beide nicht recht zu wissen, wie sie eine Unterhaltung anfangen sollten.

»Wie geht's dir?«, fragte er sie.

»Gut. Und dir?«

»Auch gut.«

»Schön.«

»Ich ziehe in zwei Wochen nach Würzburg«, erzählte er ihr gutgelaunt.

Oh, hatte er etwa eine neue Frau an seiner Seite?

»Nach Würzburg? Was wirst du dort machen?«

»Arbeiten.« Er zuckte mit den Schultern. »Ich habe ein sehr interessantes Angebot bekommen.«

»Das freut mich für dich, Cornelius.« Was stimmte.

»Ich hab gelesen, dass du ein Kunstzentrum eröffnen wirst.«

»Ein *Kulturzentrum*, ja.« Er war doch immer ein Erbsenzähler gewesen. Ein Versprecher, oder hatte die Zeitung das etwa falsch gedruckt?

Nein, das wäre ihr aufgefallen.

»Ja, die Kate wird gerade entkernt und saniert. Und der kleine Anbau …« Ach herrje, sie plapperte schon wieder. So wie immer, wenn es um ihre Kate und das Zentrum ging. Sie sollte sich etwas mäßigen, vor allem bei Cornelius.

»Schön.« Er lächelte flüchtig. »Das klingt doch gut.«

»Finde ich auch.«

»Ja, dann will ich mal weiter. Alles Gute, Theresa, und viel Erfolg mit deinem Kunstzentrum.«

Machte er das absichtlich?

»*Kulturzentrum*, Cornelius. Auch dir viel Erfolg.«

»Wobei?«

»Bei deinem neuen Job.«

»Ach so, ja. Danke.«

Ihre Mutter war schon da, das konnte sie bereits hören, als sie auf die Kate zuging. Sie schob die Pforte auf und blieb einen Moment stehen. Überall steckten lilafarbene Krokusse ihr Köpfchen aus der Erde. Ob Frau Schmidt die noch gepflanzt hatte?

Und da vorn, waren das nicht Hyazinthen?

Sie konnte sich gar nicht sattsehen, überall blühte und grünte es. Langsam schlenderte sie weiter.

Dort drüben kamen Tulpen aus der Erde, welche Farbe sie hatten, konnte man noch nicht sehen. Sie mochte auch nicht an ihnen herumzupfen, am Ende würden sie eingehen, und das wäre zu schade.

Die blaue Akelei, die sie mitgebracht hatte, war in das kleine Beet neben der Haustür gepflanzt worden. Sie ging hin, um nachzusehen, ob sie schon aus der Erde lugte.

Nein, leider noch nicht. Wie schade.

Zwei Zimmerleute kletterten auf dem Dach des Anbaus herum, und wie immer bewunderte sie deren Geschick und Unerschrockenheit. »Guten Morgen!«, rief sie ihnen zu, und sie winkten zurück.

Im Haus brüllte jemand: »He, pass doch auf, du Trantüte!«

Gleich darauf krachten ein paar Bretter, und irgendwer fluchte ziemlich derb.

»Gut, dass Sie da sind.« Einer der Tischler kam ihr entgegen. Ob Dietmar heute gar nicht da war? »Es geht um die neue Haustür.«

Sie lächelte. »Ich komme gleich.«

Bevor sie ins Haus ging, klopfte sie an die Werkstatttür. »Morgen, Mama. Gut geschlafen?«

»Wie ein Baby.« Ihre Mutter stand vor dem Brennofen, ein gestreiftes Tuch auf dem Kopf, das Gesicht gerötet. »Schau dir das mal an, Luna.«

»Wow! Das sieht ja toll aus.«

Ihre Mutter hatte eine Schale mit Fuß aus dem Ofen genommen. Sie sah wirklich hübsch aus, vor allem, wenn man sich vorstellte, dass sie bald Farbe bekommen würde.

»Gefällt sie dir wirklich?«

»Absolut. Welche Farbe soll sie bekommen?«

»Ich dachte an ein helles Grün.«

»Schön.«

»Oder hellgrau mit einem kleinen grünen Blatt am Rand.«

»Auch schön.«

»Welche Farbe soll ich denn nun nehmen, Luna? Eine große Hilfe bist du mir nicht gerade.«

Sie musste lachen. »Du bist hier der Boss, Lilo. Ich finde beide Farben sehr schön. Ich hab übrigens eben Cornelius getroffen. Er zieht nach Würzburg.«

»Hat er eine neue Flamme?«

»Keine Ahnung. Er sagt, er habe ein interessantes Jobangebot dort.«

»Na dann, viel Glück. Was kochen wir heute Abend?«

»Ich dachte an eine Reispfanne mit Auberginen und Zucchini.«

»Köstlich.«

Sie gab ihrer Mutter einen Kuss auf die Stirn. »Ich bin drüben, wenn du mich brauchst. Ach, und noch viel Spaß bei der Farbfindung.«

Am Abend standen sie zusammen in der Küche.

Theresa schnippelte das Gemüse, und Lilo stand am Herd.

»Ich glaube, mir ist der Reis angebrannt.«

»Ach herrje.«

»Macht nichts. Ich glaube, ich kann das retten.«

»Die neue Haustür hat übrigens ein Drachenfenster.«

Lilo drehte sich zu ihr um. »Aha. Und was genau ist ein Drachenfenster? Hat es eine Schnur, an der man zieht, wenn man reinmöchte?«

»Es hat ein Fenster in der Form einer Raute.« Theresa lachte.

»Hübsch.«

»Das finde ich auch. Ich hatte dich nach deiner Meinung fragen wollen, aber du warst mit deinem Geschirr beschäftigt.« Sie seufzte. »Und der Tischler hat so gedrängelt.« Sie sah ihrer Mutter eine Weile dabei zu, wie sie den Reis in einen neuen Topf schüttete und dabei leise vor sich hin fluchte.

»Mama? Ich glaube, ich hab dir das noch nie gesagt.«

»Was denn?«

»Du bist eine tolle Mutter.«

Lilo verharrte kurz, dann kam sie zu ihr und breitete die Arme aus. »Danke, Luna, das ist wirklich lieb von dir, und das geht runter wie Öl.« Sie schluckte. »Nein, keine Sorge, ich werde nicht heulen. Kann ich dich was fragen?«

»Klar.« Eine Zucchinischeibe fiel auf den Boden, und sofort kam Leo angeschossen und schnappte sie sich. »Guten Appetit, du kleiner Vegetarier.«

»Wie wird das mit dir und Jan weitergehen?«

Theresa hielt inne, das Messer in der Hand. »Keine Ahnung.«

»Aber es wird doch weitergehen, oder?«

»Ich liebe ihn, falls du das meinst. Aber ich weiß wirklich nicht, wie genau es weitergehen wird. Wir sprechen nicht darüber.«

»Weil ihr beide Bammel habt.«

»Wahrscheinlich.«

»Vielleicht würde er ja gerne zu dir ziehen.«

Darüber hatte sie auch schon nachgedacht. »Ja, vielleicht«, sagte sie vage.

»Du könntest ihn einfach fragen«, schlug ihre Mutter vor.

Theresa musste lachen.

»Ah, jetzt verstehe ich. Du hast Angst, dass ich zu ihm nach Rostock ziehen könnte.«

»Ich kann mir nicht vorstellen, dass du hier alles aufgeben würdest. Du willst das Kulturzentrum aufbauen, wieso solltest du das alles wieder über den Haufen werfen? Du bist doch nicht blöd.« Lilo grinste. »Du bist schließlich meine Tochter.«

»Ich weiß, dass es egoistisch klingt, aber ich würde hier wirklich nicht alles aufgeben wollen. Es müsste einen anderen Weg geben.«

»Nämlich den, dass du ihn fragst, ob er hierherziehen möchte.«

»Du magst ihn.«

»Sehr.«

»Und er mag dich auch.« Theresa schnippelte weiter die Zucchini. »Würdest du Dietmar eigentlich heiraten?«, fragte sie dann unvermittelt und sah belustigt, wie ihre Mutter zusammenzuckte.

»Du hast ein Geschick darin, das Thema zu wechseln.« Lilo schüttelte den Kopf. »Tja, ich bin ganz ehrlich. Keine Ahnung. Ich weiß nicht, was ich sagen würde, wenn er mich fragt. Wenn ich jetzt darüber nachdenke, würde ich nein sagen.« Sie seufzte. »Aber wenn er vor mir steht, womöglich sogar kniet, wenn seine Knie das zulassen …« Sie seufzte erneut. »Ich weiß es nicht. Ich liebe den alten Brummbären, aber heiraten?«

»Stimmt, heiraten ist spießig und damit nichts für dich.«

Sie sahen sich an und lachten.

»Und du?«, fragte ihre Mutter nach einer ganzen Weile.

»Was und ich?«

»Na, würdest du Jan heiraten?«

Sie zögerte keine Sekunde. »Ja, irgendwann schon. Aber das eilt ja nicht.« Sie zwinkerte ihrer Mutter zu. »Ich finde übrigens, dass gegen ein bisschen Spießigkeit nichts einzuwenden ist. Oder siehst du das etwa anders?«

REGENBOGENFARBEN

Selm im August

Theresa saß vor dem Haus, die nackten Beine ausgestreckt, einen Sonnenhut auf dem Kopf.

Seit einigen Tagen brannte die Sonne erbarmungslos vom Himmel, geregnet hatte es seit über zwei Wochen nicht mehr.

Leo lag meistens unter dem Küchentisch, einem Platz im Haus, an dem es fast immer angenehm kühl war.

Sie trank einen großen Schluck Zitronenlimonade, die ihre Mutter gemacht hatte.

Aus dem Anbau war ein Hämmern zu hören. Sina, eine junge Bildhauerin aus Hamburg, war seit zwei Tagen zu Gast. Eine ausgesprochen sympathische Frau, mit der sie bereits einige sehr interessante Gespräche geführt hatte.

Lilo war in ihrer Werkstatt. Theresa konnte sie leise singen hören.

Ihr Handy klingelte, und sie musste aufstehen, um es aus der Hosentasche ziehen zu können.

»Frau Weiland?« Eine weibliche Stimme. »Hier spricht Karin Baumann. Wir hatten letzte Woche telefoniert.«

»Hallo, Frau Baumann. Ihre Tochter wollte heute kommen, oder?«

»Deswegen rufe ich an. Sie verspätet sich und kommt erst morgen Vormittag.«

»In Ordnung. Danke, dass Sie mir Bescheid geben.«

Sie stand auf und ging barfuß zur Werkstatt, vorbei an kleinen Mosaiktischchen und Stühlen und Skulpturen, die Künstler hier angefertigt und aufgestellt hatten.

Ihr Café war an zwei Tagen in der Woche geschlossen, damit genug Zeit blieb, sich um die Nachwuchskünstler zu kümmern.

Im nächsten Jahr wollte sie zum ersten Mal drei, vielleicht sogar vier jungen Leuten anbieten, hier umsonst für ein halbes Jahr wohnen und arbeiten zu können. Dafür müssten sie sich an der Haus- und Gartenarbeit beteiligen und im Café aushelfen.

Über der Werkstatttür hing ein Schild: *Lilos kleine Töpferei.* Sie hatte es ihrer Mutter zum Geburtstag geschenkt.

Sie klopfte an. »Lilo? Kann ich kurz stören?«

Ihre Mutter saß an der Töpferscheibe, sie hatte ganz rosige Wangen und blickte lächelnd auf. »Luna.«

»Ich gehe schnell was einkaufen. Ella müsste gleich da sein. Um wie viel Uhr ist dein Yogakurs?«

»Um elf.«

»Oh, dann solltest du dich beeilen, Mama.«

»*Morgen* um elf, Schatz.«

»Ach ja, stimmt, ich bin ganz durcheinander.«

»Du hast zu viel um die Ohren.«

»Vielleicht, aber ich liebe es.« Theresa zwinkerte ihr zu. »Bis später, Mama.«

»Bis später, Luna.«

Sie holte den Einkaufskorb und zog die Pforte hinter sich zu. Zusammen mit ihrer Mutter und Dietmar hatte sie einen schmiedeeisernen Rosenbogen über dem Eingang aufgestellt, an dem sich zu beiden Seiten weiße und apricotfarbene Rosen rankten, die sich irgendwann in der Mitte treffen würden. Vielleicht schon im nächsten Jahr, sie waren enorm gewachsen.

In der Mitte des Bogens hing ein Schild: *Künstlertreff am Meer.*

Sie blieb einen Moment stehen und lächelte glücklich. Egal, wie oft sie das Schild sah, sie musste jedes Mal lächeln, und ihr Herz machte einen Satz.

Trotzdem sollte sie sich jetzt ein bisschen beeilen. Sie musste das Gästezimmer noch herrichten und das Bett beziehen. Und frische Blumen für die Vase schneiden.

Unterwegs kam Ella ihr entgegen. Sie half gern aus, wenn es zu viel zu tun gab und sie Mia gut unterbringen konnte. Manchmal brachte sie sie auch mit.

»Na, das nenne ich ein Timing.« Sie umarmte Theresa. »Alles in Ordnung bei euch?«

»Ja, Sophia Baumann kommt erst morgen Vormittag. Ihre Mutter hat gerade angerufen.«

»Und sonst?«

»Sonst ist alles bestens.«

»Wie immer«, fügte Ella lächelnd hinzu.

»Wie *fast* immer«, korrigierte Theresa sie ebenfalls lächelnd.

»Ach, da fällt mir ein, Bille kommt auch morgen. Wir haben uns ewig nicht gesehen, und sie brennt darauf, endlich das Zentrum zu sehen, für das sie sich so oft den Kopf zerbrechen musste.«

Ohne Bille wäre sie nicht da, wo sie inzwischen war. Sie hatte ihr eine Menge zu verdanken.

»Ich find's schön, dass ihr zwei euch auch endlich mal

kennenlernt«, fuhr sie fort. »Ich muss mich beeilen, Ella, bis später.«

Im Mai hatten sie Einweihung gefeiert, zwei Tage lang.

Die halbe Insel war gekommen. Niemand hatte es sich nehmen lassen, wenigstens einen kurzen Blick auf die umgebaute Kate der alten Henny Schmidt zu werfen.

Es war ein schönes Fest gewesen, auf dem sie außerdem eine Menge Menschen kennengelernt hatte. Auch Menschen, die das Zentrum unterstützen wollten, viele mit ganz praktischer Hilfe, andere finanziell.

Beides würde sie sehr gern annehmen.

Sie blieb kurz stehen, weil ein Stein in ihre Sandale gerutscht war.

Sie wackelte mit dem Fuß.

Wieder klingelte ihr Handy, und auf dem Display stand: *Jan.*

»Hallo, wie schön, dass du anrufst. Sag jetzt bitte nicht, dass du Freitag nicht kommen kannst.«

Er zögerte, dann räusperte er sich. »Tut mir echt leid, Luna.«

»Das ist nicht dein Ernst, Jan. Ich hab mich so auf dich gefreut. Wir haben uns fast drei Wochen nicht mehr gesehen.«

»Ich weiß, es tut mir wirklich leid.«

Enttäuschung erfasste sie. »Meine Mutter wollte ihren berühmten Birnenkuchen backen.«

Jetzt lachte er leise. »Auf den ich nur ungern verzichte, wie du weißt. Es geht nicht anders. Ich hab so viel zu tun und außerdem noch einen total wichtigen Termin.«

»Was kann wichtiger sein, als bei der Frau zu sein, die du liebst?«

Er lachte wieder. »Du hast ja recht, es geht trotzdem nicht anders. Böse?«

»Und ob. Huh!« Eine Schwalbe sauste im Sturzflug über ihren Kopf, und sie musste in Deckung gehen.

»Alles in Ordnung?«, fragte er.

»Jaja, nur eine Schwalbe im Sturzflug.«

»Dann sehen wir uns nächste Woche?«

»Das ist noch eine Ewigkeit hin, Jan.« Sie seufzte laut.

»Nicht nur für dich. Mach's gut.«

Sie steckte das Handy zurück in die Hosentasche. Ach verdammt, sie hatten sich so lange nicht gesehen, und sie kam um vor Sehnsucht nach ihm. Sie hatte sich so auf das Wochenende mit ihm gefreut.

Ihre Laune war steil abwärts in den Keller gerauscht.

Mit vollem Einkaufskorb und einer ziemlich schweren Umhängetasche ging sie später nach Selm zurück.

Deutlich gebessert hatte sich ihre Laune noch nicht.

Nicht zum ersten Mal verfluchte sie ihre Wochenendbeziehung. Warum konnten sie keine ganz normale, »langweilige« Beziehung führen wie die meisten anderen Menschen auch?

Warum hatte sie bisher nicht den Mumm aufbringen und ihm ihr Herz ausschütten können?

Lass uns zusammenziehen, Jan, oder wenigstens darüber nachdenken …

Gedankenverloren schob sie die Gartenpforte auf. Vielleicht sollte sie wirklich den Anfang machen und den ersten Schritt wagen. Was hatte sie zu verlieren?

Außer dass er mir zu verstehen gibt, lieber weiterhin in Rostock wohnen bleiben zu wollen …

Am Abend saßen sie zu fünft in der Küche und aßen den mallorquinischen Fischeintopf, den Lilo gekocht hatte. Dazu gab's ein köstliches Weißbrot mit getrockneten Tomaten.

Draußen im Garten war ein lautes Rumpeln zu hören, und Ella hob überrascht die Augenbrauen. »Was ist das denn für ein Lärm?«

»Keine Ahnung.« Theresa war zum Fenster gegangen.

Georg stand im Garten und winkte ihr zu. Er hatte einen Bollerwagen bei sich, der offenbar den Krach verursacht hatte.

Bildhauerin Sina, die gerade zu Gast war, stellte sich neben sie. »Ist das nicht Georg?«

Lilo war gleichzeitig mit Dietmar aufgestanden, der ebenfalls zum Essen gekommen war. Er ließ es sich selten nehmen, mit ihnen zusammen zu Abend zu essen. Dafür nahm er jeden Weg auf sich, egal, wo auf der Insel er gerade war.

»Dann lass uns mal nachschauen«, schlug er vor und ging mit Lilo zur Haustür.

»Gute Idee.« Theresa folgte den beiden, und Ella und Sina schlossen sich an.

Georg war gerade dabei, den Bollerwagen um eine der Hortensien herumzubugsieren. Das schien recht schwierig zu sein, denn sie hörten ihn leise fluchen.

»Was machst du da, Georg?«, fragte Theresa ihn.

Er drehte sich zu ihr um. »Wonach sieht's denn aus?«

»Du bringst uns einen Bollerwagen? Damit ich mich mit den Einkäufen nicht mehr so abschleppen muss?«

Lilo lachte.

Georg brummte vor sich hin und schob den Bollerwagen

an einem großen Kübel mit dem Oleander vorbei, der in voller Blüte stand. Es war die Lieblingspflanze ihrer Mutter, und Theresa war erstaunt, wie gelassen sie blieb.

Der Wagen brach zur Seite aus und streifte eine weitere Hortensie.

»Meine armen Pflanzen«, jammerte Lilo.

»Vielleicht hilft mir mal jemand«, murrte Georg, »anstatt rumzustehen und zuzugucken.«

Dietmar kam ihm zu Hilfe, und gemeinsam hievten sie etwas vom Bollerwagen, das eine merkwürdige ovale Form hatte. Es war unverkennbar eins seiner Kunstwerke, ein großes Etwas aus Metall und Holz.

Lilo stellte sich neben die beiden. »Soll das ein Penis sein, Georg?«

Dietmar lachte kopfschüttelnd, und Georg meinte: »Jeder sieht das, was er darin sehen will.«

Dietmar lachte noch lauter.

Auch Theresa wusste nicht, was es darstellen sollte. Sie mochte aber auch nicht danach fragen, weil Georg etwas eigen in diesen Dingen war. Man musste seine Kunst schon zu schätzen wissen, und das war nicht jedem gegeben.

»Kannst es im Garten aufstellen, wenn du willst«, sagte er zu ihr und stellte die Skulptur erstaunlicherweise andersherum hin. Für Theresa ganz eindeutig auf den Kopf.

Sie warf ihrer Mutter einen Blick zu und unterdrückte ein Lachen. Sie ahnte, was Lilo jetzt sagen würde.

»Steht sie nicht auf dem Kopf?«, fragte sie auch tatsächlich.

Sina kicherte leise.

Georg kniff die Augen zusammen und machte »Hmm«.

»Ich meine ja nur.« Lilo zuckte mit den Schultern.

»Auf dem Kopf, hmm«, brummte er, »nee, die steht schon ganz richtig.«

»Aha.«

»Soll die Vergänglichkeit darstellen.«

»Aha. Soso.«

»Wenn's andersrum steht, zeigt es was anderes.«

»Ja, klar.«

Georg legte den Kopf schief und betrachtete sein Kunstwerk. »Das Kommen und Gehen.«

Lilo seufzte. »Ja, das Kommen und Gehen.«

Theresa sah, wie Dietmar mit sich kämpfte, er sagte aber nichts. Nur seine Augen funkelten.

»Vielen Dank, Georg«, beeilte sie sich zu sagen, »ich werde sie genau hier stehen lassen. Oder findest du, sie sollte woanders hin?«

Er zuckte mit den Schultern. »Mir egal, sie kann überall stehen.« Er warf Lilo einen vielsagenden Blick zu. »Hauptsache, nicht auf dem Kopf.«

Leo kam an, beschnupperte die Skulptur und umkreiste sie zweimal.

»Gut, dass du kein Hund bist«, murmelte Georg.

Leo sprang an der Skulptur hoch und versuchte ganz offensichtlich, sich ein gemütliches Plätzchen darauf zu suchen. Kein leichtes Unterfangen.

Alle beobachten ihn dabei und grinsten vor sich hin.

Außer Georg. »Wenn sie umkippt, ist sie hinüber.«

»Stabil sieht sie schon aus«, meinte Lilo nachdenklich.

»Kann Kunst überhaupt stabil sein?«, fragte Dietmar.

Der Kater schien begriffen zu haben, dass es gemütlichere Plätze gab, und verzog sich auf einen der Stühle.

»Hallo!«, rief jemand hinter ihnen, und alle drehten sich gleichzeitig um.

Jan stand an der Gartenpforte und winkte ihnen zu.

Theresa hatte seine Stimme natürlich gleich erkannt, sie aber für ein Hirngespinst gehalten. »Jan?«, fragte sie deshalb irritiert.

Eine Fata Morgana?

Er lächelte und breitete die Arme aus.

Sie lief los und umarmte ihn stürmisch. »Das ist ja eine tolle Überraschung! Dann warst du vorhin schon ganz in der Nähe?«

Er nickte, umfasste ihr Gesicht mit beiden Händen und küsste sie.

Erst als sie sich wieder losmachte, sah sie die beiden großen Taschen, die er mitgebracht hatte. Normalerweise kam er immer mit einer kleinen Reisetasche.

»Du hast eine Menge Gepäck«, stellte sie fest.

Er lächelte, sagte aber nichts weiter.

»Dann bleibst du länger?«, fragte sie hoffnungsvoll.

Er nickte und zog sie wieder an sich. »Vielleicht sogar für immer.«

»Wie für immer?«

»Der Rest wird später geliefert.«

Sie verstand nur Bahnhof.

Ihre Mutter kam angelaufen, um ihn zu umarmen. Die beiden verstanden sich großartig. »Jan, wie schön, dass du da bist.«

Wunderte sie sich gar nicht, dass er ganz überraschend hier auftauchte?

»Er hat viel Gepäck«, murmelte Theresa. Sie bekam gerade einiges nicht überein, hinzu kam, dass sich ein unbestimmtes Gefühl von Freude und Hoffnung in ihr breitmachte. Aber sie hatte Angst, es ernst zu nehmen. Am Ende würde sie vielleicht enttäuscht werden, und darauf konnte sie gut verzichten.

»Stimmt, er hat viel Gepäck.« Lilo schmunzelte und drückte ihre Hand. »Ich hab mal irgendwo ein ganz zauberhaftes Gedicht gelesen. Nein, warte, es war kein Gedicht, es war ein Zitat, ein Spruch. Warte, wie ging es noch gleich: *Man muss nur warten können, dann kommt das Glück schon* oder so ähnlich. Zauberhaft, oder nicht?«

»Doch, doch«, erwiderte Theresa verwirrt. Wusste ihre Mutter etwas, was sie nicht wusste?

»Gefällt mir.« Jan nahm Theresas Hand und zog sie mit sich.

»Wo gehen wir hin?«, fragte sie ihn, während sie zum Strand hinunterliefen.

Er lief immer schneller.

»Jan!« Sie musste lachen und war bereits aus der Puste.

Er lief bis ans Wasser und schaute zu, wie die ersten Wellen über seine Schuhe schwappten.

»Deine Schuhe.« Sie hatte Seitenstechen.

»Macht nichts. Ich wollte diesen Augenblick unbedingt mit dir allein genießen.«

»Ich verstehe kein Wort, Jan.«

Er ließ sich rücklings in den Sand fallen und breitete die Arme aus. »Ich werde bleiben, Luna.«

»Wie bleiben?«

Er hatte die Augen geschlossen. »Meine Wohnung ist neu vermietet, ein paar Möbel sind verkauft ...«

»Moment mal.« Sie setzte sich im Schneidersitz neben ihn. »Du meinst, du ...«

Er machte die Augen auf. »Es gab eine Menge zu tun, deshalb konnten wir uns drei Wochen nicht sehen.«

»Du meinst, wir …«, stammelte sie wieder.

»Ich möchte, dass wir zusammenleben. Du etwa nicht?«

REZEPTE

Paella (für 4–6 Personen)

600 g zerkleinerte Hähnchenbrust in Öl anbraten, 2 große, gewürfelte Zwiebeln, 3 kleingeschnittene Paprikaschoten und 3–5 gehackte Knoblauchzehen dazugeben.
300 g Garnelen, 500 g Tintenfischtuben, in Ringe geschnitten, und 500 g Fischfilet (nach Wahl) zufügen.
300 g Paella-Reis und ca. ½ l Gemüsebrühe zugeben, aufkochen lassen.
Evtl. etwas Safran, 200 g Erbsen, 250 g Mais und 500 g Miesmuscheln hinzugeben.
Alles mit etwas Weißwein aufgießen und mit Salz und Pfeffer abschmecken.
Zitronenspalten zum Garnieren.
(Man kann die Paella auch nur mit Fleisch machen.)

Theresas italienischer Brotsalat (für ca. 4 Personen)

1 Baguette oder Ciabatta vom Vortag
ca. 500 g Tomaten, am besten Cocktailtomaten
grüne, schwarze Oliven
Oregano, Basilikum
2–3 zerdrückte Knoblauchzehen
Olivenöl, und, wer mag, noch etwas
Balsamicoessig oder Zitronensaft
etwa 100 g Rucola
evtl. scharfe Salami
grobgeraspelter Parmesan
Salz und Pfeffer

Das Brot kleinschneiden und in Olivenöl anbraten. Tomaten, Oliven, Kräuter und Gewürze mit Olivenöl in einer hohen Schüssel vermischen. Rucola und Parmesan dazugeben, mit Salz und Pfeffer abschmecken. Zuletzt das Brot zufügen und evtl. noch etwas Olivenöl darübergießen. Gut vermischen.

Lilos Zarzuela Mallorca
(für ca. 4 Personen)

1 rote Paprika kleinschneiden, 1 große Zwiebel würfeln, 3 Tomaten zerkleinern und zusammen mit 4 Knoblauchzehen anschwitzen.
800 g Tomaten (gegrillt und passiert) und 1 Würfel Fischbrühe zufügen.
Fisch nach Lust und Laune dazugeben (z. B. Seeteufel, Seelachs, Thunfisch, Sardellen, Gambas, Tintenfisch und/oder Muscheln).
2–3 Lorbeerblätter und 1 Rosmarinzweig beifügen.
Mit Salz und Pfeffer abschmecken. Wer's gerne scharf mag, nimmt auch noch etwas Chili und/oder Tabasco.
Evtl. noch etwas Fischfond dazugeben und mit einem Schuss Brandy (oder Sherry) abschmecken.
Köcheln lassen.

Wenn alles eine Weile geköchelt hat, füllt man die Zarzuela in eine feuerfeste Form und lässt sie bei 180° im Backofen ca. 45 Min. fertiggaren.
Dazu schmeckt ein frisches Weißbrot oder Baguette.

Baguette mit Oliven oder getrockneten Tomaten

500 g Weizenmehl
1 Würfel Hefe (oder 1 Packung Trockenhefe)
2 TL Salz
350 ml warmes Wasser
1–2 EL Olivenöl
schwarze, kleingeschnittene Oliven

Einen Hefeteig herstellen und abgedeckt etwa 1 Stunde ruhen lassen. Dann 2 oder 3 längliche Brote formen, diese einschneiden und mit Wasser bestreichen. Wer mag, streut noch eine Handvoll Weizengrieß darüber.
Im vorgeheizten Backofen bei 220° ca. 20 Min. backen.

Lilos Avocadosalat

2 Avocados schälen und würfeln, mit Zitronensaft beträufeln.
1 große Zwiebel hacken, Cocktailtomaten halbieren, 1 rote Paprika zerkleinern, 100 g geröstete Pinienkerne und 150 g (oder mehr) Fetakäse zufügen.
Alles mit Salz, Pfeffer und 1 Prise Zucker abschmecken, 3–4 EL Olivenöl und 2 EL Zitronensaft vermischen und darübergießen.

Anstatt Fetakäse kann man auch Räuchertofu nehmen.

Cocktailtomaten mal anders

Ofen auf 200° vorheizen.
Etwa 500 g Cocktailtomaten in eine feuerfeste Form geben.
Mehrere ganze, geschälte Knoblauchzehen dazugeben.
Etwas Olivenöl und ein wenig Balsamicoessig darübergießen. Kräftig mit Salz und Pfeffer würzen, italienische Kräuter und 1–2 EL braunen Zucker darüberstreuen. Wer's süßer mag, nimmt einfach mehr.
Ab in den Ofen, bis die Tomaten leicht aufplatzen.
Man kann sie – und die Knoblauchzehen! – warm oder auch kalt essen, z. B. in einem italienischen Brotsalat.
In einem luftdichten Glas halten sie sich mehrere Tage im Kühlschrank.

Guten Appetit!

DANKE

Renate Dohr, die traumhaft schöne Bilder malt (www.renis-galerie.de) hat meine Fragen zu Farben, Maltechniken, Ausstellungen und und und beantwortet.

Danke, liebe Reni!

Meine Kollegin Ellen Heidböhmer schickte mir mallorquinische Rezepte und Fotos und sorgte dafür, dass ich ständig Appetit auf Paella und Datteln im Speckmantel hatte, obwohl ich Vegetarierin bin.

Meine Freundin und Kollegin Yvonne Wüstel, die als Yvonne Asmussen spannende Biker-Krimis und als Yvonne Jarré berührende, herzerwärmende Romane schreibt, ist immer der erste Mensch, der meine Manuskripte zu lesen bekommt. Danke für alles, Yvonne!

Ein weiterer Dank geht an meine Agentin Petra Hermanns und meine Lektorinnen Wiebke Bolliger und Gabi Banas, die mit mir gemeinsam an dieser Geschichte feilten.

Rieke Schermer im Sommer 2016